KB062370

로크미디어가
유혹하는
재미있는 세상

ROK
MEDIA
로크미디어

우리 교황님 좀
말려 주세요

우리 교황님 좀 말려주세요 4

2022년 12월 6일 초판 1쇄 인쇄
2022년 12월 9일 초판 1쇄 발행

지은이 판미손
발행인 김정수 강준규

기획 이기헌 왕소현 박경무 강민구 조익현
책임편집 주현진
마케팅지원 이원선

발행처 (주)로크미디어
출판등록 2003년 3월 24일
주소 서울시 마포구 마포대로 45 일진빌딩 6층
Tel (02)3273-5135 Fax (02)3273-5134
홈페이지 rokmedia.com E-mail rokmedia@empas.com

ⓒ 판미손, 2022

값 9,000원

ISBN 979-11-408-0284-5 (4권)
ISBN 979-11-408-0095-7 04810 (세트)

우리 교황님 좀 말려 주세요

판미손 퓨전 판타지 장편소설 ④

Contents

바닷가에서 생긴 일

총 2일 동안 진행된 한일 정상 회담은 성공적으로 종료되었다.

사사키 총리는 처음부터 끝까지 대한민국의 국민들에게 사죄를 했고, 식민 지배 시절의 피해에 대한 배상금을 약속했다.

비록 일본 정부 측에 배상을 요구할 수 있는 실질적인 피해자들은 이미 대부분이 영면에 들었지만, 그들이 배상을 약속한 것만으로도 한일 관계의 극복에 관한 가장 큰 산을 넘은 셈이었다.

양국은 각성자 문제부터 시작하여 경제, 외교, 문화 등의 다양한 분야의 교류를 시작하기로 선언했다.

아주 오랜 시간 동안 이어져 왔던 혐오의 역사를 하루아침에 극복하긴 힘들겠지만, 이번 기회에 물꼬를 튼 것만으로도 충분한 성과였다……라는 것이 전문가들의 입장.

　　국민들의 반응은 어떠냐고?

　　안타깝게도 대한민국 국민들의 관심이 분산되어 버렸다. 그것은 바로 정상 회담이 끝나자마자 터져 나온 기사들 때문이었다.

〈어느 보육원의 끔찍한 진실. 이레귤러 김시우가 밝혀낸 끔찍한 비극!〉

〈빌런, 공직자, 대형 길드들이 얽힌 거대한 비리 사건!〉

〈대한민국의 음지를 지배하고 있는 추악한 진실들이 모습을 드러내다〉

〈서신우 대통령, 긴급 기자회견을 열어 대국민사과. '제 남은 임기를 대한민국의 악성종양을 도려내는 데 사용하겠다.'〉

〈여야 정당 대표, 임시국회 소집 합의. 주요 안건은 '이레귤러 특별법' 관련〉

　　한일 정상 회담의 파급효과도 잠시, 내가 개입한 보육원 사건에 대한 진실이 드러나면서 대한민국 전체가 분노로 달아올랐다.

　　디멘션 오프닝 이후 5년.

각성자들의 시대가 찾아오고 사회가 변화하는 과정 속에서 축적된 온갖 부정적인 요소들이 단번에 터져 나오기 시작한 것이다.

국회에서 논의하겠다는 이레귤러 특별법을 간단히 요약하자면, 나에게 여러 가지 특권을 부여해 주겠다는 이야기였다.

"민수 형제님도 특별법에 대한 이야기는 들어 보셨어요?"

"인터넷에서 가장 논란이 되고 있는 부분은 알고 있습니다. 교황 성하께서 직접 빌런 토벌 작전에 참여할 경우, 토벌 작전 중에 발생하는 모든 법적 책임이 면제된다. 그 조항으로 인해 각종 커뮤니티가 뜨겁습니다."

민수 씨의 설명대로였다.

이레귤러 특별법은 한마디로 내 무력행사를 정당화해 주는 법이라고 할 수 있겠다.

물론 내가 아무 때나 면책특권을 부여받는 건 아니었다.

정부 측의 협조 요청이 있을 때만 발동하는 부분적인 면책특권.

극단적인 예시를 들자면, 죄 없는 일반인들을 대상으로 내가 범죄를 저지를 경우에는 특권이 적용되지 않는다.

그럴 일이 벌어질 리가 없겠지만, 예를 들어 그렇다는 뜻이다.

"여론 반응은 어때요?"

"대부분의 언론에서 이미 미국의 이레귤러 법을 예시로 들면서 법안 통과에 힘을 싣고 있습니다. 일부 언론은 비판적인 기사를 내보내고 있지만, 국민 여론이 이미 법안에 찬성하는 쪽으로 흘러가는 중입니다. 직접 보시지요."

이곳은 합정에 위치한 민수 씨네 회사 회의실.

민수 씨는 리모콘을 누르면서 스크린 위에 한 커뮤니티 사이트를 띄웠다.

[제목: 도대체 뭐가 문제임?]

[내용: 몬스터 웨이브 혼자서 막아 줘, 지난번에 테러도 수습해 줘, 아무런 대가 없이 일본 가서 국가위기급 마수 잡아 줘. ㅋㅋㅋ씨발 이 정도면 까방권 아니냐? 거기에 빌런 청소까지 도와주겠다는데 이걸 막겠다는 새끼들은 병신들임?]

─김시우는 누가 견제함?

ㄴㅋㅋㅋㅋㅋㅋㅋ왜 견제해야 함?

ㄴ그럼 김시우한테 나라 팔아넘길 거임?

ㄴ이딴 놈한테 먹이ㄴㄴ 킹황님 잘되시는 거 배 아픈 전각련 똘마니 새끼 듯

─일본이랑 미국에선 이미 적극적으로 환영한다는 입장 표시함. 원래 이레귤러들한테 특권 주는 건 당연한 거.

─중국에선 또 유감 표시한다던데?

ㄴ중국의 유감 = 잘하고 있다

우리 교황님 좀
말려 주세요

"보시다시피 좋은 말이 잘 나오지 않는 사이트에서조차 어마어마한 쉴더들이 붙어 있습니다. 포털 사이트 덧글도 마찬가지고, 심지어 일부 팬덤에서는 시위에 나선다고 합니다."

"호의적인데 시위를요?"

"지금 당장 법안을 통과시키라는 의미라고 들었습니다."

생각해 보면 내가 여태까지 참 많은 일들을 해 왔다 싶었다.

여론이 나에게 호의적인 건, 어찌 보면 내가 그동안 열심히 해 왔다는 증거이기도 하다.

구로구 게이트부터 시작해서 야마타노오로치 토벌, 거기에 이번 보육원 사건까지.

굵직굵직한 사건들을 많이 해결하긴 했지.

나는 민수 씨의 설명을 들으면서 가볍게 숨을 뱉어 냈다.

"민수 형제님이 보기에는 잘될 것 같나요?"

"물론입니다. 전각련에서 개입하기에는 현재 그들의 상황이 좋지 않습니다. 전각련 소속 길드 일부가 이번 사건에 개입되어 있으니, 그들도 책임으로부터 자유로울 수 없을 겁니다."

에이든의 말에 따르면 전각련 내부에서도 계파가 나뉜 채로 권력 다툼이 진행 중이었다고 한다.

백명교와 관련이 있었다고 했는데 그 와중에 엄청난 이슈가 터져 버린 것이다.

이로써 전각련은 엄청난 혼란에 휩싸이게 되었다.

위기 앞에서 하나로 뭉칠 수는 있겠지만, 뭐 딱히 상관할 바는 아니었다.

녀석들이 하나로 뭉치기 전에 몇 방 더 꽂아 넣어 주면 되거든.

민수 씨는 그렇게 현 상황에 대한 간략한 보고를 해 주었고, 나는 그런 민수 씨를 향해서 부드럽게 미소를 지어 줬다.

그리고 은근한 목소리로 말했다.

"그나저나 세례 못 받은 거, 아쉽지는 않아요?"

지난번 세례식 때 민수 씨는 세례를 받지 못했다.

대신 민수 씨네 회사 직원 다섯 명이 세례를 받았다. 민수 씨라면 세례를 받을 거라 생각했는데, 세례가 적용이 안 되더라.

자세한 이유는 모르겠지만 그가 리멘을 영접하고 난 직후, 그의 몸에 자리 잡은 신성력의 씨앗 때문이지 싶었다.

"리멘님께서 뜻이 있으실 거라 생각합니다."

"제가 나중에 꼭 AS 해 달라고 할게요."

"챙겨 주셔서 감사할 따름입니다."

리멘에게도 계획이 있겠지.

나중에 물어보면 될 일이다. 다만, 근래에 리멘으로부터 연락이 없는 게 걱정될 뿐이었다.

하여간에 필요할 때는 연락이 안 된다니까?

"그건 그렇고."

나는 대화 화제를 슬쩍 돌렸다.

"오늘 저녁에 시간 괜찮아요?"

"어제 도깨비 길드 영상 촬영이 끝나서, 별다른 약속은 없습니다."

"잘되었네요. 저녁에 저랑 같이 인천 바다나 보러 갑시다. 마침 가서 할 일도 있어서요."

"갑작스럽게 인천…… 말씀입니까?"

"싫어요?"

"그건 아닙니다. 그런데 교황님을 수행하기에는 저보단 레오 님이나 루나 님이 더 적합하지 않나, 그렇게 생각합니다."

"에이, 걔네는 애들 가르쳐야지. 그리고 이번 일은 민수 형제님이 훨씬 더 든든할 것 같습니다."

계속되는 내 제의에 민수 씨는 끝내 고개를 끄덕일 수밖에 없었다.

"알겠습니다. 그런데 혹시 어떤 일로 인천을……."

"후후, 비밀."

알면 재미없잖아?

도망갈지도 모르고.

후후.

"저, 교황 성하. 궁금한 게 하나 있습니다."

"편하게 말씀하세요."

"법이 제정되기 전까지는 행동에 조심해 달라고, 서신우 대통령이 직접 부탁했다 하지 않으셨습니까?"

"그렇죠."

"그런데 이건……."

"조심해 달라고 했지, 하지 말라는 소린 안 했잖아요? 그리고 이건 그냥 마실 나온 거예요, 마실."

나는 하얗게 혈색이 질린 민수 씨를 향해 넉살 좋게 말했다.

민수 씨가 이렇게 걱정하는 이유를 모르는 건 아니었다.

그도 그럴 것이 지금 우리가 있는 이곳은 인천항 주위에 형성되어 있는 비밀스러운 상점가, 일명 암시장이라고 불리는 곳이었기 때문이다.

태어나서 처음 오는 곳이라 디멘션 오프닝 이전에는 이곳이 어땠는지는 잘 모른다.

인욱이로부터 이런 곳이 있다고 이야기는 들어 봤는데, 직접 와서 보니 내가 생각했던 것과 분위기가 사뭇 달랐다.

암시장이라면 무릇 어두침침하고 은밀한, 범죄가 만연해 있을 것 같은 분위기를 떠올리기 마련이다.

하지만.

"암시장이라기에는 사람이 참 많네."

마스크를 쓴 채로 무심하게 돌아다니는 사람들.

"몬스터의 부산물 최고가로 매입합니다!"

"각종 장비들 수선, 판매합니다. 들어오셔서 살피고 가세요!"

"회복제를 비롯한 소모품 저렴한 가격에……."

몬스터의 부산물이나 장비를 판다며 호객 행위를 하는 사람들.

거기에 치안을 담당하는 것처럼 보이는 순찰대가 돌아다니는 모습을 보면, 마냥 무법지대는 아닌 모양이었다.

"들어서자마자 빌런들이 몰려들 줄 알았는데, 그건 또 아닌 것 같네요. 보기보다 치안이 괜찮아 보이는데요?"

"암시장이라고 불렸던 것도 옛날의 일입니다. 지금은 플레이어들이 물품을 구하는 주요한 루트로 자리 잡았습니다. 저기, 완장을 낀 채로 돌아다니고 있는 플레이어들은 하이브 길드 소속입니다."

"사회의 암묵적인 합의, 그런 건가?"

"정확하게 보셨습니다. 부산과 목포에도 이러한 암시장이 존재합니다. 플레이어들에게 반드시 필요한 시설이기도 합니다. 원래는 정부에서 관리하던 시설들이었습니다만, 3년 전부터 전각련에 관리 권한이 넘어갔습니다."

3년 전이라면 진영이 형이 일본으로 넘어갔던 그 사건과 관련되어 있는 듯했다.

민수 씨는 분주히 돌아다니는 사람들을 바라보면서 간단한 설명을 덧붙였다.

"소속된 길드가 없이 활동하는 플레이어나, 생산 계열 플레이어들, 중소형 길드들이 이곳의 핵심 고객들입니다. 스마트폰 어플을 이용한 직거래 등, 플레이어 간의 거래가 가장 활발하게 일어나는 장소입니다."

"정부의 힘이 닿지 않고, 돈이 모이는 장소라."

빌런들이 숨어들기 딱 좋은 장소였다.

나는 앞으로 걸어가면서 턱을 긁었다.

마스크를 쓰고 있었기에 지나가는 사람들 중 나를 알아보는 사람은 없었다.

신성력이 이럴 때 참 좋은 게 지구의 플레이어들로서는 나를 쉽게 탐지할 수 없다.

즉, 얼굴만 가리면 이런 곳에서도 자유롭게 돌아다닐 수 있는 셈이다.

"다른 간부님들을 데리고 오지 않으신 이유는……."

"뻔하잖아요? 티가 나잖아!"

레오의 덩치는 숨기기에는 너무 티가 난다. 루나의 미모 역시 마찬가지고.

마스크로 가려도 루나의 비주얼은 숨길 수가 없었다.

우리 교황님 좀
말려 주세요

게다가 둘 다 이곳 인천 암시장에 대해서는 무지했으니, 민수 씨야말로 이번 일의 적임자라고 할 수 있겠다.

내 시원한 대답을 들은 민수 씨의 표정이 더더욱 굳어 버렸다.

내가 무슨 속셈으로 이곳에 왔는지 드디어 깨달은 모양이다.

"성하께서 이곳에 쇼핑을 하러 오진 않으셨겠지요?"

"쇼핑? 혹시 관심 있는 물건이라도 있습니까? 말씀만 하세요. 뭐든지 사 드릴 수 있습니다. 이래 봬도 이제 부자 교단입니다."

교단의 초기 멤버인 민수 씨를 위해서라면 뭐든지 사 줄 의향이 있다.

미튜브부터 시작해서 이래저래 신세만 졌으니, 그쯤이야 못 해 줄 거 없다.

하지만 민수 씨가 원했던 대답은 이게 아니었던 것 같다.

민수 씨는 크게 한숨을 내쉰 다음, 조용한 목소리로 말했다.

"이곳에서 일이 생기면 하이브 길드에서 나설 수밖에 없지만…… 교황 성하께서는 이미 각오를 하고 오셨겠지요."

"미국 친구들이 건네준 서류에는 이곳에서 정화자 놈들의 흔적을 봤다, 그렇게 적혀 있었습니다. 인천이면 코앞이나 마찬가지인데 그냥 지나칠 수가 있어야죠."

나는 민수 씨를 데리고 성큼성큼 앞을 향해 걸어갔다.

오늘 내가 이곳에 온 이유는 단순했다.

정화자의 흔적, 그러니까 마기를 추적하기 위해서 이곳에 온 것이다.

정보에 의하면 이곳 어딘가에서 정화자로 추정되는 빌런들을 목격했다고 했는데.

"새 친구의 능력이 꽤 마음에 듭니다."

"무언가 느껴지십니까?"

"마기라는 건 그리 쉽게 숨길 수 있는 게 아니거든요."

미국이 제공해 준 정보는 정확했다.

"이곳에 뭔가 있습니다. 안쪽으로 들어가 봐야겠는데요."

암시장에 도착한 순간부터 알 수 있었다.

암시장 안쪽에서부터 느껴지는 마기를.

누군가 마기를 숨기기 위해서 여러 장치를 설치해 둔 듯했지만, 다른 사람은 몰라도 나를 속일 수는 없었다.

당신의 감지 반경 내에 마기 반응이 감지됩니다.
이에 따라 액티브 스킬 〈마기 추적〉이 자동적으로 발동됩니다. 마기 반응이 극대화되어 전달됩니다.

마기는 암시장의 내부 구역으로부터 느껴지고 있었다.

단순히 누군가가 뿜어내는 마기라기에는 감지되는 마기의

양이 상당했다.

의식이라도 진행하고 있는 걸까?

"성하, 이 앞 블록부터는 하이브 길드에서조차 순찰조를 파견하지 않습니다. 그만큼 위험한 장소입니다."

"위험하다라."

나는 민수 씨의 말에 입꼬리를 슬쩍 올렸다. 그리고 능글맞은 목소리로 말했다.

"진짜로 위험에 놓인 건 우리 쪽이 아니란 거, 민수 형제님도 이미 알고 계시잖아요?"

"……시끄러워지지 않겠는지요."

"에이, 시끄럽지 않게 조용히 처리해야죠. 대통령이 직접 부탁한 건 최대한 들어줘야지. 말이 안 나오게 깔끔하게 처리할 계획입니다. 걱정 마세요."

죽은 자는 원래 말이 없는 법이니까, 그것만큼 깔끔한 방법이 없지 않겠어?

나는 주먹을 가볍게 움켜쥐면서 위험이라고 적혀 있는 표지판을 지나쳤다.

간만에 화끈한 밤이 될 것 같았다.

❧

표지판이 걸려 있던 이유가 있었다.

고작 암시장 내부 구역으로 몇 발자국 내디뎠을 뿐인데, 공기부터 달라졌다.

깔끔하고 정돈된 분위기의 건물들이 즐비했던 외부에 비해, 내부 구역은 관리가 제대로 되지 않는 모습이었다.

곳곳에 널려 있는 담배꽁초부터 시작해서, 심심찮게 풍겨져 오는 쑥 냄새까지.

쑥 냄새의 정체를 알아차리는 건 그리 어려운 일이 아니었다.

"제가 없는 사이에 대한민국에서 대마초가 합법화되었을 줄은 몰랐네요."

"성하, 여전히 대마초는 불법입니다."

"그럼 이 냄새는?"

"대마초일 겁니다. 내부 구역에서는 마약이 유통된다는 소문이 있기는 했습니다. 이곳에서 불법행위가 벌어지는 건 이상할 게 없습니다."

민수 씨는 그렇게 말하며, 조회수를 노리고 이곳에 취재를 나왔던 미튜버들이 전부 행방불명되었다는 설명을 덧붙였다.

민수 씨의 이야기에 따르면 대마 말고 더한 것들도 충분히 거래되고 있을 것 같다.

아무리 정부 측에 힘이 없다고 한들, 이런 곳을 가만히 내버려 두진 않을 것 같은데 말이지.

"이곳도 형식상 하이브 길드의 관할 구역이기도 합니다."

"그래도 명색이 대한민국 영토인데, 정부에서 아예 손을 못 대는 게 말이 되나?"

"정부의 역할이 그만큼이나 축소되었다고 보시면 될 것 같습니다."

서 대통령이 직접 우리 집 앞까지 찾아와서 힘을 실어 달라고 부탁했던 걸 생각해 보면, 이런 곳이 존재한다는 것도 이해할 수 있을 것 같다.

"정부는 그렇다고 치고, 하이브 길드가 이 구역 치안 책임진다면서요. 이렇게 프리하게 내버려 두는 것도 좀 이상한데?"

"하이브 길드에서도 주기적으로 이 지역을 뒤집습니다. 실제로 많은 빌런을 잡아내기도 했죠. 전각련 소속 길드들에 의해 검거된 빌런들의 숫자는 정부 측이 검거한 빌런들의 숫자보다 많습니다."

"구린내가 나기 딱 좋네."

다르게 말하자면 자기들에게 협조적인 빌런들은 내버려 둘 수도 있다는 뜻이다.

생각해 보니 내가 정부 측에 요구했던 특권이 과하지도 않은 것 같다.

이미 전각련 쪽에선 그렇게 해 왔다는 뜻 아닌가?

에이든이 대한민국 정부의 능력에 비관적이었던 것도 이

해가 간다.

"민수 형제님."

"예, 성하."

"민수 형제님이 보기에는 저 멀리서 다가오는 놈들, 뭐 하는 놈들 같아요? 아까 전부터 우리를 너무 뜨겁게 바라보더라고."

총 일곱 명으로 이루어진 무리 하나가 우리를 향해 접근 중이었다. 건들거리는 발걸음은 기본 옵션으로 탑재하고 있었으며, 우리를 향해 노골적으로 뜨거운 시선을 보내고 있다. 성적 취향이 의심스러울 정도로 말이다.

민수 씨는 나를 따라 그 이상한 무리를 잠시 관찰했다. 그리고 조용한 목소리로 말했다.

"그다지 호의적인 친구들은 아닌 것 같습니다. 혹시 저들이 마기를……."

"저놈들은 아니에요. 그냥 시비 걸러 오는 것 같은데. 맞다, 민수 형제님도 내부 구역에 대해서는 잘 모르시죠?"

"죄송합니다."

"죄송하실 것까지야. 마침 잘되었네요. 이참에 현지 가이드나 한 명 고용합시다. 미튜브 같은 데 보니까 해외에서는 슬럼가 가이드해 주는 사람들도 있던데, 대한민국에서도 가능하겠지?"

어디 한번 이야기 하는 거나 들어 볼까?

우리 교황님 좀
말려 주세요

나는 웃음을 지으면서 그들이 내 앞까지 도착하기를 기다
렸다.

예상대로 그들은 우리의 앞에서 멈춰 섰다.

그들은 외부 구역의 인원들과는 다르게 마스크를 쓰지 않
고 있었는데, 덕분에 충격적인 비주얼이 적나라하게 드러나
고 있었다.

특히, 대장으로 보이는 놈의 비주얼은 유별났다.

왼쪽 얼굴에는 흉측하리만큼 흉터가 빼곡했고, 오른쪽 얼
굴에는 알 수 없는 문양을 문신으로 새겨 두었다.

일반인이 저 남자의 얼굴을 봤다면 보자마자 경악성을 내
질렀을 정도로, 정말 충격적인 비주얼이 아닐 수 없었다.

녀석은 붉게 충혈된 눈으로 나와 민수 씨의 전신을 훑어보
았다. 그리고 가래가 낀 목소리로 말했다.

"손님인가? 누구와 약속을 하고 들어왔지?"

"아, 여기도 예약제야? 예약 안 하면 못 들어와?"

"그럴 리가 있나! 이곳까지 찾아왔다면 필요한 게 있어서
왔을 텐데, 우리가 소중한 손님을 내쫓을 수야 없지. 그래,
무엇이 필요해서 이런 곳까지 오셨나? 마약? 불법 개조 무
기? 아니면 사람? 필요한 게 있으면 나한테 말만 해. 돈만
주면 무엇이든 구해 줄 수 있어."

손님으로 대우해 주겠다는 놈들치고는 자세가 심히 불량
하다.

외부 구역의 상인들은 호객이라도 멀쩡히 했는데, 이쪽은 제의를 거절하면 무력이라도 동원할 기세다.

실제로 일곱 명 모두에게서 마력이 느껴지고 있었다.

두 놈은 A급, 다섯 놈은 B급 정도.

절대로 어중이떠중이인 집단은 아니었다. 민수 씨도 그것을 알고 있었기 때문인지 긴장한 기색이 역력했다.

"긴장할 것 없어. 우리 애들이 거칠게 보이긴 해도 손님한텐 정말 친절해."

"너희가 구해 준다는 사람이란 거, 대충 뭔 뜻이냐?"

"이곳까지 왔을 정도면 쑥맥은 아닐 텐데? 여자, 남자. 말만 해라. 네 모든 취향에 맞춰 줄 수 있다."

녀석은 살짝 몸을 숙인 다음, 은근한 목소리로 말했다.

"환상적인 밤을 보내게 해 줄 수도 있어. 흐흐, 너도 그러려고 온 거 아니야?"

좋아, 대강 이곳의 분위기는 파악했다.

이런 곳이구나.

나는 고개를 천천히 끄덕였다. 그리고 나에게 얼굴을 내민 놈을 가만히 쳐다보았다.

녀석의 머리 위에는 몇 가지의 악행이 떠올라 있었다.

플레이어 〈강지원〉의 악행을 나열합니다.
〈살인〉, 〈폭행〉, 〈인신매매〉 등 24건

우리 교황님 좀
말려 주세요

〈멸악의 의지〉라는 아주 훌륭한 빌런 탐지 기능이 나에게 있다는 게 얼마나 기쁜지 모른다.

나쁜 놈이라는 것을 확인할 수 있다는 건 아주 큰 장점이다. 억울한 피해자를 배제할 수 있기 때문이다.

나는 주머니에서 검은 장갑을 꺼내면서 미소를 지었다.

"환상적인 밤이라. 듣던 중 반가운 소리네. 마침 나도 밤을 뜨겁게 불태우려고 왔어."

"이곳에 놀러 오는 놈들이 다 그렇지. 부끄러워할 필요 없어. 너는 이제부터 내 손님이야. 혹시 마스크 한번 벗어 줄래? 얼굴 보고 통성명이나 하자. 내 이름은……."

"강지원, 맞지?"

내가 녀석의 이름을 입 밖으로 내뱉은 순간이었다.

방금 전까지 웃고 있던 강지원의 표정이 기괴하게 일그러진다. 그리고 녀석의 뒤에서 실실 쪼개고 있던 부하들이 무기를 꺼내 들면서 우리를 위협하기 시작했다.

강지원 역시 어느새 단검을 내 목에 가져다 댔다.

푸른색의 독이 발린 녀석의 단검은 당장에라도 내 목을 꿰뚫을 기세였다.

"내 이름을 어떻게 알지? 대답 잘하는 게 좋을 거야. 정부 소속이야? 아니면…… 다른 쪽 놈들이냐?"

"다른 쪽이 뭔지 굉장히 궁금하네."

"마스크 벗어."

"내가 기관지가 좀 약해. 이해해 주면 안 될까?"

내 능글거린 대답을 들은 녀석의 부하 한 놈이 화를 내면서 나에게 달려들었다.

"이 건방진 새끼가!"

그놈은 내 얼굴을 가리고 있던 마스크를 우악스럽게 벗겨 냈다.

끈이 끊긴 마스크가 바닥에 떨어졌고, 내 얼굴이 고스란히 노출되어 버렸다.

나는 바닥에 떨어진 마스크를 슬쩍 보면서 말했다.

"오늘 미세먼지 많다고 내 귀여운 여동생이 직접 챙겨 준 마스크인데, 너무한 거 아니야?"

그러나 돌아오는 대답은 없었다.

대신 내 목에 닿은 단검이 떨리기 시작했다. 단검을 쥐고 있는 강지원의 표정이 경악에 물들어 있었다.

"김……시우?"

"확실히 내가 유명해지기는 했나 봐. 보육원 원장도 그렇고, 너도 그렇고. 보자마자 알아보네. 역시 사람은 유명해지고 볼 일이야."

나는 그렇게 말하며 내 목에 닿아 있던 단검을 손으로 움켜 쥐었다. 그러자 독이 묻은 단검은 작은 구슬로 변해 버렸다.

난데없는 차력 쇼에 충격이라도 받았는지, 강지원은 그 자세 그대로 굳어 버렸다. 그리고 그것은 나를 둘러싸고 있던 부하 놈들도 마찬가지였다.

"시끄러워지면 좀 곤란해. 협조해 줄 수 있지, 친구들?"

끄덕끄덕.

내 말에 녀석들은 필사적으로 고개를 끄덕였다.

"다행이네. 반으로 접히는 것도 인생에 한 번밖에 못 하는 경험이니까 즐겼으면 좋겠어. 진심이야."

콰드드드득-!

나는 내 마스크를 벗겼던 놈의 몸을 반으로 접어 버린 다음, 강지원을 향해 부드럽게 미소를 지었다.

"너는 나랑 환상적인 밤 보내야 하니까 가만히 있어. 도망치면 알지? 한 발자국이라도 떨어지면 그대로 다리뼈 으스러뜨릴 거야."

❧

그렇게 해서 쓸 만한 가이드를 획득한 우리는 곧바로 마기가 느껴지는 곳을 향해 움직였다.

강지원은 이 바닥에서 내가 생각했던 것보다 훨씬 영향력이 있는 놈인 것 같았다.

"다들 너만 보면 자리를 피하네."

"제, 제가…… 꽤 악명이……."

"악명이 뭐."

"죄송합니다! 죄송합니다!"

자신의 부하들이 반으로 접히는 모습을 두 눈으로 목격해서 그런가, 기합이 아주 바짝 들었다.

나는 강지원의 대가리를 주먹으로 후려치면서 민수 씨에게 물었다.

"얘 유명해요?"

"기억이 납니다. 투페이스. 용병으로 고용되어 던전 토벌에 참여한 후, 고용주를 죽이고 던전의 부산물과 장비를 챙기는 걸로 유명했던 빌런입니다. 이곳에 있을 줄은 몰랐습니다."

과연, 걸어 다니는 각성자 백과사전 민수 씨다웠다.

투페이스라.

빌런 새끼 주제에 꽤 어울리는 별명을 지니고 있었네.

"이름값 하게 얼굴을 두 쪽으로 분리시켜 줄 걸 그랬나?"

"시키는 대로 하겠습니다. 목숨만, 제발 목숨만은……."

"걱정하지 마. 나 사람 그렇게 쉽게 안 죽여. 새끼, 엄살은."

내가 그렇게 쉽게 목숨을 끊어 줄 리가 있나.

나는 다시 한번 녀석의 대가리를 후려친 다음, 걸음을 멈추었다.

"여기인가."

허름한 3층짜리 건물.

겉으로 보기에는 특이하진 않았지만, 건물 전체에서 마기가 느껴졌다.

특히, 건물 지하에서는 지금 이 순간도 마기가 방출되고 있었다. 그리고 그 마기는 조금씩 이 주위의 땅을 잠식해 들어가는 중이었다.

이 지역 전체에 마법 결계가 여러 개 중첩되어 있었지만, 내 감각을 속일 수는 없었다.

"야, 너 이 바닥 잘 안다면서. 여기를 누가 사용하고 있는지도 알아?"

"이, 이 건물에서는 중국에서 넘어온 놈들이 장사를 하고 있습니다. 주로 밀수품을 판매하고 마약…… 마약도 팔고 있습니다."

"그게 끝이냐?"

"그리고 사람! 사람도 삽니다. 보통 상품 가치가 떨어진 사람을 이 녀석들에게 넘깁니다. 사람을 구하는 곳이 몇 군데가 더 있긴 한데, 이 녀석들이 값을 제일 잘 쳐주고, 상품에 하자가 있더라도 다 구매해 줍니다."

"하자?"

"예, 예. 건강에 문제가 있는 상품을 의미합니다. 보통 사람 장사는 장기를 판매하면서 이윤을……."

"귀 썩겠다."

콰지지직ㅡ.

나는 얼굴을 잔뜩 찌푸리면서 강지원의 입에다가 녀석의 주먹을 쑤셔 박았다. 그리고 그 상태로 어깨를 뒤로 젖혀 버렸다.

　"읍읍! 끄으으으."

　강지원은 끔찍한 고통에 온몸을 부르르 떨었지만 비명조차 큰 소리로 내지 못했다.

　입을 가로막은 주먹 틈 사이로 비명을 흘려보내는 것이 전부였다.

　"이건 미리 보기. 본편은 이따가 보여 줄게."

　인간의 생존 욕구란 정말 대단한 법이라서, 고통에 몸부림치는 상황에서라도 도망을 가고자 한다.

　특히, 플레이어들은 일반인보다 훨씬 뛰어난 신체 능력을 가지고 있기 때문에 확실히 해 둘 필요가 있었다.

　그래서 나는 잠시 고민을 하다가 녀석의 두 다리를 분질러 버렸다.

　콰드드득.

　개방형 골절이 되었는지 녀석의 바지가 피로 물들었다. 이쯤 되면 도망가지 못할 거다.

　그 모습을 지켜보고 있던 민수 씨가 백지장 같은 얼굴로 말했다.

　"차라리 죽이는 쪽이……."

　"교황은 사람을 그렇게 쉽게 죽여서는 안 됩니다. 생명이

얼마나 소중한데, 그 가치를 최대한 존중해 줄 필요가 있어
요. 악인이라고 하더라도 쉽게 죽여서는 안 됩니다. 본인의
죄를 참회할 기회 정도는 줄 필요가 있는 겁니다."

"……그렇습니까?"

"그렇지요. 저는 그저 쉽게 참회하지 않을 것 같은 이들에
게 약간의 도움을 주고 있을 뿐입니다. 착한 고통, 그렇게 생
각하시면 됩니다."

"……그렇군요."

"그런 겁니다."

똑똑한 사람답게 이해가 빨라서 좋다.

나는 민수 씨를 향해 엄지손가락을 들어 올린 후, 다시 몸
을 돌려서 건물을 바라보았다.

외부 계단은 없고 건물 내부에서만 층을 이동할 수 있는
구조.

눈에 보이는 출구는 일단 1층의 문이 전부였다.

"민수 형제님."

"예, 성하."

"여기에 계세요. 아직은 민수 형제님에게 좀 이릅니다."

중국에서 온 놈들이고, 사람을 가리지 않고 구매한다. 거
기에 마기까지 느껴진다.

정황증거는 확실하다.

민수 씨는 아직까지 이런 놈들과 붙기에는 역부족이다. 민

수 씨 역시 그 사실을 잘 알고 있었기에, 마지못해 고개를 끄덕였다.

"오래 안 걸려요."

"알겠습니다."

"그럼."

민수 씨를 앞에 두고 당당하게 건물 내부로 진입했다.

문을 열고 들어서자 식당 구조를 지니고 있는 1층의 모습이 눈에 들어왔다.

곳곳에 사람들이 앉아 있었고, 바로 옆에 있던 계산대에도 한 여자가 자리 잡고 있었다.

그녀는 나를 빤히 쳐다보았다. 아니, 그곳에 있던 모두가 나를 빤히 쳐다보았다.

잠깐의 침묵이 이어진 후, 계산대에 있던 여자가 떨리는 목소리로 말했다.

"검은…… 교황."

나는 그녀를 바라보면서 해맑게 미소를 지었다. 그리고 주위에 신성 결계를 생성하면서 말했다.

"뭐 해? 손님 받아야지."

❧

문득 예전에 승우를 데리러 갔을 때 상대했던 연백 길드

우리 교황님 좀
말려 주세요

놈들이 생각이 난다.

각성자의 비약이라는 것을 통해서 마기 사용자로 각성했던 놈들.

약에 의한 불완전한 마기였기 때문에 녀석들은 마기를 적극적으로 사용하진 못했다.

하지만 이곳에 있는 놈들은 달랐다.

좌르르르르륵!

이놈들은 마기를 사용하는 것에 익숙했다.

지난번에 이능관리부 2청사에서 상대했던 그놈들처럼, 마기를 이용해서 신체를 변형한다.

마기로 이루어진 촉수가 나를 향해 뻗어 왔고 그 촉수 틈사이로 흑마법이 파고들었다.

그뿐만이 아니다.

녀석 중 일부는 온몸의 마기를 폭주시킨 채로 나에게 달려들었다.

나를 껴안고 자폭이라도 하려는 모양새였다.

하지만 녀석들의 발악은 나에게 전혀 닿지 못했다.

애초에 성립되지 않는 전투였으니까.

액티브 스킬 〈신성불가침 Lv. Max〉이 활성화됩니다.
그 어떤 부정한 기운도 신성한 당신의 영역을 침범할 수 없습니다.

내 몸에서 뿜어져 나온 빛은 순식간에 모든 마기를 소멸시켜 버렸다.

교단이 성장함에 따라서 인과율의 제한이 대폭 완화되었으니, 고작 이딴 피라미들의 마기로는 나를 감당할 수 없었다.

애초에 내 신성력은 마를 멸하기 위해 주어진 힘이었다. 다른 사제들처럼 신의 기적을 행하기보다는, 신의 징벌을 위해 존재하는 힘이었다.

마기를 온몸으로 받아들인 놈들에게는 극독보다 더 끔찍한, 극상성의 힘으로 작용할 수밖에 없는 것이다.

"결계로 숨긴다고 진짜 숨겨지는 줄 알았어?"

나는 녀석들을 비웃으면서 천천히 앞으로 걸어갔다.

이런 놈들을 상대로는 직접 몸을 움직일 필요도 없었다.

치이이이이익—.

내가 뿜어내는 신성력에 닿은 적들의 몸이 형편없이 허물어진다.

마기로 변형된 몸이 진흙처럼 흘러내렸고, 온몸으로 마기를 뿜어내던 놈들은 잿가루가 되어 버렸다.

1층에서 대기하고 있던 놈들을 모두 정리하는 데까지는 1분이 채 걸리지 않았다.

나는 진흙과 잿가루로 뒤덮인 홀을 지나쳐서 계단으로 향했다.

2층와 3층은 그저 눈속임이었을 뿐.

"이 새끼들, 지하를 얼마나 파 둔 거야?"

마기는 지하 깊은 곳에서 올라오는 중이었다.

캬아아아아악—!

밑에서 짐승이 울부짖는 듯한 괴성이 울려 퍼졌고, 곧 지하의 어둠 속에서 두 개의 머리를 지닌 마수가 뛰쳐나왔다.

붉은색의 몸을 지닌 개, 헬 하운드.

게이트도 없던 이곳에서 마수가 등장한다는 뜻은 누군가가 제물을 바쳐서 마수를 소환했다는 것을 의미한다.

"그래 봤자 개새끼지."

에덴에서는 셀 수 없을 만큼 많은 마수를 잡았다. 헬 하운드는 기세 좋게 등장했지만, 나를 마주하자마자 몸을 떨면서 뒤로 물러섰다.

그것은 내가 마수들을 학살하면서 얻었던 〈마수의 천적〉이라는 패시브 스킬로 인한 결과였다.

나는 두려움에 질린 헬 하운드들의 심장을 가볍게 터트리면서 계속 밑으로 내려갔다.

그리고 잠시 후.

"너구나?"

로브를 쓴 채로 소환 마법진 앞에 서 있던 사람을 마주할 수 있었다.

녀석의 주위에는 제물로 사용되었을 사람들의 시체가 널브러져 있었다. 그리고 녀석의 뒤로는 사람들을 가둬 두는 장소로 보이는, 철창으로 가득 찬 시설이 보였다.

그나마 다행인 건 아직 살아 있는 사람들이 저 안에 있다는 것.

대한민국의 땅에서 이런 일을 대놓고 벌여 뒀을 줄은 몰랐다.

안 들킨다는 확신이 있었던 걸까?

그리고 이 꼴을 보고 확신이 드는 건데.

"여기가 그 제단이라는 곳이었네. 그렇지?"

이세희가 말했던 그 '제단'이라는 장소가 바로 이곳이다.

처음에는 그게 무슨 뜻인가 싶었는데, '제단'은 말 그대로 '제단'이었다.

제물을 바치는 곳.

나는 로브를 입은 놈을 바라보면서 가볍게 숨을 뱉어 냈다.

코끝으로 비릿한 피 냄새와 함께 썩은 내가 풍겨 왔다. 그리고 그 썩은 내의 근원은 로브를 입고 있는 놈이었다.

덕분에 녀석의 정체를 쉽게 알아차릴 수 있었다.

"리치."

"위대한 분의 계획은 이미 이루어졌다. 신의 노예. 이번에는 네가 한발 늦었구나."

로브를 벗은 그놈의 외관은 분명히 인간의 형상이었지만, 언데드로서의 본질은 숨겨지지 않는다.

음산한 목소리가 공기를 진동시킨다.

리치.

저놈은 틀림없는 리치였다.

지난번에 이능관리부 청사를 테러했던 놈을 생각해서, 다른 지부도 인간이 담당하고 있을 거라 생각했었다.

하지만 그건 어디까지나 내 착각이었을 뿐.

인간의 탈을 뒤집어쓴 리치가 버젓이 존재하고 있을 줄은 미처 예상하지 못했다.

"잡아다가 정보를 뽑아내는 건 글러 먹었네."

이곳에 들어설 때까지만 하더라도 지부장을 산 채로 잡아가서 정보를 뽑아낼 생각이었다.

그러나 일이 이렇게 된 이상, 유의미한 정보를 뽑아내는 건 포기해야 할 듯싶었다.

"이제는 하다못해 언데드도 중국산이냐? 하여간에 진짜 좋게 봐 주려야 좋게 봐 줄 수가 없어."

"우리의 계획은 실현……."

"안 물어봤어."

더 들을 것도 없었다.

나는 곧바로 리치를 향해 달려들어 녀석의 목을 움켜쥐었다.

내 신성력이 닿자 녀석이 뒤집어쓰고 있던 인간의 탈이 벗겨졌고, 초록빛의 안광을 지닌 해골이 모습을 드러냈다.

신성력을 흘려 넣으면 당장에라도 소멸하는 상황.

구로구 게이트의 리치가 발악했던 것과는 달리, 녀석은 아무런 반항조차 하지 않았다.

도리어 나와 눈을 맞춘 채로 스산한 음성을 낸다.

"그 세계와는 달리, 이 세계에서 우리를 막는 놈은 네놈뿐이다. 네놈이 모시는 그 빌어먹을 리멘조차 너를 도와줄 수 없는 상황이지 않느냐?"

나를 알아보고 있다.

그 말은, 이 녀석 역시 에덴에서 건너온 놈이란 뜻이다.

녀석은 나를 조롱하듯 내려다보았다.

"이 세계는 혐오가 만연하다. 그분께서 보시기에 참으로 훌륭한 세계다. 과연, 이곳의 필멸자들이 힘을 합쳐서 싸울 수 있을까? 비록 에덴에서는 우리가 패배하였지만, 검은 교황. 네놈의 세계는 결국 무너져 내릴 것이다."

저주가 가득 담긴 음성.

나는 쉴 새 없이 말을 내뱉는 리치를 올려다보았다.

"리치 새끼치고 유별나게 수다가 많은 새끼네."

"무력감 속에서 질식해라. 혼자인 너에게 어울리는 최후─."

파스스스슥─.

신성력을 흘려 넣자 리치의 몸이 머리부터 무너져 내렸다.

녀석은 비명조차 지르지 못하고 재가 되어 흘렀고, 나는 장갑에 묻은 검은색 재를 털어 내면서 눈살을 찌푸렸다.

"누가 혼자래, 병신 같은 해골바가지 주제에."

이놈은 리멘과 연락이 되지 않는다는 걸 알고 있었다. 그렇다면 지금 리멘과 연락이 닿지 않는 것도 이놈들 탓인 걸까?

머릿속이 복잡해지기 시작했다.

하지만 고민을 하고 있을 시간은 나에게 주어지지 않았다.

콰르르르르릉—!

리치가 소멸한 탓일까? 건물, 아니 건물이 세워져 있던 주변 땅이 거세게 흔들리기 시작했다.

마기의 오염이 제거되지 않은 상태에서 리치가 죽으면서 일어난 폭주 현상이었다.

"조용히 해결하는 건 글러 먹었잖아."

이곳에는 아직 생존자들이 남아 있다. 이렇게 된 이상 어쩔 수 없었다.

나는 한숨을 내쉰 다음, 신성력을 사방으로 퍼뜨렸다.

사람들은 살리고 봐야지.

⚜

나는 신성력으로 마기의 폭주를 진정시킨 다음, 곧바로 철장 속에 갇혀 있던 생존자들을 확인하러 갔다.

생존자의 숫자는 총 열두 명이었다.

당연하게도 그들의 상태는 좋지 않았다. 신체의 외상을 떠나서, 하나같이 정신적인 충격에 휩싸여 있었기 때문이다.

눈앞에서 사람을 제물로 바치는 장면을 보고 제정신을 유지할 수 있는 사람이 몇이나 될까?

게다가 열두 명 중 절반은 어린아이들이었다. 기껏해야 초등학교 저학년 정도.

어찌 보면 당연했다. 영혼이 순수할수록 제물로서의 가치가 높고, 당연히 어른보다는 아이들의 영혼이 순수하다.

아마 이 아이들도 어디선가 팔려 왔을 것이다.

"늦게 와서 미안합니다."

정신이 반쯤은 나간 희생자들에게 지금 당장 내가 해 줄 수 있는 건 그저 잠시나마 편하게 잘 수 있도록 해 주는 것뿐.

나는 구석에서 떨고 있던 희생자들을 조심스럽게 신성력으로 감싸 주었다.

그러자 그들 모두가 조용히 잠들었다.

그렇게 생존자들을 잠시 재운 후, 다시 몸을 돌려 제물이 되어 버린 시체들이 있던 마법진으로 돌아왔다.

의식으로 인해 마기가 깃들어 있던 시체들은 모두 정화가 되었다.

하지만 고통 속에서 눈도 감지 못하고 죽어 간 시체들이 있었다. 나는 그들에게 다가가 눈을 감겨 주었다. 그리고 천천히 일어서면서 말했다.

"출동 한번 빠르네. 10분은 지난 것 같은데, 여기 너희 담당 구역이라고 하지 않았나?"

흐릿한 어둠 속에서 한 무리의 헌터가 모습을 드러냈다.

아까 외부 구역에서 보았던, 하이브 길드의 완장을 착용하고 있던 헌터들.

그들은 검, 창, 방패 등, 당장에라도 전투를 시작할 수 있도록 준비를 한 상태로 내가 있던 층에 돌입했다.

나는 하이브 길드 소속의 헌터들을 조용히 바라보았다.

여차하면 나를 죽일 생각이라도 하고 있는 건지, 그들은 나를 향한 경계를 거두지 않는다.

그러나 그것도 잠시, 곧 투구를 쓴 채로 가장 앞에 서 있던 남자가 투구를 벗으면서 앞으로 걸어 나왔다.

"죄송합니다. 코드 옐로우 상황이라, 저희 팀원들이 예민했습니다. 사과드립니다, 김시우 교황님."

"우리 구면이네요? 신전에 한번 들르실 줄 알았는데, 안 오셔서 살짝 섭섭했습니다. 오준우 씨. 다시 보니 반갑지만, 장소가 안 좋네요."

오준우.

루나가 처음 지구로 넘어왔던 월미도 게이트에서 만났던, 하이브 길드 소속의 S급 헌터.

루나에게 홀딱 빠져 버렸던 그 맹한 얼굴이 아직도 기억난다.

루나가 현장에서 떠날 때까지 멍한 표정으로 루나를 쳐다보고 있었지, 아마?

이 사람 덕분에 그때 그 현장에서 잘 벗어날 수 있었기에 기억에 남았다.

"그런데…… 오준우 씨 팀원들은 생각이 좀 다른 모양인데요?"

나는 오준우의 뒤에서 여전히 무기를 겨누고 있는 헌터들을 가리키면서 말했다.

"팀장님, 코드 옐로우입니다. 명령에 따르셔야만 합니다. 상부의 명령에 따라 모든 생존자들을 제거……."

콰아아아아앙!

"죄송합니다, 시우 님. 저희 팀 신입이 일머리가 부족합니다. 부디 넓은 아량으로 이해해 주시면 감사하겠습니다."

오준우는 방금 전까지 입을 놀리고 있던 자신의 팀원을 주먹으로 후려치며 말했다.

오준우에 의해 가격당한 팀원은 붕 떠서 벽에 처박혔고, 그제야 다른 팀원들도 서둘러서 무기를 거두었다.

"굉장히 엄한 상사시네."

"제가 저 친구의 목숨을 살려 준 겁니다."

"준우 씨의 얼굴을 봐서라도 팔 한쪽 정도로 타협해 줄 생각이었어요."

"넓은 이해심에 감사드립니다."

우리 교황님 좀
말려주세요

"그나저나 모든 생존자를 사살하라는 명령이 내려졌다고 했던 것 같은데, 제가 잘못 들은 겁니까?"

내 질문에 오준우가 힘겹게 웃으면서 고개를 끄덕였다.

"코드 옐로우. 치명적인 오염이 발생했을 때를 의미합니다. 신입이 말한 건 어디까지나 최악의, 최악의 상황을 가정한 경우입니다."

"최악?"

"가끔 플레이어의 능력으로 치명적인 세균이나 바이러스를 연구하는 빌런들이 있습니다. 오염 확산을 억제하기 위한 최후의 방법…… 그렇게 생각하시면 될 것 같습니다."

그렇게 말하는 오준우의 얼굴에는 확신이 없었다. 오히려 후회와 회의감으로 가득 차 있는 얼굴.

지난번에 월미도에서 만났을 때는 자신감이 넘쳐흘렀던 오준우였지만, 지금의 오준우의 얼굴에선 자신감이란 찾아볼 수 없었다.

나는 그런 오준우의 얼굴을 잠시 말없이 쳐다보았다. 그리고 나지막한 목소리로 말했다.

"무슨 일이 있었는지 물어보시질 않네. 나 같으면 궁금해서 바로 물어볼 것 같은데…… 아니면."

천천히 오준우에게로 다가갔다.

그리고 그의 어깨 위에 손을 올리면서 조용히 속삭였다.

"이미 뭔가를 알고 계시나?"

아무리 정화자 놈들이 비밀스럽게 움직였다고 한들, 녀석들은 계속해서 제물을 수급해 왔을 것이다.

이곳은 하이브 길드의 홈그라운드.

정말 그들이 아무것도 모르고 있었을까.

"준우 씨."

"……예, 교황님."

"만약에 준우 씨가 지금 같은 표정이 아니었다면, 제 태도가 바뀌었을지도 몰라요."

오준우는 마법진 위의 시체들을 바라보면서 주먹을 꽉 움켜쥐고 있었다.

얼마나 세게 주먹을 쥐었는지, 그의 손에서 선혈이 뚝뚝 떨어져 내리고 있었다.

난 그런 오준우를 바라보면서 나지막한 목소리로 말했다.

"이미 제가 이능관리부를 호출했습니다. 이곳의 정리는 저희가 맡겠습니다. 그러니까 준우 씨는 돌아가세요."

"하지만……."

"고민이 많아 보이는 얼굴입니다. 한 가지 조언을 해 드려도 될까요?"

아직 그의 손에는 피가 묻어 있지 않았다.

오준우는 나쁜 사람이 아니다.

상황이 그를 나쁜 사람으로 이끌어 가고 있을 뿐이다. 만약 그가 정말 〈악인〉이라고 부르기에 충분한 사람이었다면,

우리 교황님 좀
말려 주세요

멸악의 의지가 발동했을 것이다.

그때 루나가 오준우에게 호의적이었던 이유도 루나 역시 본능적으로 이 사람의 인간성을 파악했기 때문이겠지. 루나는 원래 그런 능력이 있으니까.

그래서 그에게 한 번은 기회를 주고자 한다.

"사람은 하고 싶은 말 참으면서 살면 병납니다. 그런 병은 우리 리멘님께서도 쉽게 못 고치세요. 하고 싶은 말은 하면서 살아야지, 안 그래요?"

"교황님."

"지난번에 했던 제안은 여전히 유효합니다. 시간 괜찮으실 때 신전에 한번 들르세요. 그때는 좋은 말씀 한번 나눠 봅시다."

내 말에 담긴 뜻을 알아차린 걸까?

무언가를 결심한 오준우가 무겁게 고개를 끄덕이며 대답했다.

"조언, 감사합니다."

"별말씀을."

붕괴는 언제나 작은 균열로부터 시작된다.

바로 지금처럼.

나는 오준우의 얼굴을 바라보면서 작게 숨을 뱉어 냈다.

과연, 그는 내가 원하는 대로 움직여 줄까?

지각 변동

아침이 밝았다.

나는 신전의 집무실에 앉아, 벽에 걸려 있던 TV를 시청하고 있었다.

TV 속에는 지난밤에 만났던 하이브 길드의 오준우가 긴급 기자회견을 진행하는 중이었다.

"혹시, 이것도 시우 님께서 의도하신 일입니까?"

내 옆에는 어젯밤에 급히 암시장으로 달려왔던 김 팀장, 아니 김 실장이 앉아 있었다.

"의도했다기보다는…… 음, 울고 싶은 아이 뺨 때려 줬다, 정도?"

"전각련 측에서 격렬하게 반응할 것 같습니다. 그들의 신뢰성에 치명적인 영향을 끼칠 것이 분명합니다.”

“그렇게 생각하신다니 더 뿌듯하네요.”

오준우가 빠르게 움직일 것이란 건 예상했었는데, 이 정도로 빠르게 움직일 줄은 몰랐다.

["더 이상 국민 여러분을 기만해서는 안 된다고 생각했습니다. 제가 용기를 내서 이 자리에 설 수 있게 조언해 주신 그분께 진심으로 감사의 말씀을 올립니다."]

오준우의 기자회견은 한마디로 내부 고발이었다.

암시장의 내부 구역에서 벌어지는 일들.

그리고 그곳에서 일어나는 일들을 묵인하고 있던 하이브 길드.

길드 서열 2위이자 전각련의 한 축을 맡고 있던 하이브 길드에 대한 내부 고발은 기자들에게 있어서 침이 질질 흐를 수밖에 없는 소잿거리였다.

특히, 내부 고발자가 하이브 길드를 대표하는 S급 헌터 중 하나인 오준우라는 점은 내부 고발의 신뢰성을 더해 주었다.

“바람 잘 날이 없습니다. 어제는 희망 보육원 사건부터 시작해서, 이번에는 암시장 인신공양까지…… 하나같이 고개를 차마 들 수가 없는 사건들입니다.”

“제가 원망스럽습니까?”

"그럴 리가요. 이 모든 것이 저희의 무능이고, 불찰입니다. 저희가 어떻게 시우 님을 탓할 수 있겠습니까."

지난밤의 사건은 조용히 지나가려야 조용히 지나갈 수가 없던 사건이었다.

인천뿐만 아니라 서울에 사는 사람도 느꼈을 정도의 지진이 있었으며, 이능관리부의 헌터들이 3년 만에 암시장에 진입했다.

늦은 시간이었음에도 불구하고 기자들이 몰려들었으며, 암시장을 이용하고 있던 헌터들은 저마다 개인 SNS에 그 모습을 올렸다.

숨기려야 숨길 수가 없는 일이었다.

거기에 오준우가 단독으로 기자회견까지 열어 버렸고, 아침 시간에 전국으로 생중계가 되고 있는 상황.

연타석으로 터져 나온 끔찍한 범죄의 소식에 이목이 집중되는 건 아주 당연한 흐름이었다.

"원래는 수습하러 온 하이브 길드의 인원들까지 정리할 생각이었습니다. 제가 봤을 땐 녀석들도 공범이었거든요."

"도대체 그곳에서 무슨 일이 벌어지고 있던 겁니까?"

"의식. 무엇을 위한 의식이었는지는 아쉽게도 알아내지 못했습니다. 그래도 최악의 경우는 막았으니, 그것대로 만족해야죠."

더 늦게 그곳을 발견했다면 마기에 의한 침식이 더 진행되었을 것이다.

그랬다면 지진 선에서 끝나진 않았을 것이다.

그 주변 일대가 마기와 저주에 오염되어, 죽음만이 가득한 땅으로 변해 버렸을지도 모른다.

"정화자들이 만든 제단의 존재가 공식적으로 확인된 셈이군요."

"이번 일로 인해서 녀석들은 더 음지로 파고들겠죠. 조용히 처리하는 것도 좋긴 했겠지만…… 숨겼어도 금방 알아차렸을 겁니다."

녀석들의 목적은 여전히 오리무중이었다.

하지만 지금 상황을 냉정하게 바라보면 썩 나쁘지는 않았다.

"신성석을 이용해서 마기를 탐지할 수 있는 성물을 제작할 수 있습니다. 정부 측에 제공해 드리도록 하겠습니다."

부족한 정보원은 이능관리부를 통해서 보충할 수 있었다. 여기에 마기의 존재를 인지하고 있던 미국의 도움까지 받을 수 있었으니, 추적은 더 이상 문제가 되지 않는다.

따라서 지금은 겉으로 드러난 고름부터 긁어내는 것이 우선이었다.

"이번 사건으로 인해서 여론은 이레귤러 특별법을 강하게 요구할 것입니다. 시우 님께 더 많은 역할을 수행해야 한다는 여론이 힘을 얻겠지요. 이것도 예상하신 겁니까?"

"뭐, 부정하지는 않겠습니다."

오준우의 내부 고발을 통해서 전각련 내부의 분열은 본격적으로 시작될 것이다.

김 실장의 말대로 인터넷에서는 나를 지지하는 여론이 더욱 거세질 것이며, 내가 활동할 수 있는 범위 역시 넓어질 수밖에 없었다.

그렇게 되면 리멘 교단이 사회에 기여할 수 있는 방법도 더욱 다양해질 테고.

김 실장은 나를 바라보면서 작게 한숨을 내쉬었다.

"추경예산이 편성될 예정입니다. 이능관리부의 기능을 확대하기 위한 추경이며, 대통령께서 강력하게 의지를 표명하셨습니다."

"정부 재정이 넉넉하지 않다고 들었던 것 같은데."

"아직까지는 충분히 감당할 수 있는 수준입니다. 그리고 국채 발행까지 논의되고 있습니다. 그 모든 것이 시우 님 덕분에 가능한 일이기도 합니다."

"살면서 제가 국채랑 관련될 줄은 몰랐네요."

"이레귤러가 있고 없고는 그 국가의 신뢰성에 있어서 엄청난 차이를 가져다줍니다. 그런 세상이니까요."

굳이 내가 직접적인 도움을 주지 않아도 서 대통령이 알아서 꾸려 나가고 있다.

에덴에서는 전후 복구를 위해서 교단 차원의 지원이 필요

했었는데, 할 일이 줄어들어서 편하다.

이능관리부의 힘이 강화되면 나로서는 나쁠 게 없지.

다만, 추경예산을 편성하면서까지 이능관리부를 키우는 걸 보면 단순히 치안 확보만이 목적은 아닌 것 같았다.

나는 김 실장을 향해 넌지시 물었다.

"제가 가방끈이 짧아서 잘 모르긴 하지만, 국채를 발행하면서까지 돈을 끌어모은다는 건 뭔가 있다는 거잖아요. 그게 뭡니까?"

김 실장은 올 것이 왔다는 듯이 무겁게 고개를 끄덕였다. 그리고 차로 목을 축인 후, 한껏 진중해진 목소리로 답했다.

"북진입니다. 대통령께서는 북진을 준비하고자 하십니다. 류진영 각성자가 나타났을 때부터 논의가 시작되었지만, 3년 전 사건으로 인해서 잠정 폐기되었던 프로젝트입니다."

북진이라.

에이든한테서 얼핏 이야기를 듣긴 했었다.

북한이라는 나라가 존재했던 한반도의 북부는 게이트와 던전의 폭주로 인해서 인간이 살 수 없는 땅이 되었다고 했다.

아프리카나 시베리아 등의 일부 오지와 마찬가지로, 이계의 존재들에게 점령당한 지역이었기 때문이다.

대신 마정석을 비롯한 수많은 자원이 존재하는 것으로 확인되고 있다고 했으니, 수복할 수만 있다면 어마어마한 돈이 되는 건 분명했다.

"여러 장점이 있는 프로젝트입니다. 지난번처럼 몬스터 웨이브가 형성되는 것도 조기에 방지할 수 있으며, 발생할 경제적 효과도 어마어마합니다. 거기에 잃어버린 땅을 수복했다는 상징성까지 얻을 수 있을 수 있으니, 저희로서는 언젠가는 반드시 시도해야 할 프로젝트라고 할 수 있습니다."

"오래 걸리겠네요."

"그렇기 때문에 지금부터라도 추진해야 합니다."

로드 맵이 대강 눈에 들어온다.

이능관리부의 덩치를 다시 키워서 빌런들을 쓸어 낸 다음, 그 전력을 고스란히 북진 프로젝트에 투입한다.

서 대통령의 그림이 얼핏 보인다.

"앞으로 재밌어질 것 같습니다."

"대통령께서는 시우 님과 리멘 교단의 선행에 감사하여, 더 많은 역할을 기대하고 계신 것 같습니다."

"당연히 그래야죠."

나는 그렇게 말하며 TV 속의 오준우를 다시 바라보았다.

변화는 이미 시작되었다.

❧

"……그리하여 우리도 이제 본격적으로 활동을 시작하게 되었습니다. 질문 있으신 분?"

김 실장이 돌아간 직후 현재 우리 교단의 간부라고 할 수 있는 이들을 모아서 간단한 회의를 진행했다.

간부라고 해 봤자 나, 레오, 루나, 거기에 민수 씨가 끝이었지만 말이다.

"본격적으로 활동한다는 건 정확히 무슨 의미인가요, 성하?"

"게이트, 던전 토벌에도 적극적으로 참여하게 되겠지? 정부 측의 협조 요청이 있으면 빌런 토벌에도 참여할 거고, 그냥 능동적으로 움직이자는 소리야."

"병아리들 교육하느라 정신도 없어요. 그리고 병아리들 사람 구실 하게 하려면 시간 꽤 걸리지 싶은데."

"여기는 지구야. 꼭 에덴처럼 새 신도들을 키울 필요는 없어."

몸 건강한 게 전부였던 청년이 한 차원의 구원자가 되기까지 걸렸던 시간은 고작 10년도 되지 않는다.

물론 리멘으로부터 온갖 특전이란 특전을 몰아받은 덕에 그렇게 성장했던 거지만, 시스템의 도움도 엄청나게 컸다.

시스템을 잘만 이용하면 에덴과 비교도 할 수 없는 속도로 신도들을 키워 낼 수 있었다.

〈계몽〉이라는 특성도 그렇고, 지난번에 선택한 〈전투 중점〉 교육도 그렇고.

결국, 플레이어들은 몬스터들을 처치하면서 빠르게 성장

하는 존재들이다.

"시스템을 말씀하시는 거죠?"

"알고 있네?"

"우리 귀여운 민수 형제님한테 과외받았거든요. 성하께서도 몇 번 말씀하시기도 했었고, 제가 모를 리가 있나요? 그러니까 성하는 지금 병아리들 데리고 전투에 나가라, 이 말씀이시잖아요."

지구에 훌륭하게 적응한 루나답게 내 말에 담긴 뜻을 빠르게 눈치챘다.

하지만 루나의 입장은 부정적이었다.

"적어도 무기술은 충분히 교육하고 전투에 내보내야지, 무기도 제대로 못 잡는 놈들 내보내 봤자 개죽음이에요. 뭐, 방어구라도 든든하다면 맞으면서 몸으로 체득할 수야 있겠지만……."

"바로 그거야."

"예?"

"소위 템빨이라고들 하지. 신입들에게 축성된 방어구와 무기를 지급할 거다. 그 부분에 대해서는 내가 이미 유선 그룹의 회장님과 이야기했어."

유선 그룹에서는 생산 계열 플레이어와 기존의 기술들을 이용하여 방어구를 제작해 주기로 했다.

아직까지는 에덴의 드워프들이 제작해 주었던 갑옷에 비

해 손색이 있겠지만, 축성만 제대로 한다면 성능은 쓸 만할 것이다.

방어구들의 가격이 비싼 편이기는 했지만 어차피 당분간은 돈을 쓸 곳도 없다.

"신성력 사용자가 마력 사용자보다 유리한 점이 맷집밖에 없잖아? 가장 낮은 등급의 던전 위주로 토벌 진행하면 크게 위험한 것도 없을 거다."

"전투의 변수는 누구도 장담할 수 없을 텐데요."

루나의 지적에 나는 루나를 바라보면서 조용히 말했다.

"너랑 레오는 장담할 수 있잖아. 그러니까 이렇게 말하는 거지. 잘 생각해라, 루나야. 이번 1기 애들을 빡세게 굴려야 자유 시간 더 많아진다."

"아주 그냥 노예처럼 부려 먹으시네요. 보너스라도 주시고 그 말씀하시든가."

"레벤톤 경의 말이 옳습니다. 성하. 이번에 헌터들 전용으로 출시된 유선전자의 신상 스마트폰이……."

레오도 이때다 싶어 본인의 의지를 전한다.

방금 전까지만 해도 외눈 안경을 쓴 채로 근엄하게 앉아 있었는데, 보너스 이야기가 나오니까 눈빛이 흔들리기 시작했다.

레오 저놈도 지구에 적응을 완벽하게 끝낸 것이 분명하다.

당근을 주기는 해야겠지.

우리 교황님좀
말려주세요

"던전이나 게이트 토벌은 돈이 된다. 민수 형제님, 그렇죠?"

내 질문에 민수 씨가 즉각적으로 대답했다.

"몬스터들의 부산물만 하더라도 굉장한 수익을 얻을 수 있습니다."

"들었지, 애들아? 너희 성과만큼 성과급 지급해 주는 쪽으로 가닥 잡을 테니까 걱정하지 마. 우리가 하루 이틀 안 사이도 아니고, 어? 내가 설마 너희를 부려 먹기만 하겠냐."

"네."

"예, 성하."

단호하게 대답하는 둘.

이럴 때는 의남매 맞다니까?

"날 너무 못 믿는 거 아니야? 우리 의리가 이 정도밖에 안 돼? 우리 가족이잖아!"

"가족 사이에도 돈 문제는 확실하게 해야죠."

"드라마에서도 돈 앞에서는 가족이고 뭐고 없었습니다, 성하. 계약서를 통해서 확실하게 정리를 하셨으면 합니다."

둘은 자본주의 패치가 완벽하게 된 모습을 선보였고, 나는 그런 둘의 합동 공격에 백기를 들 수밖에 없었다.

결국, 나는 둘에게 1주일 내에 계약서 작성을 약속함으로써 둘의 반란을 진압할 수 있었다.

독한 녀석들.

내가 나 혼자 잘 먹고 잘 살자고 이러는 것도 아니고, 교단 좀 키워 보겠다고 이러는 건데. 누가 보면 내가 월급도 제대로 안 주는 악덕 사장인 줄 알겠다니까?

……크흠.

아무튼 그렇게 해서 향후 계획에 관한 부분은 논의가 끝났다.

"교황 성하, 개인적인 질문이 하나 있습니다."

내가 뚱한 표정으로 있을 때, 민수 씨가 조심스럽게 질문을 해 왔다.

"편하게 하세요, 형제님."

"교단 차원에서 던전이나 게이트 입찰에 나서게 되면, 성하게 제공된 면세 혜택이 적용되지 않을 수도 있습니다. 혹시 그 부분은 정부 측과 협의가 되셨습니까?"

"물론이죠. 관련된 세금은 모두 납부하기로 했어요. 하나도 빠짐없이."

아무리 내가 이레귤러로서 면세 혜택이 적용된다고 한들, 이 정도로 교단의 수입 규모가 커진 이상 언제까지고 세금을 모르는 척할 수 없다.

그 부분에 대해서도 이미 정부랑 이야기를 끝냈다.

유선호 장관은 충분히 배려해 줄 수 있다고 했지만, 내 쪽에서 거절했다.

세금은 똑바로 제대로 납부해야지.

우리 교황님 좀
말려 주세요

안 좋은 선례를 남겼다가 내가 무슨 소리를 들을 줄 알고?

"내야 하는데 안 내는 것과, 안 내도 되는데 내는 것. 그 둘은 아주 큰 차이가 있죠. 안 그래요?"

"옳으신 결정입니다. 역시, 성하께서는 더욱 먼 미래를 바라보고 계시는군요."

"그게 진짜 상생 아니겠어요? 우리는 떳떳한 납세로 여론 챙겨서 좋고, 정부는 세금 걷어서 좋고. 좋은 게 좋은 거죠."

그래야 탈세하는 놈들 앞에서도 떳떳하게 죄를 물을 수 있지 않을까?

이를테면 전각련이라든가, 백명교라든가, 그런 놈들.

"앞으로 정신없이 바빠질 테니 다들 각오하고 계세요."

나는 슬쩍 입꼬리를 올리면서 말했다.

균열이 생겼으니 이제는 우리가 그 속으로 파고 들어갈 때였다.

❊

야오오오옹—!

"백설이 좀 큰 것 같다? 나만 느껴?"

"실제로 큰 거 맞아."

"조금만 더 크면 시연이가 타고 다녀도 되겠는데?"

"귀여운 백설이한테 못 하는 말이 없어!"

나는 백설이의 하얀색 털을 쓰다듬으면서 만족스럽게 고개를 끄덕였다.

아까 보니까 신목이 자라났던데, 그에 따라 이 귀여운 신수도 성장한 것 같다.

불과 얼마 전까지만 하더라도 귀여웠던 아깽이가 이제는 가로로 좀 길어졌다.

이러다가 금세 호랑이처럼 거대해지는 거 아니야?

그래서는 좀 곤란한데.

"그런데 갑자기 백설이가 왜 이렇게 커진 걸까?"

인욱이의 질문에 나는 이번에는 백설이의 등을 쓰다듬으면서 대답했다.

"근래에 형이 빌런들을 청소했던 게 선행으로 분류된 것 같다."

"나쁜 놈들을 청소하는 건 확실히 선행이지. 그런데 선행과 백설이가 무슨 관계야?"

"백설이가 선행을 먹고 자라나. 리멘 교단의 신도가 선행을 쌓을수록 신목이 성장하고, 백설이도 같이 성장하는 메커니즘이라고 생각하면 이해하기 편할 거야."

내 말에 인욱이는 눈을 둥그렇게 떴다.

"그러면 백설이 나중에 호랑이처럼 커지는 거 아니야? 그러면 시연이가 속상해하지 않을까."

그때였다.

쓰우우욱ㅡ.

우리의 눈치를 살피고 있던 백설이가 다시 처음의 아깽이처럼 줄어들었다.

그리고 똘망똘망한 눈으로 나와 인욱이를 번갈아 가면서 쳐다보았다. 마치 칭찬이라도 해 달라는 듯한 모습이었다.

나와 인욱이는 그 모습을 잠시 말없이 바라본 다음, 서로의 눈을 마주쳤다.

"걱정 없겠네."

"걱정 없겠어."

역시, 신수는 신수인가?

원하는 대로 크기를 조절할 수 있다니, 정말 마음에 드는 능력이다.

성장만 더 시키면 아깽이 모드였다가 유사시에는 마수도 잡아먹는 괴물로 변할 수 있단 뜻.

끼이이이ㅡ

귀여운 녀석. 상을 줘야겠군.

"인욱아, 츄르."

"여기 있어."

사륵ㅡ 사륵.

츄르를 뜯어서 짜 주자 백설이는 정신없이 츄르를 핥아 대기 시작했다.

츄르를 좋아하는 신수라.

이것도 이것대로 귀엽구만.

나는 백설이의 털을 계속해서 쓰다듬으면서 말을 이어 갔다.

"할머니는 여주로 가셨다더라."

"위험하실 것 같은데."

"왜?"

"형도 이제 유명인이잖아. 전각련과도 사이도 안 좋고. 악 감정 있는 사람들이 해코지하면 어떻게 해."

일리가 있는 걱정이었지만, 아마도 할머니가 있는 곳은 대한민국에서 두 번째나 세 번째로 안전한 장소일 것이다.

"이거 봐."

주머니에서 스마트폰을 꺼내서 인욱이에게 보여 주었다. 정확히는 누군가와의 카톡 대화.

—야만인: 된장 수프. 한식 맛이 좋다. 시우. 시우의 할머니 걱정은 하지 마라. 당분간 이곳에서 휴가를 즐긴다. 도움이 필요하면 말.

—나: 번역기 돌림?

—야만인: 마마고. 성능 Good. 아무튼 걱정 No.

—나: ㅇㅋ

"……이 야만인이라는 사람, 설마 바바리안이야?"

"어. 걔도 한국 들어왔거든. 할머니가 미국에서 데려온 친구분이 엠마 여사님인 거 알지? 엠마 여사님이 당분간 한국에서 살겠다고 하셨다더라. 우리 할머니랑 같이 지내실 모양인가 봐."

"두 분이 엄청 친해지셨나 보네. 그런데 그거랑 바바리안이 할머니 댁에 있는 거랑 무슨 상관인데?"

"엠마 여사님이 미국으로 돌아가실 때까지 에이든이 직접 경호하는 거지."

미국이 보유한 가장 큰 자산 중 하나라고까지 불리는 엠마 밀러 여사다. 그러니 에이든이 직접 경호를 하는 건 이상할 게 없었다.

아무튼 상황이 그렇게 되었으니 당분간 할머니 걱정은 접어 두어도 될 것이다.

나는 스마트폰을 옆에 내려 두면서 슬쩍 우리 집을 둘러보았다.

"이 집도 곧 있으면 안녕이네."

"그러게."

이사 갈 집도 정해졌고, 날짜까지 잡혔다.

위치는 당연히 그라운드 제로의 신전에서 가까운 아파트였다. 지금보다 평수도 넓어서, 손님들이 놀러 오기에도 괜찮을 것이다.

이를테면 레오나 루나.

생활권 자체도 신전에서 멀지 않은 곳에 형성되어 있으니, 인욱이나 시연이를 지키기에 안성맞춤인 곳이었다.

"시연이는 섭섭해하지 않아? 원래 애들은 전학 가는 거 싫어하잖아."

"오히려 새 친구들 사귈 수 있다고 좋아하던데? 시연이, 형이 생각하는 것보다 훨씬 어른스럽다니까."

그건 참 다행이네.

시연이가 울고불고하면 어떻게 하나 걱정했는데, 내 기우였던 모양이다.

"시연이가 전학 가게 될 초등학교, 알고 보니까 주변에서 꽤 유명하더라. 대형 길드 소속 헌터들 자제들이나, 부자들 많다던데."

나는 인욱이의 말에 천천히 고개를 끄덕였다.

"거기가 보안이 좋더라. 경비 인력으로 헌터들도 고용하고, 안전해 보였어."

"우리 시연이 거기 가서 기죽는 거 아니야?"

"그럴 리가 있나. 누구 동생인데."

나와 인욱이의 목소리가 너무 컸던 걸까?

시연이의 방문이 열리더니 곧 시연이가 눈을 비비면서 거실로 걸어 나왔다.

"큰오빠, 작은오빠. 밤 늦게 뭐 해?"

"시연이 깼어? 미안. 오빠들이 너무 시끄러웠지."

"아니야아. 아까 낮잠을 자서 잠이 잘 안 와."

시연이는 그렇게 말하면서 나와 인욱이 사이로 파고든다. 그리고 백설이를 꺼안으면서 활짝 웃음을 지었다.

"큰오빠. 우리 이사 가면 레오 아저씨랑 루나 언니 자주 볼 수 있지?"

"그럼."

"승우 오빠도?"

"……그럼."

"헤헤, 좋아."

귀여운 시연이가 귀여운 백설이를 꺼안고 있으니 뭐라 표현하기가 힘들다.

귀여움도 시너지 효과가 적용되는 듯하다.

"이사 가기 전에 다른 사람들한테 인사하러 가도 돼?"

"다른 사람?"

"응! 아파트 경비원 아저씨랑, 위층 아저씨 아줌마랑 밑층 할아버지 할머니랑 또…….'

기특하기도 해라.

나는 시연이의 머리를 쓰다듬어 주면서 천천히 고개를 끄덕였다.

"그래그래, 다 인사드리고 가자."

"다행이다! 사실, 인사드리러 갈 시간도 없을 줄 알고 걱정했어."

"얘기가 나와서 말인데, 형. 이웃분들이 우리 진짜 잘 챙겨 주셨어. 가기 전에 선물 좀 드리고 가도 되겠지? 내 돈으로 살 거니까 걱정하지는 말고."

"안 될 게 있나. 내가 보너스 좀 더 줄까?"

"됐어. 어차피 형은 오랫동안 자리 비웠잖아? 신세 진 건 우린데, 당연히 내가 알아서 해야지."

기특한 내 동생들. 이뻐할 수밖에 없다니까?

나는 흐뭇하게 미소를 지었다. 역시, 가족들과의 시간만큼 행복한 건 없었다.

❖

그 후 1주 동안은 신전에 머물면서 내정에 신경을 썼다. 그라운드 제로의 제염 마무리 작업부터 시작해서 레오가 번역한 리멘 성서의 편찬 작업 등등.

그것만으로도 정신없이 바빴다.

거기에 미튜브 라이브 방송도 틈틈이 진행하니, 아주 그냥 시간이 녹아내리더라.

오준우의 내부 고발 이후로 국내 정세는 아주 혼란스럽게 흘러가기 시작했다.

〈전각련, 만장일치로 하이브 길드를 연합에서 제명〉

우리 교황님 좀
말려 주세요

〈전례 없는 빌런들과의 유착 관계! 암시장 내부 구역에서는 무슨 일이 벌어졌던 것인가?〉

〈정부, 이능관리부의 기능을 강화하기 위하여 대규모 추경예산 편성. '이레귤러 특별법'과 함께 임시국회에서 논의 예정〉

기자들은 아주 살판이 났고, 국민들은 쉴 새 없이 하이브 길드와 전각련을 씹어 대기 시작했다.

불과 몇 달 전까지만 하더라도 전각련이야말로 대한민국 최후의 보루라고 했던 사람들이, 그 누구보다 맹렬하게 전각련을 공격해 대기 시작한 것이다.

서열 2위의 하이브 길드를 바로 제명하는 초강수를 뒀음에도 불구하고 사태는 일파만파 커져 가는 중이었다.

전각련에 소속되어 있는 일부 길드가 탈퇴 의사를 밝히고 있는 걸 보면 내부적으로 혼란이 얼마나 심각한지 대강 알 수가 있었다.

아무튼 그렇게 전국이 시끄러운 가운데 나에게 정부 측으로부터 소집 요청이 들어왔다.

지난번에 몬스터 웨이브를 막기 위한 소집과 얼추 비슷한 형식이긴 했지만, 이번에 정부에서 소집한 것은 '이레귤러 김시우'가 아닌 '리멘 교단의 교황 김시우'였다.

이곳은 이제는 어느덧 내 집같이 편해진 이능관리부 본청의 회의실.

"허허. 전국의 이름난 종교쟁이란 종교쟁이는 다 모인 것 같습니다, 김시우 교황님."

나는 내 옆에서 열심히 종알거리는 젊은 얼굴의 스님을 바라보면서 한숨을 내쉬었다.

자신을 법운이라고 소개한 이 스님은 10분 전부터 쉴 새 없는 토크로 내 정신을 쏙 빼놓는 중이었다.

이곳에 모인 다른 이들은 서로를 탐색하기도 바쁘지만, 애초에 이 사람에게는 낯가림이란 게 없는 모양이었다.

"그야말로 종교 대통합의 자리 아닙니까! 동종 업계 종사자들과 함께 자리하는 것은 쉽지 않은 일이겠지요. 하하! 부처님께서도 이 장면을 보시면 아주 흡족해하실 겁니다."

"동종 업계 종사자라…… 스님이 쓰기에는 좀 부적합한 단어 같은데?"

"중생에게 각자 모시는 이의 말씀을 전하는 것은 같지 않습니까? 그것이야말로 동종 업계라고 할 수 있어요. 하하!"

"……땡중."

"후후, 방금 뭐라고 하셨습니까?"

"알아들은 것 같으니 노코멘트."

청력 하나 예술이다. 일부러 안 들릴 정도로 조용하게 중얼거렸는데 말이지.

나는 손을 가볍게 휘저은 다음, 슬쩍 회의실 내부를 둘러보았다.

우리 교황님 좀
말려 주세요

조계종의 대표로 나왔다는 이 땡중을 제외하고서라도 세 명이나 더 자리에 앉아 있었다.

부드럽게 웃음을 짓고 있는 중년의 수녀 한 명.

그리고 목에 십자가 목걸이를 건 채로 아까 전부터 나를 도발적으로 쳐다보고 있는 남자 한 명.

마지막으로 하얀색 코트를 입은 채로 앉아 있는 낯익은 남자 한 명.

특히, 하얀색 코트를 입고 있던 남자는 나와 눈이 마주치자마자 웃으면서 고개를 숙였다.

"오랜만에 뵙습니다, 김시우 교황님. 그동안 잘 지내셨습니까?"

"그럼요. 잘 지내고 말구요."

"그것참 다행입니다."

예전에 부산 그라운드 제로에서 대치했던 백명교도, 심진규였다.

회의실의 인원들을 보면 알 수 있듯이 이곳에 모인 이들은 전부 다 종교인이었다.

더 정확하게 표현하자면 '신성력'을 개화한 종교인들.

수녀야 당연히 천주교에서 나왔을 테고, 그 옆의 적대적인 신사분은 개신교 쪽이겠지?

정리하자면 천주교, 개신교, 불교, 백명교, 우리. 이렇게 다섯 집단의 대표가 모인 셈이다.

다섯 집단의 공통점이라고 한다면 신성 계열 플레이어들을 100명 이상 확보한 집단이라고 할 수 있겠다.

정부에서 종교인끼리 친분이나 나누라고 이 자리에 급하게 불러 모은 건 아닐 테고.

무슨 이유인지 솔직히 궁금하긴 했다.

아까 김 실장이 전해 준 바에 따르면 비상사태를 선언할 수도 있는 안건이라던데, 무슨 일이려나?

"다들 모이셨군요."

내가 옆에서 재잘거리는 스님의 말을 애써 무시하면서 이런저런 생각을 하고 있을 때쯤, 유선호 장관이 회의실로 들어왔다.

그리고 그를 따라서 총 다섯 명의 인원이 회의실 내부로 들어왔는데, 그들에게서 신성력은 느껴지지 않았다.

대신 그들의 목에 걸려 있는 공무원증에 〈질병관리청〉이라는 단어가 적혀 있는 걸로 봐서, 그들이 질병관리청 소속의 공무원이란 것을 예측할 수 있었다.

신성 계열 플레이어들과 질병관리청.

거기에 비상사태를 선언할 수도 있는 안건이라면……

'전염병?'

당장 떠오르는 건 전염병 정도.

유선호 장관은 자리에 앉자마자 본론으로 들어갔다.

"바쁘신 분들을 이리 급히 모시게 되어 죄송스러울 따름입니다. 상황이 좋지 않으니 빠르게 브리핑을 시작하겠습니다. 청장님? 진행해 주시지요."

"예, 장관님."

유선호 장관의 말에 그의 옆에 앉아 있던 남성이 자리에서 일어났다. 그리고 그는 준비해 온 자료를 스크린에 출력하면서 이야기를 시작했다.

"먼저 자료 화면을 봐 주시기 바랍니다."

삑.

그가 리모콘을 누르자 곧 스크린의 화면이 변경되었고.

"저런."

"……흐으음."

회의실에는 곳곳에서 탄식이 터져 나왔다.

그도 그럴 것이, 화면 속에는 참혹한 상태의 환자를 찍은 사진이 표시되고 있었기 때문이다.

보라색과 검은색으로 변색된 신체부터 시작해서, 검은색 피로 물든 붕대.

그뿐만이 아니었다.

정부 측에선 우리에게 사진뿐만 아니라 영상도 보여 주었는데.

["캬아아아!"]

["캬아아아아아악!"]

격리 시설에서 거칠게 날뛰고 있는 몇몇 환자들의 모습이 담긴 영상이었다.

"해당 영상은 대전 북부에 위치한 임시 격리 시설에서 촬영된 영상입니다. 현재, 대전 북부에 위치한 난민 수용 시설에서 정체불명의 전염병이 확인되었습니다. 4일 전부터 퍼져 나가기 시작한 것으로 판단되며, 해당 지역은 통제되고 있습니다."

내 예상대로였다.

하지만 나를 제외한 나머지는 이 상황이 이해가 가지 않는 듯 보였다.

"흠, 전염병이면 저희보다는 의료 관계자들이 적임자 아니겠습니까?"

법운 스님의 말에 회의실에 있던 종교인들이 고개를 끄덕였다.

그러자 질병관리청장이 곧바로 설명을 이어 나갔다.

"원칙대로라면 그리하는 것이 맞지만, 이번에는 경우가 다릅니다. 환자들의 몸에서는 그 어떠한 병원체도 발견되지 않았습니다."

"그게 무슨……."

"대신 환자의 몸에서 발생하는 특이한 에너지 파장이 전염의 매개체라고 추정하고 있습니다. 의학만으로는 밝혀낼 수 없는 현상이기에 이렇게 여러분들의 도움을 구하고자 합니다."

나는 그의 이야기를 들으면서 작게 감탄사를 내뱉었다.

보아하니 여태까지 단 한 번도 이런 상황을 경험해 보지 못한 듯한데, 에너지 파장이 전염 매개체라는 것을 알아낸 것만으로도 박수를 쳐 줄 만하다.

당연히 환자의 몸에서 병원체 같은 게 발견될 리가 없다.

왜냐하면 이건 사람들이 알고 있는 흔한 전염병 같은 게 아니었기 때문이다.

병원체가 아니라 마기 오염이나 저주를 통해서 발병되는 전염병.

나는 한숨을 길게 내쉰 다음, 나지막한 목소리로 말했다.

"마병. 제가 있던 세계에서는 그 병을 그렇게 부르곤 했습니다."

아무래도 지랄 맞은 놈이 넘어와 버린 것 같다.

❧

오크가 대규모로 내려왔던 몬스터 웨이브 때랑 상황이 비슷했다.

회의실 내부에 있던 사람들이 모두 나를 바라보고 있었고, 나는 한숨을 내쉬면서 설명을 이어 나갔다.

"마병은 마기로 인해서 발현되는 질병입니다. 사실, 질병보다는 저주라는 표현이 더 어울리는 놈입니다. 마기에 대한 저항력이 있는 사람들에게는 그다지 치명적이진 않지만, 저항력이 없는 이들에게는 지옥을 선사합니다."

마병은 에덴에서도 가장 악랄한 질병 중 하나였다.

치사율도 치사율인데, 전염력이 진짜 말도 안 되는 질병이었기 때문이다.

마병에 걸린 사람은 주위에 마기를 퍼뜨리기 시작하는데, 환자가 퍼뜨린 마기에 닿은 사람은 여지없이 전염된다.

선천적으로 항마력을 지닌 사람이라면 어느 정도 저항하는 편이지만, 그 경우에 해당하는 사람은 극히 드문 편이다.

문제는 그뿐만이 아니다.

마병에 걸린 사람들 중 일부는 마기에 잠식되어 괴물이 되어 버린다.

그 상태를 마인이라고 부르는데, 마인들은 피와 살을 탐하며 사람을 공격하기 시작한다.

그것은 애초에 그 마병을 발현시키는 마기의 주인이 탐식의 마왕이기 때문이었다.

탐식의 마왕.

끝없는 탐욕을 원천으로 하며, 무엇이든지 배 속으로 집어넣어야만 만족하는, 그야말로 빌어먹을 새끼.

마병이 나타났다는 건 지구 어딘가에 녀석이 모습을 드러냈다는 것을 의미하기도 했다.

"김시우 각성자 님, 혹시 마기에 대한 부연 설명도 가능하려지요."

"말 그대로 마족들을 근원으로 두는 기운입니다. 욕망, 분노 등의 부정적인 감정을 잡아먹고 성장하는 편인데…… 다른 기운들과 다르게 총 일곱 가지로 분류됩니다. 그리고 마병을 일으키는 마기는 오로지 한 개, 탐식의 마기뿐입니다."

미국 측에서는 이미 마기의 존재를 인지하고 있는 상태였고, 중국은 마기 사용자들을 대거 보유하고 있을 가능성이 높았다.

정화자 놈들의 홈그라운드가 중국이었으니까.

내 설명을 들은 사람들 중, 여태까지 조용히 있던 수녀가 오른손을 들었다.

"그렇다면 마병을 치료할 수 있는 방안은 무엇인가요?"

"간단합니다. 신성력을 이용해서 환자의 몸속에 있는 마기를 몰아내면 됩니다. 마기가 뇌까지 잠식하여 극도의 공격성을 보이는 '마인' 상태의 환자에게도 동일합니다. 마기를 몰아내면 정상으로 되돌릴 수 있습니다."

그 말에 유선호 장관이 한숨을 내쉬면서 답했다.

"현장에서 이미 신성력이 환자에게 효과적인 것을 확인했습니다. 그렇기에 여러분들을 이 자리로 모신 거지요."

마병은 전염성이 극악무도한 놈이다.

그렇기 때문에 나는 다른 질문을 유선호 장관에게 던질 수밖에 없었다.

"완벽하게 통제가 이루어진 건 맞습니까?"

"통제가 이루어지기 전, 일부 인원이 시설에서 빠져나갔습니다. 그들의 동선을 추적하고 있는 중입니다."

마병 환자들이 전국으로 퍼져 나가면 게이트나 던전 따위와는 비교도 되지 않는 혼란이 찾아올 것이다.

그나마 다행인 점은 신성 계열 플레이어들이 늘어나고 있다는 것.

마병은 약간의 신성력으로도 치료가 가능했으니, 임무만 잘 분담하면 충분히 극복이 가능하다.

나는 빠르게 계산을 끝낸 다음, 회의실의 인원을 둘러보면서 말했다.

"나머지 분들은 정부 측과 협조해서 시설 외부의 감염자들을 치료해 주시면 될 것 같습니다. 치료는 크게 어렵지 않습니다. 신성력을 환자에게 흘려 넣어 주시면 됩니다."

그러자 아까 전부터 나를 고깝게 쳐다보고 있던 남자가 공격적인 말투로 답했다.

"당신은?"

"저는 통제 구역 내부로 진입해서 마병의 근원을 제거할 겁니다. 내부에 있는 환자들의 정화도 병행할 거구요."

"왜 그런 중요한 일을 혼자서 독점하려는 거지? 우리와 함께 진입하는 것이 맞지 않나?"

"저도 저분의 말에 동의합니다."

이름 모를 목사의 의견에 이때다 싶어 동조하는 백명교의 심진규.

현재 대한민국에서 가장 공격적으로 교세를 확장하고 있는 개신교와 백명교답게 나 혼자 주목을 받는 걸 적극적으로 견제할 속셈인 듯했다.

나는 그 둘을 바라보면서 슬며시 미소를 지었다.

"아직 여러분들은 약해서 안 됩니다. 쓸데없는 피해는 줄이자는 주의라서요."

"……지금 개신교를 무시하는…….."

"개신교나 백명교 측에 이레귤러 있어요? 우리는 있는데. 불만 있으면 이레귤러 데려오시든가."

"하하하!"

내 말에 백명교의 심진규가 크게 웃음을 터뜨렸다.

"역시 시원시원하십니다. 알겠습니다. 저희 백명교는 정부의 지시에 협조하겠습니다."

그러자 곧 개신교를 제외한 나머지 종교의 대표들도 순순히 고개를 끄덕였다.

특히, 내 옆의 법운 스님은 크게 웃으면서 박수까지 쳐 댔다.

"과연, 대한민국의 영웅이십니다. 혹시 절밥 좋아하십니까? 시간 나면 저희 절에 한번 놀러 오시지요. 제가 몰래 고기도 챙겨 두겠습니다."

"······아, 예."

도대체 이 스님은 뭐 하는 사람일까.

아무튼.

그렇게 상황이 얼추 정리되는 것을 본 유선호 장관이 한숨을 내쉬면서 말했다.

"그럼 리멘 교단에서 난민 수용 시설에 진입하는 것으로 하고. 나머지 분들은 감염 확산 방지를 도와주시는 것으로 이번 회의를 끝내도록 하겠습니다. 상황이 다소 급박하니, 리멘 교단에서는 곧바로 움직여 주실 수 있겠습니까?"

"알겠습니다."

"저희 측의 도움이 필요하신 게 있다면 김동식 실장을 통해서 바로 연락을 주십시오. 무엇이든 협조하겠습니다."

그리하여 나의 대전행이 확정되었다.

❀

"지구에서 마병을 마주하게 될 줄은 몰랐는데."

"그만큼 놈들이 본격적으로 움직이고 있다는 소리 아니겠냐. 어쩌면 그곳에 정화자 놈들의 제단이 있을지도 모르고."

현장으로 향하는 차에는 나와 루나, 그리고 김 실장이 탑승해 있었다.

일종의 선발대였다.

나와 루나가 직접 찾아가서 해당 지역의 상황을 확인한 후, 신전에서 대기하고 있는 레오와 신입들을 투입하든가 할 것이다.

나는 빠르게 바뀌는 창밖의 풍경을 바라보면서 김 실장에게 말했다.

"신성 계열 플레이어들에게 도움을 청한 이유가 따로 있었나요?"

"현장에 신성력 사용자가 한 명 있습니다. 덕분에 신성력이 원인 불명의 질환에 탁월하다는 것을 확인했습니다. 그래서 급히 소집했던 겁니다."

"신성력 사용자?"

"난민촌에 있던 개척 교회의 목사입니다. 얼마 전에 신성력을 각성했지만, 자리를 비울 수 없어 여태껏 숨겨 왔다고 합니다."

대전의 난민촌은 디멘션 오프닝 이후로 형성되었다고 한다.

초기에 생성된 게이트들에 의해 삶의 터전이 파괴된 사람들.

정부 측에선 그들을 대전 북부 쪽에 자리 잡게 했고, 그것이 난민촌의 시작이었다.

급조된 지역이었기 때문에 당연히 생활환경은 좋지 않았

을 것이다.

"그는 3년째 해당 지역에서 난민들을 챙겨 주던 사람입니다. 신성력을 얻었음에도 보고하지 않은 건, 각성자 교육 동안 생기는 공백 때문이었다고 합니다. 그 공백 기간 동안 사람들이 눈에 밟힌다더군요. 조사한 바에 따르면 인망이 아주 두텁습니다."

"대단한 사람이네요."

나는 고개를 끄덕이며 말했다.

종교를 떠나서, 어디에나 그런 사람이 존재한다. 불쌍한 사람들을 그냥 지나치지 않는 사람들.

그런 사람들은 영웅이라고 부르기에 충분하다.

"불교, 천주교와 개신교, 백명교 측에서도 곧바로 플레이어들을 파견했습니다. 동선 추적에 합류해서 즉각적으로 조치를 취할 예정입니다. 그런데 정말 지원은 필요 없으신지."

"근원을 추적하는 건 우리밖에 못 합니다. 제가 직접 들어가서 끝내야죠."

"가능하시겠습니까?"

"걱정하실 필요 없습니다. 에덴에서도 몇 번 경험이 있는 일이라."

마병에 걸린 사람들을 정화하는 것은 크게 어려운 일은 아니다. 여차하면 정화의 날개를 이용해서 단숨에 정화하는 것도 가능하다.

하지만 마병의 근원을 찾아내지 않는 이상 끊임없이 반복될 테니, 최우선은 마병의 발원지를 찾아내는 것이다.

그렇게 김 실장과 이야기를 나누고 있는 사이 차는 어느새 군 통제선이 설치되어 있는 곳에 도착했다.

"도착했습니다, 시우 님."

"성하. 이거, 쉽지 않겠는데요?"

"흠."

루나는 차에서 내리자마자 고운 미간을 잔뜩 찌푸렸다. 그리고 나 역시 그녀를 따라 표정을 굳힐 수밖에 없었다.

난민촌의 구역은 내가 생각했던 것보다 훨씬 넓었다.

이곳에 최대 수용 가능한 인원이 10만 명이라고 들었던 것 같은데, 그 말이 틀린 게 없는 모양이다.

"현재 난민촌의 주요한 기능은 피해 현장이 복구되기 전까지 이재민들을 임시로 수용하는 역할입니다. 난민촌이라는 이름으로 시작된 곳이긴 하지만, 현재로서는 이재민 캠프라는 표현이 더 적절합니다."

"난민이건 이재민이건, 수용 인원이 꽉 찬 것 같네요."

"근래에 '격의 시대'라는 메시지가 떠오른 이후, 감지되지 않는 게이트와 던전의 숫자가 증가했습니다. 그로 인해 이재민이 대거 발생한 탓입니다."

딱 봐도 난민촌에는 사람이 많아 보였다.

방역복을 착용한 군인들이 바리케이드를 곳곳에 배치함으

로써 통제하고 있는 상황이었다.

이런 부분을 보면 확실히 지구인들의 대응이 아주 신속하다. 에덴에서는 마병 환자들을 격리하는 것조차 까다로웠는데 말이지.

"방역복을 입고 있음에도 불구하고 일부 군인들도 감염이 진행된 상태입니다. 이에 따라 군 내부에서는 감염을 막기 위해 난민촌을 강제 소각하자는 의견이 제기되고 있습니다."

"최후의 방법을 벌써 꺼내기에는 이르죠. 말이 강제 소각이지, 저 사람들 살처분하겠다는 소리잖아."

내 말에 루나는 앞으로 걸어가면서 말했다.

"지구인들도 보통은 아니네요. 에덴의 어떤 왕국에서도 마병 확산 막으려고 도시 하나 몰살시켰는데, 기억나세요, 성하?"

"그걸 기억 못 할 리가 있겠냐."

"최악의 선택이었죠. 아직도 생각나네."

마기가 정화되지 않은 상태에서 환자들을 무턱대고 죽였다가는 오히려 역효과만 발생한다.

참고로 루나가 말한 그 도시는 시민 전부가 언데드가 되어 부활했다.

그 상태에서 마기를 머금고 사방으로 퍼져 나가니, 왕국이 무너지는 건 순식간이었다.

마족과의 전쟁이 이어지고 있는 와중에 그런 일이 발생했던 탓에 수습하느라 진땀이 빠졌었지.

"우리가 가장 먼저 해야 하는 건 마병의 근원을 찾는 거다. 루나, 너는 들어가자마자 마인들부터 제압해."

"예, 성하."

우리 둘의 이야기를 가만히 듣고 있던 김 실장이 나에게 조심스럽게 물었다.

"몇 번 보여 주셨던 그 날개를 이용하다면 단번에 정화가 가능하지 않습니까?"

"정화의 날개로는 생명을 잠식한 마기를 완벽하게 제거하는 건 힘든 편이에요. 그리고 마병의 근원부터 제거하면 모를까, 근원을 제거하지 않는 이상 완벽하게 제압할 수는 없습니다."

밑 빠진 독에 물을 채워 넣으려면 독부터 보수를 해야 하는 것이 당연하다.

정화를 하더라도 마병의 근원이 건재한 이상 임시방편에 불과하다.

나는 주머니에서 장갑을 꺼내면서 김 실장에게 말했다.

"금방 다녀오겠습니다. 아, 그리고 아까 말씀해 주셨던 그 목사, 여전히 안쪽에 있습니까?"

"예. 엄연한 격리 대상이니까요."

"제 폰에 그 사람 위치나 한번 찍어 주세요. 가는 김에 얼굴 좀 보고 가게. 루나야? 들어가자."

"오랜만에 몸 좀 풀겠네."

그렇게 나는 루나를 데리고 격리 구역 내부로 진입했다.

경고! 사방에서 마기가 감지되기 시작합니다.

위험을 알리는 붉은색 메시지 창이 눈앞을 가득 메우기 시작했다.

❖

어둠으로 뒤덮인 작은 동굴 속.

귀곡성에 가까운 목소리가 벽을 타고 울려 퍼진다.

─드레노가 소멸했다. 의식은 성공적으로 끝났지만, 제단 하나가 완전히 파괴되었다.

"나약한 리치들이 별수 있겠어? 흐흐, 재수 없는 해골 새끼들이 뭐 그렇지. 그것이 언데드들의 한계야."

─그분께서는 네가 조심하시기를 바라신다. 네가 있는 그 땅은 너무 위험하다. 그곳에 있는 모든 종들이 계획을 중단하고, 대제단으로 복귀하시기를 원하신다.

"내 계획은 이미 완성되었어. 조금만 있으면 결과가 나온다. 충분한 결과를 들고 돌아가, 그분에게 당당히 인정받을 것이다."

－현실을 직시하라. 네가 그곳에서 이룰 수 있는 것은 아무것도 없다. 아무리 네놈이 미천하고 무능한 종이라 할지라도, 헛되이 죽는 것은 우리에게 해롭다.

어둠 속에서 꿈틀거리고 있던 괴물이 몸을 일으켰다.

괴물은 회색으로 빛나고 있던 작은 구슬을 손으로 움켜쥐면서 말했다.

"아카리스. 네가 나를 깔보는 날도 얼마 남지 않았다. 지금이라도 충분히 즐겨 둬라. 얼마 가지 않아 네 녀석은 나에게 복종할 수밖에 없을 것이다."

－이름조차 얻지 못한 놈 주제에 쓸데없는 욕심을 부리는구나. 네 녀석은 그 어떠한 미래에서도 이름을 얻지 못했다. 다시 한번 경고한다. 그곳에서 철수…….

콰지지직.

괴물은 구슬을 손으로 부서뜨렸다. 굴 밖에서 들어온 달빛이 그의 검게 변색된 손을 비췄다.

괴물은 자신의 손을 황홀하다는 듯이 바라보았다. 그리고 보라색의 손톱으로 손목을 그은 후, 땅에 피를 흩뿌리면서 광소를 터뜨렸다.

"얼마 남지 않았다! 내가 이름을 얻는 날이 얼마 남지 않았어!"

대지에 흩뿌려진 그의 피가 천천히 뻗어 나가기 시작했다.

마병

격리 구역에 진입하자마자 오랜만에 퀘스트가 발생했다.

퀘스트가 발생합니다.
[역병]
● 종류: 서브 – DLC
● 설명: 현재 당신이 있는 곳에는 알 수 없는 역병이 퍼지고 있습니다. 곳곳에서 병마에 신음하는 소리가 들려오고, 많은 이가 미래에 대한 희망을 잃었습니다.
교황이시여. 이곳을 잠식한 사악한 병마를 몰아내어, 고통받는 이들을 구원해 주십시오.
● 완료 조건: 〈역병의 근원〉을 제거할 것.
● 보상: 〈신성 점수 1만 점〉, 〈성유물 점수 1점〉

안 받을 이유가 없는 퀘스트였기에 곧바로 수락한 다음,

메시지 창을 닫았다. 그리고 천천히 주위를 둘러보았다.

곳곳에 설치되어 있는 컨테이너들과, 3층 이상을 넘어가지 못하는 건물들.

그 사이에서 쉴 새 없이 들려오는 기침과 신음 소리들은 이곳의 처참함을 적나라하게 드러내 준다.

"이런 걸 보면 지구도 참 신기한 세계예요."

"뭐가?"

"우리 교단의 신전이 있는 서울만 보더라도 높은 빌딩들이 그렇게 즐비해 있고, 에덴과 비교도 할 수 없이 발전해 있는데. 조금만 내려와도 이렇게나 다르잖아요? 문명이 발전하면 모두가 잘살 수 있을 줄 알았는데, 그것도 아니네."

"사람 사는 세계란 게 원래 그런 거지."

"하긴. 모두가 평등하고 행복한 세계란 건 있을 수가 없죠. 그게 가능했으면 종교가 존재할 필요도 없었겠지."

가끔 보면 루나도 굉장히 염세적인 말을 하고는 한다.

그건 그녀가 어렸을 시절, 동생들을 먹여 살리기 위해 쉴 새 없이 일하면서 얻게 된 성향일지도 모른다.

"그래도 이곳은 동생들이랑 살았던 곳보다는 훨씬 나은 편이긴 해요. 적어도 오랫동안 굶을 일은 없잖아요?"

루나는 그렇게 말하며 계속해서 앞을 향해 나아갔다.

우리가 이곳에 들어온 순간부터 수많은 시선이 집중되고 있었다.

사제복을 입고 있는 나와 순백색의 갑옷을 입고 있는 루나의 조합은 관심을 안 주려야 안 줄 수가 없는 조합이기는 했다.

우리는 그 뜨거운 시선을 받으면서 첫 번째 목적지로 향했다.

마병이 확산되는 중이라서 거리에 나와 있는 사람은 극히 드물었다.

"음, 김 실장님이 보내 준 메시지에 따르면 저긴데."

루나는 능숙하게 스마트폰을 들여다보면서 말했다.

최근 들어 루나와 레오가 나보다 스마트폰을 더 잘 쓴다. 쉬는 시간에 대부분 스마트폰을 하면서 보낸다는 뜻이겠지.

"저기 보이네."

"음?"

"저게 십자가라는 건데, 기독교의 상징이라고 생각하면 돼. 한때는 전국 어디에서나 볼 수 있었어."

나는 십자가가 달려 있는 컨테이너를 바라보았다.

크기는 넓지 않았지만 안쪽에서 은은한 신성력이 감지되고 있었다.

아마 김 실장이 말해 준 그 목사란 사람일 것이다.

"들어가 보자고."

"네."

루나와 함께 컨테이너 안으로 들어갔다. 그러자 그때, 안

쪽에서 날카로운 쇠꼬챙이를 움켜쥔 어린 꼬마 하나가 우리를 향해 소리쳤다.

"오, 오지 마! 여기는 안 돼!"

우리를 노려보고 있는 소년의 얼굴에선 절박함이 느껴졌다. 쇠꼬챙이가 떨리는 걸 봐서는 잔뜩 긴장한 모양이었다.

루나는 나와 소년을 번갈아 보면서 쳐다본 다음, 가볍게 손을 튕겨서 쇠꼬챙이를 뒤로 날려 버렸다.

그리고 소년의 머리를 쓰다듬으면서 미소를 지었다.

"걱정하지 마. 너희를 도와주러 온 거야."

"진……짜요?"

"희민아! 무슨 일……."

곧이어 건물 안쪽에서부터 한 중년 남성이 뛰쳐나왔다.

남자는 먼지가 묻은 흰색 와이셔츠의 양쪽 소매를 걷은 상태였다. 게다가 급히 달려 나왔는지, 손에는 물이 묻은 수건을 들고 있었다.

그는 우리와 눈을 마주쳤다.

그렇게 3초 후.

"김……시우?"

우리의 정체를 깨달은 그가 눈을 둥그렇게 뜨면서 들고 있던 수건을 떨어트렸다.

나는 그런 그를 향해 손을 흔들어 주면서 인사를 건넸다.

"원래는 밖에서 먼저 물어보고 들어와야 하는데, 저희가 성격이 급한 편이라 죄송합니다. 혹시 들어가도 되겠습니까?"

"오, 하나님. 감사합니다! 정말 감사합니다!"

"음, 저희들은 리멘을 모시는 쪽이라."

"아, 죄송합니다! 저도 모르게 그만……."

남자의 모습에 내 옆에 서 있던 루나가 내 귓가에 조용히 속삭였다.

"놀리는 맛이 있는 사람인 것 같은데요?"

"그 맛이 뭔데?"

"음, 성하한테서 느껴지는 맛? 후후."

무시하자.

나는 루나의 얼굴을 손으로 밀어 낸 다음, 웃음을 지으면서 그에게 말했다.

"괜찮습니다. 그나저나 여기 이 어린 친구가 용감하네요. 무슨 일이 있었나요?"

"오늘 아침에 환자 중 일부가 이곳에 쳐들어왔습니다. 그분들의 엄청난 공격성 때문에 아이들이 크게 다칠 뻔했습니다. 아마 희민이가 그것 때문에 외부인들을 경계해서 그런 것 같습니다. 희민아, 사과드려야지?"

"죄송…… 죄송합니다. 저는 갑자기 들어오셔서 나쁜 사람들인 줄 알았어요."

"그건 우리가 잘못하긴 했네. 미안해, 희민아. 다음부터는 노크 꼭 하고 들어올게."

노크를 안 하고 무작정 들어온 우리 쪽도 잘못이 있지.

그래도 무서웠을 텐데 쇠꼬챙이를 들고 맞서는 모습이 참 인상적이었다.

게다가 소년의 몸에서 느껴지는 신성력의 씨앗 역시 마찬가지로 인상적이었다.

한 가지 아쉬운 점은 그 씨앗이 우리 것이 아니란 점이었지만 말이다.

"다른 아이들은 원인 모를 병 때문에 힘들어하고 있는데, 희민이 혼자 멀쩡하거든요. 덕분에 제가 많은 도움을 받고 있습니다. 저는 서성신이라고 합니다. 이곳에서 2년째 사역을 하고 있습니다."

"김시우입니다. 이쪽은 루나."

"소문으로만 듣던 분들을 직접 뵙게 되니 너무 당황스럽네요."

서 목사는 웃음을 지으면서 내가 건넨 손을 맞잡았다.

우우우웅-!

맞잡은 손 너머로 서 목사의 순수한 신성력이 전해져 왔다. 독실한 신앙심으로 각성한 케이스답게 놀라울 정도로 순수한 신성력이었다. 선지자급이라고 불러도 손색이 없을 정도.

이 정도의 신성력이라면 손을 맞잡는 것만으로도 마병의 증상이 굉장히 약화되기는 했을 것 같다.

"대접해 드릴 수 있는 게 없어서 죄송할 따름입니다."

"환영만으로도 감사합니다. 실례가 되지 않는다면 교회 안쪽을 둘러봐도 되겠습니까?"

"물론입니다."

서 목사는 우리를 이끌고 교회 안쪽의 방으로 향했다.

그곳에는 총 여섯 명의 아이들이 누워 있었는데, 하나같이 상태가 안 좋은 아이들이었다.

손끝과 발끝이 검은색으로 물들어 있는 것을 보아하니 마병에 걸린 게 분명해 보였다.

"전염병으로 인해 부모를 잃은 아이들입니다. 더 좋은 외부 시설로 보내고 싶어도, 격리로 인하여 당장 어떻게 할 수 있는 게 없습니다."

"아이들의 상태가 안 좋아 보이네요."

"다른 환자들의 경우에는 저와 접촉하면 상태가 좋아졌는데, 이 아이들의 경우에는 그렇지 않았습니다."

확실히 어지간한 마병 환자들이라면 선지자급의 신성력과 닿는 것만으로도 호전되기는 한다.

나는 서 목사의 말을 들으며 천천히 아이들에게 다가갔다.

아이들로부터 꽤 강렬한 마기가 느껴지고 있었다.

"제가 무언가라도 더 해 주고 싶지만……."

"하실 수 있는 건 다하셨겠죠. 이해합니다. 이건 사실 서 목사님이 뭔가를 더 할 수 있는 게 아니에요."

아무리 이 사람이 선지자에 준하는 신성력을 타고났다고 한들, 지금으로서는 그저 신성력을 방출하는 게 전부일 뿐이다.

축복이나 축성 같은 스킬들은 사용할 수 없었기 때문에 반쪽짜리에 불과한 상황이었다.

물론 신성력 방출만으로 여태까지 어지간한 마병은 치료해 줄 수 있을 정도로 말도 안 되는 잠재력이었지만, 이 아이들에게 그의 신성력이 통하지 않는 이유가 있었다.

나는 아이들의 몸에 손을 올리면서 서 목사에게 말했다.

"아이들이 병에 걸린 이후에 외출을 한 적이 있습니까?"

"전혀요. 기력조차 없어서 누워만 있었습니다."

"그래요?"

저주 〈탐식의 표식〉을 해제하였습니다.

새근─.

방금 전까지만 해도 숨을 헐떡이던 아이들의 상태가 정상으로 돌아왔고, 악몽을 꾸는 듯이 괴로워하던 아이들의 표정이 편안하게 바뀌었다.

서 목사는 한결 편안해진 아이들을 바라보면서 눈을 크게 떴다.

"아이들이……."

"문제는 해결되었습니다."

"감사합니다! 정말, 정말 감사합니다! 아이들이 잘못되면 어떻게 하나 걱정했……."

"그 전에, 서 목사님."

나는 천천히 자리에서 일어난 다음, 서 목사에게 다가갔다.

그리고 조용한 목소리로 그에게 말했다.

"이곳에 출입했던 또 다른 외부인이 있습니까? 솔직하게 답해 주셨으면 합니다."

마병의 근원을 멀리서 찾을 필요도 없을 것 같았다.

❧

─평소에 저희 교회에 나오셔서 예배를 드리는 집사님 한 분이 계십니다. 그저께부터 아이들 간호를 도와주시는 중입니다. 그분도 저희처럼 면역이 있으신 건지, 병에 걸린 기색은 없으셨습니다.

서 목사의 말에 따르면 이혜선이라는 이름의 집사가 이틀 전에 교회에 나와서 아이들을 간호해 주다가 갔다고 했다.

마병이 확산하고 있는 와중에도 멀쩡했다는 걸 보면 그녀 역시 마병에 대한 면역력을 확보하고 있던 걸로 추정된다.

하지만 여기서 분명하게 짚고 넘어가야 할 사실이 하나 있다.

플레이어가 아닌 이상 마병에 대한 저항력을 보유하는 건 기적에 가깝다.

아까 전에 우리에게 쇠꼬챙이를 겨누었던 희민이의 경우가 굉장히 특별한 경우다. 신성력의 씨앗을 보유하고 있고, 타고난 저항력 자체가 괴물 같았기에 마병으로부터 자유로 웠을 뿐이다.

희민이 같은 특수한 경우가 아니라면 남아 있는 가능성은 하나다.

마기에 익숙한 경우.

즉, 마기 사용자인 경우.

"루나야."

"네, 말씀하세요."

"너는 어떻게 생각하나?"

"당연히 그년이 나쁜 년이죠. 마병의 근원인지는 모르겠지만, 마병과 관련되어 있는 건 틀림없어요. 아이들한테 저주를 걸 만한 용의자는 그년밖에 없잖아요? 원래부터 알고 있던 사이라고 해도, 마족 놈들이 인간 탈 뒤집어쓰는 경우가 얼마나 많은데."

서 목사는 그 이혜선이라는 여집사를 의심조차 하고 있지 않았다.

이유는 지금의 사태가 발생하기 전부터 알고 있던 사이였기 때문이라고 한다.

우리가 그녀가 사태의 원흉일 것이라고 얘기해 주는데도 쉽사리 믿지 않는 걸 보면 생각보다 오랫동안 신뢰를 쌓은 듯 보였다.

"가끔 보면 성하는 무른 면이 있어요. 나 같았으면 신뢰고 뭐고 당장 그년 찾아가서 머리 뜯어 버렸을걸요."

"……머리채 말고 머리?"

"머리를 뜯어 버리면 머리채는 보너스잖아. 아닌가?"

저것이 정말 신의 뜻을 따른다는 성기사의 입에서 나올 소리란 말인가.

어쨌든 우리는 한 번만 확인할 기회를 달라는 서 목사의 부탁을 들어주기로 했다.

시간이 오래 걸렸다면 바로 움직였을 테지만, 그 집사가 곧 교회에 올 시간이었기에 잠시 기다려 줬다.

그리고 그의 말대로 나와 루나가 대기한 지 얼마 되지 않아 그 이혜선 집사라는 사람이 나타났다.

"목사님, 저 왔어요."

미소를 머금은 중년의 여성이 교회 안으로 들어섰고, 서 목사는 애써 미소를 지으면서 그녀를 반겼다.

"오셨어요, 이 집사님?"

"아이들한테 별일은 없었죠?"

"열이 안 떨어지네요. 그래도 조금은 나아졌습니다."

"집에 해열제 남아 있던 거라도 챙겨 왔어요. 도움이 되어야 할 텐데."

나와 루나는 신성력으로 생성한 얇은 막 뒤에 몸을 숨긴 상태였다.

일종의 위장막.

나만큼의 신성력을 보유한 존재가 아니라면 우리의 존재를 쉽게 알아차릴 수 없었다.

서 목사는 이 집사라는 여자와 함께 아이들이 누워 있는 방 안으로 향했다.

그리고 그때, 은은한 미소를 품고 있던 이 집사의 표정에 균열이 생겼다.

미소가 있던 자리를 대체하는 조급함.

서 목사는 그런 그녀를 바라보면서 나지막한 목소리로 말했다.

"드디어 아이들의 상태가 호전되었습니다. 조금씩 병을 이겨 내는 것 같아요."

"……그런가요? 그것참 다행이네요."

표식이 지워진 걸 눈치챈 모양인지, 그녀는 재빠르게 아이들을 향해 다가가려고 했다.

하지만 그것을 막은 건 서 목사였다.

"집사님."

"아이들 옷이 땀에 젖었어요. 갈아입힐 옷도 몇 벌 챙겨 왔으니까 제가 직접 갈아입힐게요."

그녀의 말에도 서 목사는 비키지 않았다. 오히려 그는 단호한 말투로 그녀에게 말했다.

"죄송하지만, 오늘은 그냥 돌아가 주셨으면 좋겠습니다. 아이들이 이제 막 나아지고……."

"얼마 안 남았었어! 얼마 안 남았었다고!"

그때였다.

이 집사의 몸에서 검은색의 촉수가 튀어나오더니, 곧 서 목사의 몸을 강하게 후려쳤다.

충격을 받은 서 목사의 몸이 허무할 정도로 쉽게 벽으로 튕겨 나갔다.

그리고 그 순간, 위장막에서 걸어 나간 루나가 정신을 잃은 서 목사의 몸을 받아 내면서 말했다.

"어떻게 하실 거예요, 성하? 딱 봐도 마병의 근원은 아닌 것 같은데. 그냥 하찮은 병마잖아요."

"그래도 쓸모는 있을 것 같다. 저 녀석의 몸에서 흘러나오고 있는 마기를 따라가면 근원을 쉽게 찾을 수 있을 거야."

루나는 서 목사의 몸을 바닥에 조심스레 내려놓았다. 그리고 허공에서 철퇴를 꺼내면서 더 짙게 미소를 지었다.

"잘됐네. 저 간만에 욕구 좀 풀어도 되죠?"

"대가리만 남겨 둬. 아이들 자고 있으니까 조심하고."

"아쉽네. 마족 놈들은 대가리를 박살 내야 제 맛인데……
제일 맛있는 건 마지막에 먹죠, 뭐."

나는 아까 전부터 내 뒤에 숨어 있었던 희민이라는 아이의
눈을 두 손으로 가렸다. 그리고 조용한 목소리로 말했다.

"희민아, 손으로 귀 막고 있어."

"네, 네."

"괜찮아. 금방 끝날 거야."

루나의 살벌한 신성력이 작은 교회 안을 가득 채우기 시작
했다.

❧

마기를 지닌 놈들이 항상 어린아이들을 노리는 이유는 똑
같다.

제물로 삼기에 충분한, 아주 순수한 영혼.

이미 더럽혀져 있는 영혼을 마기로 물들이는 것보다는 순
수한 영혼을 타락시켰을 때에 발생하는 마기의 양이 더 많다
던가.

에덴으로 넘어간 지 4년 차, 내 손으로 직접 전신을 으스
러뜨려 주었던 흑마법사로부터 들었던 정보니까 정확할 것
이다.

"정말로…… 정말로 이 집사님이……."

기절했다가 깨어난 서 목사는 촉수의 공격에 노출되었던 자신의 가슴을 쓸어내렸다.

그의 손이 거칠게 떨리는 걸 봐서는 큰 충격을 받은 모양이다.

"목사님이 알고 있던 사람은 아니었어요. 그저 그 사람의 가죽을 뒤집어쓰고 있었을 뿐이죠."

병마라고도 불리는 그 하급 마족 놈들에게는 도플갱어나 미믹 같은 변장 능력이라고는 없었다.

대신에 마병에 희생당한 자들의 외관을 뒤집어쓰는 것 정도는 가능했다.

"그렇다면 진짜 이 집사님은 어떻게 된 겁니까?"

"병마는 죽은 자의 가죽만 뒤집어쓸 수 있습니다. 아마도 돌아가셨겠죠."

"전부 다 제 탓입니다. 제가 조금이라도 노력했다면, 더 많은 사람을 살릴 수 있었을 텐데……."

서 목사는 그 누구도 원망하지 않았다. 도리어 스스로를 자책하면서 눈물을 흘린다.

누군가는 그것을 성자의 눈물이라고 칭송할 수도 있겠지만, 내 눈에는 전혀 그렇게 보이지 않았다.

그리고 그것은 루나에게도 마찬가지였던 모양이다.

루나는 한때 인간의 가죽을 뒤집어쓰고 있던, 잔뜩 일그러진 병마의 대가리를 오른손으로 쥔 채로 서 목사에게 뚜벅뚜벅 걸어갔다.

그리고 서 목사의 눈앞에 병마의 대가리를 들이밀면서 말했다.

"나이도 드실 만큼 드신 양반이, 울어도 될 때랑 울면 안 될 때를 구분도 못 해? 아저씨, 울고 싶으면 상황이 끝나고 울어. 고작 병마 새끼 하나 작살냈다고 위험에서 벗어난 것 같아?"

"서 목사님도 이런 상황은 처음이시겠지."

"처음이면 놈들이 봐주는 것도 아니고, 아주 그냥 벼슬 납셨다, 벼슬 납셨어."

철퇴를 어깨에 올려 둔 채로 저렇게 말하는 걸 보면 성기사가 아니라 동네 깡패가 온 것 같다.

하지만 틀린 말은 아니었기 때문에 루나에게 더 이상 뭐라고 할 수는 없었다.

"어떻게, 성하가 가실래요? 아니면 제가? 병마 한 놈 작살냈으니 이제 곧 다른 병마나 마인들도 몰려들 텐데, 한 명은 이곳에 남아야죠."

"넌 어떻게 하고 싶나?"

"이곳에 있는 아이들 보니까 에덴에 있을 제 동생들이 생각나네요. 아이들이 있어서 그런가, 발이 떨어지지를 않네요."

루나는 그렇게 말하며 자신의 손에 들려 있던 병마의 대가리를 나에게 던졌고, 나는 루나로부터 넘겨받은 대가리에 신성력을 집중시켰다.

치이이익—.

일그러져 있던 대가리가 녹아내리면서 잠시 후 검은색의 돌 하나 크기로 압축되었다.

이 정도만 하더라도 마기를 추적하기에 충분한 크기였다.

나는 그 작은 돌을 사제복 주머니에 집어넣으면서 루나에게 당부했다.

"솔직히 말해. 여기로 몰려드는 놈들 대가리 마음껏 부수고 싶어서 그런 거지?"

"에이, 누가 보면 내가 대가리 박살 내는 데에 환장한 줄 알겠네."

"아니었어?"

"반쯤은 인정."

캬아아아아아아악!

으어어어어.

나와 루나가 농담을 주고받는 사이에 어느새 밖에서 괴성이 들려오기 시작했다.

위기를 감지한 놈들이 본능적으로 이곳을 향해 몰려들기 시작한 것이다.

"차라리 잘된 거지. 다른 사람들을 노리는 것보다는 우리한테 몰려드는 게 희생자도 줄고 좋잖아?"

"좋죠. 손맛도 짭짤할 테고."

"병마는 네 마음대로 해도 되는데, 마인들은 알지? 그 사람들도 마병 환자다. 전투하면서 치료해 주기 빡세면 간단히 기절만 시켜 둬. 나중에 한 번에 치료해 버리면 되니까. 알겠지?"

"능력도 좋으셔. 저 먼저 나가서 길 뚫어 둘 테니까 여유롭게 나오셔요."

루나는 나를 향해 가볍게 손을 흔든 후, 가벼운 발걸음으로 건물 밖으로 나갔다.

나는 그런 루나의 뒷모습을 보며 피식 미소를 지었다. 그리고 시선을 돌려 서 목사를 쳐다보았다.

"루나가 말은 저렇게 해도 속은 여린 편이라, 루나가 한 말 크게 담아 두지는 마세요."

"……틀린 말이 아니었습니다."

"응?"

"루나 님께서 하신 말씀 중, 틀린 말은 하나도 없었습니다. 아직 끝나지도 않았는데 후회라니…… 제가 정신이 나갔었나 봅니다."

우우우웅-!

그 순간, 서 목사의 몸속에 자리 잡고 있던 신성력이 강하게 진동했다.

본인은 인지하지 못한 듯 보였지만, 나에게는 분명히 느껴졌다.

신성력은 굳건한 신념 속에서 더욱 강하게 피어난다. 그러니까 서 목사는 지금 무언가 깨달은 것이 틀림없었다.

한 가지 아쉬운 점은 그의 신념이 향하는 방향이 리멘이 아니라는 것뿐.

"확실히 아까보다 훨씬 보기 좋네요, 서 목사님."

나는 빛을 되찾은 서 목사의 두 눈을 마주하며 만족스럽게 고개를 끄덕였다.

"늦어도 30분 안에 돌아오겠습니다."

"30분……."

"네. 밖은 루나가 잘 지켜 주고 있을 테니까, 이곳에서 아이들을 잘 지켜 주세요. 희민이 너도 목사님 잘 도와드리고, 알겠지?"

"네!"

신성력에 관해서 해 주고 싶은 이야기가 좀 많았다.

비록 종교는 다르지만 그가 선한 사람이란 건 확인했으니까.

나는 둘에게 잠시 인사를 건넨 다음, 조용히 교회 밖으로 나왔다.

병마와 연결되어 있던 마병의 근원이 그리 멀지 않은 곳에서 감지되고 있었다.

사방에서 병마와 마인들이 잔뜩 몰려들고 있었지만, 나보다 먼저 나간 루나가 그 짧은 시간 동안 이미 정리를 해 뒀다.

그 덕에 나는 아주 수월하게 추적에 나설 수 있었다.

마병에 잠식된 지역인 탓에 사방에서 마기가 느껴지고 있었지만, 병마를 압축시켜서 만든 돌을 나침반 삼아서 빠르게 움직였다.

이것으로 마병의 근원을 추적할 수 있는 메커니즘은 단순하다.

아까 루나가 박살 내 버렸던 병마는 마기를 수집하는 역할에 불과했다. 저주라고 할 수 있는 탐식의 표식을 직접 새기고 다니는 이유도 거기에 있었다.

병마들은 일종의 추수꾼이라고 여겨지는 놈들이다.

즉, 녀석으로부터 마기를 전달받는 상위 개체가 있다는 뜻이다.

"여긴가."

병마가 마기를 보내고 있던 곳은 교회에서 그리 멀리 떨어지지 않은 곳이었다.

나는 꽤 넓은 크기의 공터를 바라보면서 미간을 찌푸렸다.

제대로 찾아온 것 같았다.

쿵-쿵-!

공터의 중심에서 검은색의 덩어리가 기분 나쁘게 꿈틀거리고 있었다.

그 덩어리는 종양에 가까운 모양새였다.

불규칙한 박동이 이어질 때마다 종양을 중심으로 검은색 혈관이 뻗어 나갔다.

이미 공터 주위에 있던 몇몇 건물들은 종양으로부터 뻗어 나간 검은색 혈관에 잠식되어 있었고, 눈을 한 번 깜빡일 때마다 끝없이 전이가 이루어지는 중이었다.

저 상태는 에덴에서도 몇 번 본 적이 있다.

마병에 노출된 희생자가 많아지면 나타나는 현상. 마병 환자들이 내뿜는 마기가 대지를 잠식하며 생성된 또 다른 감염원.

"포자 군체."

마기로 이루어진 일종의 포자를, 바람을 통해 더 멀리 퍼뜨릴 수 있게 해 주는 기관.

마병이 대량으로 확산돼서 충분한 마기가 공급되어야지만 등장하는 기관이었는데, 4일 만에 포자 군체까지 나타났을 줄이야.

이것은 이 지역에 퍼진 마병이 그만큼이나 심각한 수준으로 진행되었다는 것을 의미한다.

그나마 다행인 건 아직 포자 군체가 완벽한 형체를 이룬 상황은 아니라는 점.

마병이 일반인들에게 치명적이었던 건 이런 식으로 다양하게 전염을 이어 나가기 때문이었다.

포자 군체가 완성되었다면 더 이상 봉쇄의 의미가 없어진다.

바람을 타고 전파되는 포자까지 막을 수는 없을 테니까.

화르르륵─!

나는 징그러울 정도로 끊임없이 꿈틀거리는 종양 덩어리들을 바라보면서 손가락에 성화를 피워 올렸다.

징그러운 것은 불태워 없애면 그만이다.

지구의 방역 시스템으로 마병을 막아 내는 건 무리겠지만, 성화라면 마병을 흔적도 없이 불태우는 것이 가능했다.

까드드득. 까드드득.

내 손에서 성화가 피어오르는 것을 감지한 종양 덩어리가 곧바로 변형을 시작했다.

뼈가 뒤틀리는 듯한 기괴한 소리가 울려 퍼진 이후, 종양 덩어리 사이에서 검은색 점액질로 뒤덮인 거대한 괴물들이 모습을 드러냈다.

괴물들의 몸 곳곳에는 고통에 몸부림치는 표정으로 죽어 간 희생자들의 얼굴이 박혀 있었다.

그것만으로도 그 괴물이 무엇으로 구성되었는지 짐작할 수 있었다.

꺄아아아아아악!

끄아아아아악!

괴물의 몸에 박혀 있던 얼굴들로부터 끔찍한 비명 소리가 튀어나왔다.

마기에 물들어 있는 비명 소리가 서로 공명하며 사방에서 나를 때리기 시작했고, 살덩어리들이 나를 향해 일제히 달려들었다.

사방이 검은색으로 물든다.

종양 덩어리에서 끊임없이 복제된 거구의 살덩어리들이 증오와 비명을 내뿜으며 파도처럼 밀려온다.

나는 나를 향해 밀려드는 검은색 파도를 바라보며 조용히 한숨을 내뱉었다.

그리고 성화가 피어오른 손가락을 튕겼다.

액티브 스킬 〈성화의 고리 Lv.???〉가 발동합니다.

내 손가락에서 퍼져 나간 성화는 거대한 원을 이루며 검은 파도를 휩쓸었다.

신성한 불꽃이 파도를 관통한 순간, 거센 기세로 몰아치던 파도가 그대로 잘려 버렸다.

화르르르르륵!

성화가 훑고 지나간 절단면에서 성화의 하얀색 불길이 거

세계 피어올랐다.

"집 현관이 불타고 있는데, 언제까지 웅크리고 있는지 보자고."

종양으로 이루어진 포자 군체는 그저 하나의 기관에 불과하다.

본체는 포자 군체 밑에 자리 잡고 있다.

마병의 근원은 지하에 몸을 숨긴 채로 나를 향해 증오를 내뿜고 있었으니, 그런 놈에게 내가 줄 것이라곤 성화의 뜨거운 맛뿐이었다.

너구리를 사냥할 때 굴 입구에 연기를 피우듯, 숨어서 나오지 않겠다는 놈에겐 이만한 특효약이 없다.

나는 비릿하게 웃으면서 다시 한번 손가락을 튕겼다.

지상을 불태우고 있던 성화가 순식간에 종양 덩어리를 타고 지하로 번져 가기 시작했다.

그러자 지금까지와는 다르게 즉각적으로 반응이 왔다.

쿠구구구구궁-.

종양에 잡아먹힌 대지가 마치 살아 있는 생명체라도 되는 듯, 고통에 몸부림치는 것만 같았다.

그리고 잠시 후.

"감히 나의 군락지를!"

온몸에서 고름과 진액을 뿜어내고 있는, 작은 빌딩 크기의 괴물이 땅 위로 모습을 드러냈다.

여덟 개의 팔.

여덟 개의 다리.

그리고 몸과 마찬가지로 진액을 질질 흘려 대는 기다란 꼬리까지.

시체가 썩어 들어가는 듯한 악취가 코끝을 찔러 오기 시작했고, 나는 그 악취에 눈살을 찌푸릴 수밖에 없었다.

"탐식의 끄나풀이라도 되는 놈인 줄 알았다만, 끄나풀조차 못 되는 놈이었어?"

마족이라고 부르기도 힘든 놈이었다.

본질은 아까 전에 마기를 추수하던 병마와 다를 바 없었으며, 그저 다른 병마들에 비해 압도적인 마기를 보유하고 있었을 뿐이다.

"네놈이 드레노의 제단을 무너뜨린 그놈이냐? 고작 언데드나 이끄는 리치 놈 따위를 이겨 놓고서, 쓸데없이 기세만 좋구나. 내 질병이 너를 집어삼킬 것이다. 그리고 네놈의 시체를 그분께 바쳐, 영광스러운 이름을 하사받겠다!"

이름조차 내려받지 못한 마족.

그것은 이 녀석의 태생이 마족들 사이에서도 몹시 천하다는 것을 의미한다.

　나는 끊임없이 고름을 흘려 대는 그놈을 향해 천천히 발걸음을 옮겼다.

　"내가 지난번에 처리한 리치의 이름이 드레노였나 봐? 그건 그렇고, 좀 웃기네. 내가 봤을 때는 그래도 너 같은 근본 없는 새끼보다는 그때 그 리치 새끼가 차라리 더 나았지 싶은데."

　"그깟 해골과 이 몸을 비교하지 마라!"

　부우우웅!

　녀석은 고름을 흩뿌리면서 자신의 거대한 꼬리를 나에게 휘둘렀다.

　어지간한 컨테이너 크기의 꼬리가 당장에라도 나를 짓이길 듯이 쇄도했다.

　하지만 그것도 잠시, 나는 신성력을 손에 두른 채로 녀석의 꼬리를 막아 세웠다.

　그리고 입꼬리를 올리며 말했다.

　"여기서 문제. 꼬리를 강제로 잡아당기면 꼬리만 뜯길까, 아니면 꼬리가 달려 있는 엉덩이까지 뜯길까? 어때, 궁금하지 않나?"

마족 놈은 내 궁금증을 아주 시원하게 해결해 주었다.

"도마뱀들은 꼬리만 덜렁 끊어 버리던데, 네 경우에는 힘 조절만 잘하면 엉덩이도 같이 뜯겨 나가네. 좋은 거 하나 배웠다."

"끄아아아아아아악-!"

전투라고 부르기조차 부끄러운 수준이었다.

상대하는 난이도나 힘을 생각해 본다면, 지난번 이능관리부 청사에서 상대했던 마왕의 화신체가 더 까다로웠을지도 모른다.

나는 어느새 몸뚱어리만 남아 버린 이름 없는 병마를 향해 진득하게 미소를 지어 줬다.

진액과 고름을 흘려 대는 것부터가 이 녀석의 정체가 병마라는 건 알고 있었다.

다만, 병마들 중에서도 그나마 강했던 놈이었다.

어떤 경로로 획득했는지는 모르겠지만, 마왕의 마기를 아주 미세하게 보유하고 있었던 덕분이다.

"개인적으로 언데드보다는 너희가 조금은 더 낫다고 생각한다. 왜냐하면 언데드들은 느끼는 고통의 강도가 미약하거나 아예 고통을 느끼지 못하지만, 너희는 고통을 아주 잘 느끼거든."

그것은 에덴에서 오랜 시간 동안 마족들과 싸우면서 알게 된 유용한 팁이기도 했다.

특히, 성화는 마족에게 주는 고통이 엄청난 편이다.

마족들은 기사들의 오러나 마법사들의 마법보다는 신성력, 특히 성화에 맞닿으면 아주 발광을 했었다.

성화는 이 녀석들에게 아주 쥐약 같은 힘이나 마찬가지였다.

마족들마다 다르기는 해도 마족은 보통 팔다리가 잘려 나가도 재생시킬 수 있는 재생력을 지니고 있는데, 성화는 녀석들의 재생력에 아주 훌륭한 효과를 발휘한다.

이를테면.

"팔다리가 16개였다가 사라진 기분은 어떠냐?"

상처 부위를 성화를 통해서 완벽하게 지져 버리면 다시는 재생하지 못하게 만들 수 있었다.

나는 녀석의 몸에 새겨진 17개의 화상을 바라보면서 능글맞게 미소를 지었다.

참고로 팔다리를 제외한 나머지 1개의 화상은 꼬리를 떼어 낸 부위였다.

"적어도 지난번 리치 놈은 내가 누군지는 알아보더라고? 하긴, 에덴에서 넘어온 놈이라면 나를 알아볼 수밖에 없었겠

우리 교황님좀
말려주세요

지. 너희 병마들이 추종했던 탐식의 마왕을 내가 어떻게 죽였는 줄 알아?"

탐식의 마왕, 바알.

에덴에서 내가 네 번째로 잡아 죽였던 마왕이었는데, 녀석은 끝도 없이 처먹는 돼지 아니랄까 봐 어지간한 요새를 방불케 할 정도로 거대한 몸집을 자랑했다.

병마들을 비롯한 수많은 마족이 포함되었던 탐식의 군단.

녀석들이 지나간 곳은 황폐한 대지와 질병만이 남았던 걸로 기억한다.

그런 바알 놈에게 내가 선사한 최후는.

"신성 결계로 몸을 결박해 둔 다음, 산 채로 불태워 죽였어. 바알 그 새끼 몸에 지방이 얼마나 쌓여 있었던지, 4일 동안 활활 불타오르더라. 조명이 따로 필요 없었다고."

성화를 통해서 산 채로 화형을 시켜 버리는 것이었다.

바알이 지니고 있던 탐식의 마기를 완전히 제거하기 위해서 택한 방식이기도 했다.

당연히 바알은 4일 내내 비명을 내지르면서 죽어 갔고, 불이 사그라든 곳에는 한때 바알이었던 검은 재가 수북하게 쌓여 있을 뿐이었다.

"내가 리치를 소멸시켰던 게 1주일 전이었는데, 넌 그걸 알고 있으면서도 일을 저질렀던 거 아니야?"

나는 능글맞은 목소리와 함께 녀석을 향해 성큼성큼 다가

갔다.

팔다리를 상실한 병마가 어떻게든 몸을 비틀면서 뒤로 물러나려고 했지만, 녀석은 원하는 만큼 물러서지 못했다.

성화에 녹아 버린 종양에서 흘러나온 끈적끈적한 진액들이 녀석의 몸을 늪처럼 잡아당기고 있었던 것이다.

"어째서 이렇게 된 거지? 네놈이…… 네놈이 나타나기 전까지만 하더라도 완벽했단 말이다!"

"전염병 상장회사라는 게임이 있는데, 그거라도 좀 해 보지 그랬어. 우리 동네 중학생이 너보다는 마병 잘 퍼뜨렸겠다."

전염병 상장회사라고, 전염병으로 전 세계를 감염시키는 게임이 있다.

그 게임의 목표는 전 세계인을 감염시켜서 인류를 멸종시키는 것.

여러 가지 방향으로 전염병을 진화시켜 나가며 목표를 달성하는 전략 게임인데, 그 게임을 해 본 사람이라면 내가 무슨 말을 하는지 이해할 수 있을 것이다.

"그러게 스타팅 포인트를 잘 잡았어야지. 내가 있는 걸 알면서도 대한민국에서 시작한 거면, 처음부터 그냥 자살하고 싶었던 생각이었던 거 아니냐?"

스타팅 포인트의 중요성은 게임을 안 해 본 사람조차 공감

하지 않을까?

옛말에 시작이 반이라고 했다.

물론 이럴 때 사용하는 속담은 아니었지만, 그렇게나 중요한 시작부터 잘못되었는데 좋은 결과가 나올 리가 있나.

화르르르륵—!

공터에 퍼져 나간 오염을 전부 불태워 버린 성화가 천천히 나를 향해 모여들기 시작했다.

이곳에 남아 있는 오염원은 이제 단 하나뿐이었으니까.

"그래도 너 덕분에 쓸 만한 정보는 하나 얻어 간다. 나를 모르는 걸 보면, 지구에 있는 마족들 전부가 에덴에서 넘어온 건 아니란 소리잖아. 맞지?"

리멘이 말했었다.

마족들은 에덴의 종족이 아니라고. 녀석들은 그저 다른 세계로부터 에덴을 침략했을 뿐이라고.

그녀의 말이 맞다면, 어쩌면 내가 상대해야 할 마족들은 에덴에서 도망쳐 온 마족뿐만이 아닐지도 모른다.

내가 알지 못하는 적, 새로운 적이 나타날 가능성도 배제할 수 없는 상황.

하지만 죽음의 공포에 휩싸인 이놈에게 내 질문이 귀에 들어올 리가 있나.

"내가 왜 죽어야만 해? 아직이다. 아직, 나는 여기서 죽을 수는 없어."

최후의 발악인 건지, 녀석의 몸에서 흘러나온 고름이 곧
녀석을 둘러싸더니, 곧 고치 형태를 이루었다. 녀석의 전투
의지는 이미 소멸한 지 오래다.

처음부터 이 녀석은 나에게 그 어떠한 위협조차 줄 수 없
는 병신이었다.

아니, 마왕급에 도달하지 못한 마족이라면 애초부터 그 누
구도 나를 위협할 수 없었다.

"요새 마족 놈들은 끈기가 없어. 나 때는 죽을 걸 알면서
도 달려들었는데 말이야."

더 길게 끌고 갈 이유도 없었다.

아직 이 난민촌 내부에는 마병에 노출된 환자들이 즐비해
있다. 슬슬 이 녀석을 죽이고, 마병에 걸린 환자들을 정화시
켜야 한다.

"그래도 좋은 정보를 줬으니까 바알이랑 똑같은 최후를 선
물해 줄게. 영광인 줄 알아."

화르르르륵!

"끼야아아아악! 끼야아아아아아아악ー!"

기다리고 있던 성화가 녀석의 고치를 완전히 집어삼켰고,

녀석의 비명은 성화 속에 파묻혔다.

　나는 그 모습을 바라보면서 가볍게 숨을 뱉어 냈다.

　그리고 능글맞은 목소리로 말을 맺었다.

　"밤에 불장난하면 오줌 싼다고, 할머니가 그랬었는데."

　오늘 자기 전에는 방광 싹 비우고 자야지.

　그렇게 나는 활활 타오르기 시작한 종양들을 잠시 지켜본 다음, 서둘러서 몸을 돌렸다.

<역병의 근원>을 성공적으로 제거하셨습니다.
퀘스트 [역병]을 완료하였습니다.
보상으로 <신성 점수 1만 점>과 <성유물 점수 1점>이 지급됩니다.

　근원을 제거하는 건 성공했지만, 아직 해야 할 일이 많이 남아 있었다.

　서둘러 움직이도록 하자.

❧

　종양이 퍼져 있던 곳을 확실하게 불태운 나는 곧바로 서 목사의 컨테이너 교회로 되돌아왔다.

　돌아오기까지 소요된 시간은 정확히 17분.

　컨테이너 교회에 다다르자 출발할 때와는 전혀 다른 풍경이 펼쳐져 있었다.

바닥에 쓰러져 있는 환자들.

그리고 군데군데 섞여 있는, 두개골이 박살 나서 형체를 알아볼 수 없는 괴물들까지.

그 중심에는 당연히 순백색의 갑옷을 입고 있는 루나가 서 있었다.

"금방 오셨네요? 안 그래도 저 멀리서 성화가 보이던데, 불태울 게 꽤 많으셨나 봐요."

"별거 없더라. 옛날에 야영했던 거 생각하면서 불 좀 피웠지."

"야영 이야기하니까, 성하가 모닥불 피우다가 엘프들의 숲 불태워 먹을 뻔했던 거 생각나네. 아주 그냥 방화범이 따로 없었다니까?"

"……됐고, 이쪽 상황은?"

"보시는 그대로랍니다."

루나의 주위에는 병마가 흩뿌린 듯한 검은 피가 낭자했지만 정작 루나의 몸은 순백색 그대로였다.

그녀의 몸에서 아지랑이처럼 피어오르는 신성력이 병마들의 피를 싸그리 증발시킨 듯했다.

"대가리 박살 난 놈들은 병마고, 나머지는 마인들. 마인의 숫자가 생각보다 많았어요."

"500명은 가뿐히 넘기겠는데?"

"실제 숫자는 이것보다 훨씬 많을 거예요. 다만, 병마 놈

우리 교황님 좀 말려주세요

들의 수준이 형편없어서 제대로 동원을 못 했을 뿐이죠."

마기가 두뇌에 침입한 상태의 마인들 역시 치료할 수 있는 환자였다.

손상이 아예 없지는 않겠지만, 마기를 제거하게 되면 점차 정상으로 돌아올 것 같았다.

신성력에만 의존했던 에덴과는 달리 이곳은 의학이 발달한 지구다. 뇌까지 침투한 마기만 제거해 주면 그리 어렵지 않게 치료가 가능하겠지.

거기에 우리가 판매용으로 비축해 둔 최하급 성수를 지원해 준다면 예후가 아주 좋아질 것이다.

"그런데 루나야."

"네에."

"혹시 쓰러져 있는 사람들한테도 철퇴 휘두른 건 아니지?"

내 물음에 루나가 불쾌하다는 듯 인상을 찌푸리며 대답했다.

"제가 미친년이긴 하지만 그 정도까지 미친년은 아니거든요? 성하가 말씀하신 대로 뇌만 살짝 흔들어서 기절시켜 둔 거예요."

그래, 우리 루나가 아무리 막 나가더라도 불쌍한 희생자들도 후려칠 정도로 막 나가지는 않지.

나는 씨익 웃으면서 루나의 등을 두드려 줬다.

"잘했다."

"말로만?"

"그러면?"

"저 요새 모바일 게임 하는 거 있는데, 게임 패키지 딱 50개만 사 주세요."

"지난번에 보너스 주기로 약속했잖아."

"에이, 그건 그거고, 이건 이거고. 해 주실 거죠?"

루나 얘는 도대체 언제 K-모바일 게임까지 섭렵한 거야?

이럴 때는 일단 대답을 회피하도록 하자.

"잠깐만 루나야. 내가 정화를 아직 못 했거든? 정화부터 하고 다시 이야기하자."

마병의 근원은 제거되었지만, 아직 이 구역 내부에는 환자들이 남아 있었다.

그들을 정화하는 것이 우선이다.

감염을 일으키는 감염원은 전부 제거하고 왔기 때문에 더이상 머뭇거릴 필요는 없었다.

나는 크게 숨을 들이쉬면서 신성력을 끌어올렸다.

"정화의 날개."

액티브 스킬 〈정화의 날개 Lv.?〉를 사용합니다.

이펙트가 쓸데없이 화려하지만, 마기에 오염된 것들을 광역으로 정화하는 데에는 이만한 스킬이 없었다.

지구에 돌아온 이후로 꽤 자주 사용한 스킬인 것 같기도 하다. 시간이 남으면 틈틈이 그라운드 제로 외곽 지역에서 사용하기도 했고 말이다.

우우우우웅-!

좋아, 이 정도면 금방 정화가 끝······.

경고! 현재 당신은 수많은 인간의 생명에 직접적으로 관여하고 있습니다. 해당 행위는 시스템을 교란할 가능성이 높습니다.
〈차원계: 지구〉의 시스템이 〈인과율 적합 심사〉를 진행합니다!

잊을 만하면 꼭 등장하는 우리의 인과율.

그런데 여태까지 떠올랐던 경고 메시지들과 많이 다른 것 같다.

정화의 날개는 이미 몇 번 사용했었고, 사용할 때마다 경고 메시지가 표시되었지만 실제로 뭔가 제약이 들어온 적은 없었다.

하지만 이번에는 뭔가 달랐다.

방금 전에 사용한 정화의 날개가 취소된 건 아니었지만, 눈앞에 빨간색 테두리의 경고 메시지가 쉴 새 없이 떠오르기 시작했던 것이다.

인과율 적합 심사 결과: 〈불합격〉
사유: 수많은 필멸자의 운명에 직접적으로 관여함. 해당 기적은 현재 사용자의 격에 걸맞지 않음. 사용자에게 허용된 인과율을 심각하게 초과함. 이에 따라 본 시스템은 사용자의 행위가 인과율에 적합하지 않다는 판단을 내림.
당신에게 페널티가 부여됩니다!
168시간 동안 당신의 시스템이 일부 제한됩니다.

나는 눈앞에 떠오른 수많은 메시지 창들을 멍하니 바라보았다.

그리고 애써 침착한 목소리로 명령어를 내뱉었다.

"상태창."

해당 기능은 정지되었습니다. 정지 해제까지 남은 시간 167시간 59분 55초.

"도대체 이게 무슨……."

……아무래도 오랜만에 X된 것 같다.

쉬어 가기

인과율 적합 심사와는 별개로, 내가 마지막에 사용한 〈정화의 날개〉는 성공적으로 난민촌을 뒤덮었다.

가장 큰 감염원이었던 종양 덩어리와 근원을 내가 제거한 덕분에, 난민촌에 남아 있던 건 마병에 걸린 환자들뿐이었다.

근원이 사라지면서 마병은 힘을 잃었으며, 환자들 몸속에 남아 있던 마기는 내 날개에 의해 대부분 제거되었다.

물론 병마들이 직접 〈탐식의 표식〉을 새겨 넣은 환자들 중 일부는 완벽하게 정화되지 않았지만.

"이능관리부의 직원들과 함께 움직인다. 너희가 해야 할 일은 단순하다. 지금까지 축성을 통해 실습해 왔듯이, 증상

이 남아 있는 환자들에게 신성력을 부여하면 된다. 알겠냐,
병아리들?"

"예!"

"나를 실망시키지 말도록. 가장 많은 환자를 치료한 녀석
들에게 성하께서 특별한 상품을 약속하셨다. 그럼 투입."

"예!"

후발대로 도착한 우리 교단의 신입들에 의해 빠르게 후속
조치가 완료될 예정이었다.

나는 루나의 명령을 받고 일사불란하게 움직이는 신입들
의 모습에 만족스럽게 고개를 끄덕였다.

"다들 슬슬 밥값을 하는 것 같아서 보기가 좋네."

"이번 기회에 치료나 정화에 소질이 있는 병아리들을 가려
내는 것도 괜찮을 것 같아서요."

"언제는 병아리들 전부 성기사로 만들고 싶다면서?"

"에이, 그래도 사제의 길을 택할 친구들도 있어야죠. 구마
사제든, 축성 사제든, 치유 사제든. 그래야 제가 할 일이 줄
어들지. 성하도 내심 원하고 계시잖아요."

"그렇긴 해."

루나는 웃음을 지으며 손에 들고 있던 철퇴를 바닥에 내던
졌다. 그러자 철퇴는 하얀 빛가루를 휘날리면서 사라졌다.

루나가 두르고 있던 순백색의 판금 갑옷도 철퇴와 함께 모
습을 감추었고, 그 자리를 청바지와 라이더 재킷이 대체했다.

"성하."

"어."

"아까부터 표정이 안 좋아지셨는데, 혹시 무슨 일 있으세요? 이렇게 표정 안 좋은 건 진짜 오랜만에 보네요."

루나에게까지 숨길 필요는 딱히 없었기 때문에 나는 곧바로 루나에게 내 상황에 대해서 말해 줬다.

3분 정도 이어진 설명.

그 설명을 다 들은 루나가 별거 아니란 듯이 웃으면서 말했다.

"아, 그거네, 그거."

"그게 뭔데."

"현자 타임."

"진짜 미쳤어?"

"아니, 딱 현자 타임이잖아요. 후후, 제가 한국 은어 많이 알아서 당황하셨나?"

……얼추 비슷하기는 한데, 성기사의 입에서 나오니까 진짜 기분 이상하네.

이쯤 되면 루나는 그냥 걸어 다니는 시한폭탄인 게 아닐까?

나중에 공식 석상에서 저런 단어를 필터링 없이 날려 버린다면…… 상상조차 하기 싫군.

"그 시스템이라는 거, 제가 생각했던 것보다 훨씬 대단하네요. 성하를 억제하는 게 가능할 줄은 몰랐어요. 그런데 그 인과율이란 놈, 기준이 좀 이상하긴 한데?"

"내 말이. 그래서 여기 상황 대충 정리되면 물어보러 가려고."

"질문? 누구한테요."

"때마침 질문에 답해 줄 귀인이 할머니 댁에 계시잖냐."

"아, 그 신기한 할머니."

본인을 시스템의 대리자라고 말했던 엠마 밀러 여사.

그녀라면 내 질문에 대해 답을 해 주지 않을까? 원래라면 리멘한테 물어봐야겠지만, 안타깝게도 리멘과는 여전히 연락이 되지 않는다.

이렇게 된 이상 차선책이라도 선택할 수밖에.

엠마 밀러 여사가 미국으로 돌아가지 않아서 다행이다. 자칫하면 미국까지 건너가야 할 뻔했다.

어찌 되었든.

그렇게 나와 루나가 차후 계획에 대해서 이야기를 나누고 있을 때쯤이었다.

"시우 님, 루나 님."

컨테이너 교회 안에서 아이들을 간호하고 있던 서 목사가 희민이와 함께 우리에게 다가왔다.

서 목사의 표정은 그 어느 때보다 부드러웠고, 또 차분했다.

마음의 짐을 일부 덜어서일까.

나는 서 목사를 향해 부드럽게 물었다.

"아이들은 괜찮아졌나요?"

"많이 좋아졌습니다. 그리고 몸이 나으신 성도분들께서도 나오셔서 도와주고 계십니다. 이 모든 것이 두 분 덕입니다. 정말 감사합니다."

"감사해요!"

희민이는 서 목사를 따라서 우리에게 감사 인사를 건넸다.

우리를 보자마자 쇠꼬챙이를 겨누었던 아까의 모습과는 정반대였다.

"이 은혜를 어떻게 갚아야 할지 모르겠습니다."

"은혜랄 것까지야. 해야 할 일을 했을 뿐입니다. 그리고 서 목사님께서는 모르시겠지만, 이미 서 목사님은 많은 일을 해 주셨습니다. 그것으로 충분해요."

만약 이 남자가 없었다면 이곳은 어떻게 되었을까?

아마도 더 빠른 속도로 마병이 확산되었을 것이다. 그의 몸속에 존재하는 어마어마한 신성력은 분명 병마들에게 눈엣가시처럼 여겨졌으리라.

만약 서 목사가 신성력을 자유자재로 사용할 수 있는 수준이었다면, 내가 이곳에 올 필요조차 없었으리라.

마음만 같아서는 서 목사와 희민이, 이 둘을 교단으로 데려가서 설득하고 싶었다.

하지만 그건 어디까지나 내 개인적인 욕심일 뿐.

애초부터 이 두 사람은 우리에게 허락된 존재들이 아니었
으므로 아쉽게도 마음을 접는 수밖에 없었다.

나는 입꼬리를 살짝 올렸다.

"어떻게, 서 목사님은 앞으로도 이곳에서 사역을 계속 이
어 나가실 생각인가요?"

"그것이야말로 저에게 주어진 사명이니까요. 이곳에 계신
분들에게 조금이라도 도움이 될 수 있다면, 그것으로 만족합
니다."

"각성자 교육도 포기하셨다던데, 상황이 이렇다고 위쪽에
도움이라도 요청하시지 그러셨어요."

그 말에 서 목사는 그저 웃음을 짓는다.

그래, 지금껏 도움을 요청하지 않았을 리가 있나.

지금이야 신성력이 등장하면서 종교들이 다시 주목받기
시작했지만, 그 전까지만 하더라도 대부분의 기성종교들이
무너져 가고 있었다고 들었다.

종말론을 주장하는 사이비 종교들이나 우후죽순처럼 늘어
났을 뿐, 개신교를 비롯한 기성 종교들의 힘이 대폭 줄어들
었더랬지.

실제로 내가 돌아왔던 그때까지만 하더라도 그랬다.

교세가 무너져 가는 상황에서 이런 난민촌까지 신경 쓸 여

력이 과연 그들에게 있었을까? 나는 아니라고 본다.

"서 목사님."

"예, 시우 님."

"제가 이능관리부 측에 말해서 제대로 측정받을 수 있도록 도와드릴게요. 아마 측정 결과가 나오면 개신교 쪽에서도 관심을 가져 줄 겁니다."

장담하는데 서 목사는 조만간 개신교를 대표하는 신성 계열 플레이어로 자리 잡을 것이다.

내가 지구로 건너와서 처음으로 마주한, 다른 종교의 선지자급 플레이어였으니까.

"……혹시 뭐 하나만 물어봐도 되겠습니까?"

서 목사는 조심스럽게 나에게 말했고, 나는 고개를 끄덕였다.

"그러세요."

"전혀 다른 신앙을 가지고 있는 저를 이렇게 배려해 주시는 이유가 궁금합니다."

대답하기에 어려운 질문이 아니었다.

아니, 오히려 아주 쉬운 질문이었다.

나는 미소를 지으며 말했다.

"사람이 사람을 돕겠다는데 복잡한 이유가 필요할까요? 그냥 도와주고 싶으면 도와주는 거지, 그 이상의 이유는 없어요."

"……그렇습니까?"

"이곳에서 2년 동안 외롭게 노력하고 봉사했던 사람을 칭찬해 주지 못할망정, 그 사람의 신앙이 다르다고 욕한다? 글쎄요, 저희가 모시는 리멘께서는 그런 모습을 원하지 않으십니다."

리멘이 자신의 아이들에게 원했던 모습은 '우리 교단만이 정의다' 같은, 외골수적인 모습이 아니었다.

그녀가 원했던 것은 포용이었다. 그 누구든지 껴안아서 온기를 나눠 줄 수 있는, 부드럽고 따뜻한 마음.

리멘의 그러한 뜻을 잘 알고 있는 내가, 종교가 다르다는 이유로 이 착한 사람을 배척할 리가 있나.

나는 서 목사에게 악수를 건넸다. 그리고 기분 좋은 목소리로 말했다.

"다음에 볼 때도 지금처럼 편하게 인사 건네주세요. 아마도 우리는 앞으로 꽤 자주 보게 될 겁니다."

가까운 시일 내에 그렇게 되리라 확신한다.

그 정도로 확실한 잠재력이다. 지켜보고 있는 지금조차 배가 아플 정도로 말이다. 다만, 본인만 모르고 있을 뿐이다.

서 목사는 다소 뻣뻣한 미소를 지으면서 내가 건넨 손을 맞잡았다.

그렇게 이곳에서의 일도 마무리되어 가고 있었다.

우리 교황님좀
말려주세요

루나는 현장에 남았다.

후속 작업에 투입된 우리 교단의 플레이어들을 인솔해서 서울 신전으로 돌아가야 했기 때문이다.

모바일 게임 패키지 50개를 사 주는 것이 조건이었고, 나는 어쩔 수 없이 그 조건을 받아들일 수밖에 없었다.

그렇게 일단 루나를 떼어 낸 다음, 나는 김 실장이 직접 운전해 주는 차를 타고 할머니 댁으로 향했다.

"공무원을 사적인 일에 동원하는 것 같아서 마음이 무겁습니다."

"어찌 그런 섭섭한 말씀을. 저는 시우 님을 수행하기 위해 존재하는 공무원입니다. 부담을 가지실 필요가 전혀 없습니다."

"그럼 이참에 우리 신전으로 집무실 옮기시겠어요? 자리는 마련해 드릴 수 있는데."

"하하."

김 실장은 웃기만 할 뿐, 확답을 주진 않았다.

그는 겉으로 괜찮은 척하고 있었지만 방금 전 내 제의를 듣고 몸을 움찔했다.

거기에 목 줄기를 타고 땀 한 방울이 흘러내리고 있는 걸 보면 내 제의가 꽤 살벌하게 느껴졌던 모양이다.

"그런데 시우 님, 서성신 목사의 잠재력이 그렇게나 뛰어났습니까?"

능숙하게 화제를 돌리는 걸 보면 이 사람도 참 사회생활 잘한다 싶다.

이럴 때는 못 이기는 척 넘어가 주자.

나는 의자에 등을 기대면서 고개를 끄덕였다.

"탐이 날 정도였어요. 길만 다르지 않았다면, 어떻게든 데려갔을 겁니다."

"시우 님께서 누군가에게 그런 후한 평가를 내리는 건 최서진 대표 이후로 처음 보는 것 같습니다."

"탐이 날 수밖에 없죠. 수많은 시련 속에서도 신앙심을 놓지 않고, 자기보다 남들의 안위를 먼저 신경 쓰는 사람. 그런 사람이 세상에 얼마나 있겠어요?"

어쩌면 그런 사람이기 때문에 그만한 잠재력을 부여받았을지도 모른다.

그리고 배가 아픈 이유가 하나 더 있었다.

서 목사가 데리고 있던 그 희민이라는 아이.

그 아이도 선지자의 운명을 타고난 아이였던 게 틀림없었다.

그대로 잘 성장한다면, 아마 우리 승우와 비견될지도 모른다. 하지만 아직까지는 씨앗이 발아하지 않았기 때문에 따로 언질을 주진 않았다.

내가 그 꼬맹이의 운명에 개입하게 되면 어떤 일이 일어날지 예상할 수 없기 때문이다.

"개신교도 훌륭한 인재를 얻게 되었군요."

"인재야 얻었지만, 그 인재가 꽃을 피울지는 의문이긴 합니다. 그 사람에게는 쉽지 않은 길이 될 겁니다."

그런 부류의 사람은 쉽게 타협하지 않는다.

아마도 그것은 그의 장점이자 약점이 될 가능성이 높았다.

이제 막 지구에 자리 잡기 시작한 우리 리멘 교단과는 달리, 기성종교들의 내부에는 분명한 기득권들이 존재했기 때문이다. 그리고 그가 빛을 내기 위해서는 그들을 상대로 목소리를 높여야만 할 것이다.

하지만 거기서부터는 서 목사가 알아서 해결해야 할 일.

더 이상 내가 상관할 일이 아니었다.

"그래도 시우 님은 백명교를 제외한 나머지 종교들에겐 호의적이신 듯합니다."

"군이 사이 나쁘게 지낼 필요가 없잖아요? 백명교 놈들이야 먼저 이빨을 드러냈으니까 그런 거구요."

"시우 님이 대한민국의 이레귤러셔서 참 다행입니다. 저는 언제나 그렇게 생각하고 있습니다."

김 실장은 이제는 그냥 입에 침도 안 바르고 저런 말을 내뱉는다. 자리가 사람을 만든다는 말이 사실이긴 사실인 모양이다.

특수조사국의 일개 팀장이었을 때는 저런 아부를 부담스러워했는데, 지금은 입만 열었다 하면 저런다니까?

그렇게 김 실장과 이런저런 이야기를 나누고 있는 사이, 어느새 차는 목적지에 도착했다.

경기도 여주에 위치한 우리 할머니의 집.

어르신 혼자 살기에는 다소 과하다고 느껴질 수 있는 2층 집이었지만, 이 집에는 꽤 많은 추억이 깃들어 있었다.

시연이와 인욱이가 방학을 할 때마다 이곳에 함께 와서 놀고는 했었다.

지구로 귀환한 이후로는 한 번도 안 와 봤지만, 오랜만에 왔어도 옛날의 기억이 새록새록 떠오른다.

하지만 추억에 젖는 것도 잠시, 곧 양복을 입은 한 무리의 외국인들이 우리가 타고 있는 차를 향해 다가왔다.

당장에라도 한바탕 붙을 기세의 외국인들.

그러나 그들은 내가 차에서 내리자마자 부동자세를 취하며 나를 향해 경례를 했다.

엠마 여사를 경호하는 미국 소속의 각성자들답게 내 얼굴을 단번에 알아본 것이다.

나는 그들을 향해 손을 가볍게 흔들어 주며 경례를 받았다.

"수고가 많으십니다."

그나저나 이곳에 그 야만인 놈도 같이 있다고 들었는데,

그놈이 보이지 않는다.

내가 온 걸 모를 만한 녀석도 아닌데 말이다.

그러나 호랑이도 제 말 하면 온다던가.

"헤이!"

에이든 놈이 할머니 집 뒤쪽에서 걸어 나오며 나를 향해 반갑다는 듯이 오른팔을 흔들었다.

방금 전까지 장작이라도 패고 있었는지, 녀석의 왼손에는 도끼 한 자루가 쥐어져 있었다.

그뿐만이 아니었다.

에이든은 할머니가 내어 준 듯한 회색 삼베 바지를 입은 채로 당당하게 걸어오는 중이었다.

윗도리?

그딴 걸 저 야만인 놈이 평소에 입고 있을 리가 있냐고. 당연히 맨살이다.

내 옆에 서 있던 김 실장이 그런 에이든의 모습을 바라보며 조용히 중얼거렸다.

"……마당쇠?"

그 말에 나는 고개를 끄덕이면서 몇 마디 더 보탰다.

"분명 저 새끼 지금까지 계속 고봉밥만 처먹고 있었을 거예요. 그리고도 남을 놈이지, 암."

이따가 몇 대 쥐어 패서라도 식비를 받아 내야겠다.

반드시.

예상했던 대로였다.

　"쯔쯔, 썩을 놈. 온다면 온다고 연락을 주고 와야지, 이렇게 갑자기 찾아오면 어떻게 해?"

　"내가 못 올 곳 온 것도 아니고. 왜 그래, 할머니."

　"네놈이 올 줄 알았으면 이 할미가 장이라도 봐 뒀을 거 아니야."

　"에이, 이 정도면 진수성찬이지. 돼지고기 반찬도 있잖아."

　"시우. 그 돼지, 내가 직접 잡아 온 멧돼지다. 부족을 이끄는 족장은 부족을 먹여 살리기 위해 사냥 기술도 뛰어나야 하는 법. 마침 뒷산에 멧돼지들이 돌아다니고 있기에 한 마리 잡아 뒀지. 하하!"

　에이든은 고봉밥을 퍼먹다 말고 자신의 가슴을 두드리면서 뿌듯한 표정을 지었다.

　고봉밥은 고봉밥인데, 내가 예상했던 고봉밥과는 차원이 달랐다.

　양푼에다가 한가득 밥을 채워 놓고 그것을 쉴 새 없이 퍼먹고 있던 것이다.

　저놈이 한 끼에 처먹는 양만 보더라도 시연이가 한 달 내내 먹을 양과 비슷한 것 같았다.

마음만 같아서는 당장에라도 식비를 뜯어내고 싶었지만.

"이든이, 많이 먹어라."

"할머니, Very good. 된장 수프 맛있어요."

"반찬 필요한 거 있으면 말하고."

"감사합니다."

할머니가 에이든 놈을 아주 살뜰하게 챙기고 있었기 때문에 대놓고 뭐라고 할 수는 없었다.

나는 할머니가 에이든의 등을 두드리는 모습을 바라보면서 작게 한숨을 내쉬었다. 그리고 할머니 특제 멧돼지 불고기를 한 점 집어 먹으면서 고개를 끄덕였다.

"맛있네."

고기 사이에 스며든 매콤달콤한 양념이 아주 일품이다. 한 점 먹는 것만으로도 소주가 당기는, 그야말로 술을 부르는 맛.

잡내 따윈 하나도 없었고 육질도 부들부들해서 밥이 술술 넘어갔다.

우리 할머니의 음식 솜씨는 아주 빼어난 편이다.

김치부터 시작해서 밑반찬 등등, 못 만드는 음식이 없으실 정도였다.

에이든 놈이 할머니의 음식에 반한 것도 이상할 건 없긴 하다.

"얼굴도 안 비치는 손주 놈보다는 이든이가 훨씬 낫지."

"쟤를 이든이라고 정감 있게 부르는 사람은 이 세상에 할머니밖에 없을 거야."

"이든이가 멧돼지도 쫓아내 주고, 장작도 패 주고. 내 일을 얼마나 많이 도와주고 있는데, 내 손주 놈은 추하게 질투나 하고 앉아 있구나. 쯔쯔, 못난 놈."

"하하! 시우, 너희 할머님께서도 날 꽹장히 마음에 들어 하신다. 친구의 할머니는 곧 나의 할머니! 걱정하지 마라. 내가 한국에 있는 한, 너희 가족은 내가 반드시 지켜 준다."

사실, 할머니의 행동 패턴으로 보았을 때, 에이든을 유별나게 이뻐 해 준다기보다는……

'조련을 하고 있는 걸지도?'

농사일을 도와주는, 일종의 소 같은 존재로 취급하고 있는 걸지도 몰랐다.

이레귤러 머슴이라?

확실히 쓸모가 많긴 하겠다.

"그나저나 시우, 이곳에 갑자기 어쩐 일이지? 대전 쪽에 알 수 없는 전염병이 등장했다고 들었는데, 안 가 봐도 괜찮나?"

마병에 대한 정보가 에이든에게도 들어갔던 모양이다.

나는 천천히 고개를 끄덕이며 답했다.

"안 그래도 해결하고 오는 길이야."

"병원체에 의한 사태는 아니었다고 들었는데…… 시우 네가 직접 나선 거면 역시 마기와 관련이 되어 있었겠군."

"꽤 상세하게 알고 있네?"

"우리의 정보력은 세계 제일이다."

"내가 갑자기 이곳에 온 것도 그 일의 연장선이기도 해. 그리고…… 엠마 여사님께서는 제가 올 줄 이미 알고 계셨던 거 아닙니까?"

나는 식사를 이미 끝내고 조용히 차를 마시고 있던 엠마 여사를 바라보면서 넌지시 물었다.

내가 오늘 이곳에 온 이유는 그녀에게 인과율에 대한 여러 가지 질문을 던지기 위해서였으니까.

내 단도직입적인 질문에 엠마 여사는 알 수 없는 미소를 지었다.

"그때도 말했지만, 저는 시우의 미래를 예측할 수 없답니다. 그저 시우가 궁금한 게 많을 것 같다, 그렇게 생각했을 뿐이에요."

그때도 느꼈지만, 이 할머니랑 대화하고 있으면 선문답을 주고받는 느낌이 강하게 든다.

그녀의 두루뭉술한 말에 내가 본격적으로 질문을 시작하려고 할 때쯤.

짜아아아악-!

등에서 매운맛이 느껴지더니 곧 전신으로 그 충격이 퍼져 나갔다.

"밥상머리에서는 일 얘기 하는 거 아니라고 할미가 몇 번이나 말했니?"

"아니, 할머니. 진짜 급한 일이라서 그래."

"일 얘기 할 거면 밥이나 다 처먹고 하려무나. 이든이 좀 봐. 벌써 밥그릇을 다 비웠구나."

"그건 저놈이 워낙 잘 처먹는 놈이니까! 다른 사람들은 저렇게 먹으면 배 터져 죽는다고."

마력이 담기지 않은 등짝 스매쉬인데 왜 이렇게 아픈 거지? 진짜 미스테리한 일이다.

막말로 루나가 철퇴로 등을 후려쳐도 따끔한 수준일 텐데 말이다.

할머니의 손바닥에는 분명 비밀이 숨어 있는 게 분명했다.

"따로 다과를 준비해 둘 테니까, 일단 밥부터 다 처먹어 이놈아. 밥도 제대로 못 챙겨 먹고 다니는 것 같던데, 여기서라도 잘 처먹고 가야지."

투박한 말투 속에 담긴 할머니의 진심.

나는 할머니의 말에 슬며시 미소를 지었다.

"알았어.",

"할머니! 나도 한 그릇만 더. 맛있다!"

"야. 넌 손이 없냐? 네가 직접 가서 퍼 먹어. 우리 할머니 시키지 말고."

에이든 이놈만 없었으면 아주 훈훈한 할머니와 손자의 대화였을 텐데 말이야.

하여간에 도움 안 되는 놈이라니까?

☙

식사 시간이 끝난 후.

할머니는 다과를 준비한 후, 편하게 대화를 나누라면서 에이든을 데리고 산책을 나서셨다.

그렇게 집에 단둘이 남게 된 나와 엠마 여사.

나는 할머니표 달짝지근한 매실차를 한 모금 목으로 넘겼다. 그리고 조용한 목소리로 말했다.

"인과율에 대해서 알고 싶습니다. 정확히는 인과율 적합 심사, 그것의 애매모호한 기준을 알고 싶어요."

아직까지도 나는 지구에서 전력을 다할 수가 없는 상태였다. 이런 식으로 시스템이 제한되는 페널티라면, 최대한 피하는 것이 좋았다.

당장 무슨 일이 벌어져도 이상할 게 없는 세상.

이런 세상에서 힘이 제한된다는 것만큼 치명적인 것은 없었다.

페널티를 준다 준다 경고는 했었는데, 막상 페널티를 받게 되니 굉장히 불편했거든.

구로구랑 일본에서 사용할 때는 페널티를 주지 않았고, 솔직히 규모로 따지면 야마타노오로치 때 시전했던 정화의 날개가 더 컸다.

나로서는 기준이 애매해다고 느낄 수밖에 없는 것이다.

"음, 그렇군요."

엠마 여사는 여유로운 표정으로 나를 바라보았다.

"인과율 적합 심사에서 불합격 판정이 내려진 모양이네요. 맞죠, 시우?"

"정확합니다."

"어떻게 설명해야 할지 난감하군요. 잠시만 기다려 주시겠어요?"

그녀는 머릿속으로 자신의 생각을 빠르게 정리했다.

그리고 숨을 돌리면서 다시 말을 이어 갔다.

"시스템의 판단을 제가 완벽하게 설명할 수는 없다는 것, 미리 이해해 주셨으면 합니다."

"물론이죠."

"시우에게 이번에 페널티가 부여된 이유는 수많은 생명의 운명에 직접적으로 관여했기 때문입니다. 사건이 발생하기 전에 개입하는 것과, 사건이 발생한 후에 개입하는 것은 엄연히 다른 일이지요."

엠마 여사의 눈에서 푸른색의 빛이 흘러나왔다.

"시우가 구원한 자들을 볼까요? 그들은 시우가 아니었다면 대부분이 사망했겠지요. 즉, 그들은 질병에 걸린 순간 운명이 결정된 셈입니다. 시우도 알다시피 치사율이 굉장히 높았던 병 아닌가요?"

"그 말씀은 제 능력으로 죽을 상황에 놓인 환자들을 소생시키면, 그것도 인과율에 걸린다는 말씀입니까?"

"반만 맞습니다. 만약 시우가 리멘을 간절하게 믿는 자들에게 그러한 기적을 선보였다면, 그것은 합당한 결과입니다. 리멘을 간절히 믿는 이들에게 리멘의 기적이 임한다, 이건 인과율에 위배되는 행위가 아닙니다."

두루뭉술하게나마 느껴졌던 인과율에 대한 자세한 설명이 이어진다.

샤르르륵-.

엠마 여사는 허공에 빛무리를 흩뿌렸다. 그러자 빛무리는 천칭의 현상으로 변했다.

"이런 경우 천칭의 왼편에는 필멸자들의 '믿음'이 올라가고, 그 반대편에는 '기적'이 올라가지요. 충분한 '믿음'이 확보된다면, 천칭은 균형을 이루게 될 것입니다."

"인과율을 적용받는 것은 다른 플레이어들이나 귀환자들도 마찬가지인가요."

"보통을 그렇지만, 시우에게 유별나게 엄격하게 적용되는 것도 맞습니다. 그 이유는 시우의 힘이 결국 '신성력', 그러니까 '믿음'에 기원을 두고 있기 때문입니다."

엠마 여사는 자신의 앞에 놓여 있던 녹차를 다시 한 모금

들이켠다.

끓인 지 한참 된 녹차였음에도 불구하고 그녀의 잔에서는 김이 모락모락 피어오르고 있었다.

"그러니까, 지금 여사님 말씀을 요약하자면…… 병에 걸려서 죽었어야 할 사람들을 살린 데다, 하필이면 그 사람들 중 대부분이 리멘에 대한 믿음이 없는 사람이었다. 그래서 인과율의 균형이 무너졌다, 이겁니까?"

"훌륭해요. 과연, 시우는 은영에게 듣던 대로 굉장히 머리가 좋아요. 예를 들어 시우가 구원한 자들 모두가 리멘을 향한 믿음을 지니고 있었다면, 페널티가 상당히 줄어들었을 거예요."

"저에 대한 기준이 너무 엄격한 것 같은데."

"그만큼 지구의 시스템이 시우를 의식하고 있다는 뜻이랍니다."

한마디로 전 세계를 순회하면서 죽을병에 걸린 사람을 기적같이 회복시키는, 그러한 짓은 허용하지 않겠다는 뜻이구나.

"시간이 지나고, 리멘 교단의 교세가 확장될수록 인과율 한계치도 여유로워질 거예요. 시우도 귀환했던 당시에 비해서는 인과율 문제가 많이 완화되었다는 걸 느끼고 있지 않아요?"

"그렇긴 하죠."

뻑 하면 인과율 적합 심사에 들어갔던 이전에 비해서는 확실히 빈도가 줄어들긴 했다.

그래도 얼추 이해는 되었다. 구태여 시간을 내서 엠마 여사를 보러 온 값은 충분히 했다.

결론은 간단했다.

당분간은 누군가의 생명에 직접적으로 관여하는 것을 지양하고, 계속해서 교세를 확장시킬 것.

그 두 개 정도.

답답하긴 하지만 어쩔 수 없지.

그래도 예전에 비해 엠마 여사의 설명이 훨씬 구체적이어서 다행이다.

"시우."

엠마 여사는 잔을 내려놓고 조용히 나를 바라보았다.

그리고 나지막한 목소리로 말했다.

"억울한 마음은 잘 알지만, 시우가 이해를 해 줘야 해요. 시스템은 이렇게라도 균형을 맞춰 보고자 하는 거니까요. 균형이 무너지게 된다면, 지구엔 끔찍한 재앙이 벌어질 수밖에 없답니다."

"조언, 감사합니다."

"나이가 들면 말이 많아지게 되네요. 호호. 혹시, 궁금한 게 있으면 언제든지 다시 와서 물어보세요. 시우에게 해금된 정보라면 기꺼이 알려 줄 테니까요."

……그 말인즉슨.

"계속 한국에 계시겠다는?"

"이미 은영에게 6개월치 월세를 지불했어요. 당분간은 이 곳에서 할 일이 아주 많을 것 같거든요. 그러니까 언제든지 오세요."

미국과 대한민국의 사이가 급속도로 개선되고 있는 이유 에는 나뿐만 아니라 엠마 여사의 의중도 반영되어 있는 게 아닐까?

그녀가 이곳에 남으려는 이유가 뭔지는 모르겠지만, 한 가 지는 확실하다.

내가 서 있는 이 땅이 앞으로도 계속 시끄러워질 것이라는 점.

그것만큼은 굳이 길게 생각하지 않아도 짐작해 낼 수 있었 다.

"앞으로도 많이 기대할게요, 시우."

나는 엠마 여사의 부드러운 목소리를 들으며 마지못해 미 소를 지을 수밖에 없었다.

어찌 되었든, 성과가 있는 대화였다는 것은 틀림없었다.

꒻

김시우와의 티타임을 끝낸 엠마 밀러는 창문 밖으로 펼쳐진 한국의 산들을 조용히 바라보았다.

그녀에게 있어서 한국은 아름다운 땅이었다. 우연히 마음 맞는 친구를 만날 수 있었고, 그 친구를 통해서 새로운 이레귤러와 마주하게 되었다.

그녀는 이 모든 우연이 시스템의 인도라고 생각했다. 시스템이 관여한 게 아니었다면, 이 말도 안 되는 우연이 성립했을까?

쉬고 있는 도중에 우연히 고은영을 만났고, 고은영을 따라 한국으로 향했다. 그런데 알고 보니 고은영이 한국의 새로운 이레귤러, 김시우의 친할머니였다.

수많은 우연과 인연이 얽혀 있었다.

'우연끼리 얽힌 것. 그것을 운명이라고 부르지.'

운명이 아니고서는 설명할 수 없는 일.

시스템이 인도한 운명이 아니고서야, 이런 우연이 성립될 수가 없었다.

"여사님."

사색에 잠겨 있던 그녀의 정신을 일깨운 것은 다름이 아닌 미국의 이레귤러, 에이든 하워드였다.

엠마 밀러는 곰 같은 덩치를 자랑하는 에이든을 바라보면서 인자하게 미소를 지었다.

"돌아왔군요. 은영은요?"

"시우에게 이런저런 반찬을 챙겨 준다며 먼저 올라가라고 하더군요."

"참 따듯한 가족이지 않나요?"

"부러울 정도입니다."

에이든은 쓸쓸하게 웃으면서 의자에 앉았다.

엠마 밀러는 언젠가 들었던 에이든의 이야기를 떠올렸다.

수많은 전쟁으로 얼룩졌던 그의 세계. 사랑하는 아내를 만나겠다는 일념으로 그 전쟁을 이겨 낸 후, 끝내 지구로 귀환한 남자.

하지만 천신만고 끝에 돌아온 지구에는 그가 사랑했던 아내가 없었다.

에이든의 아내는 디멘션 오프닝 2년 후, LA에 생성되었던 돌발 게이트에서 사망했기 때문이다.

그로 인해 에이든 하워드에게는 여러 가지 꼬리표가 붙어 버렸다.

'빌런이 될 가능성이 가장 높은 이레귤러.'

정신적인 불안 상태에 놓인 각성자들 중 대부분은 빌런이 되어 사회를 어지럽힌다.

이레귤러나 되는 존재가 빌런이 되어 버리면, 그것만큼 끔찍한 재앙은 없었다.

미국 정부에 있어서 에이든은 그러한 존재였다.

가장 통제하기 힘든 이레귤러이자 시한폭탄 같은 존재.

엠마 밀러 역시 그러한 에이든을 항상 의식하고 있었지만,

근래의 에이든에게 일어나고 있는 변화들은 그녀에게 굉장히 고무적인 것들이었다.

"이곳에 언제까지 있을 계획인가요?"

"여사님이 이곳에 계시는 한, 저 역시 계속 이곳에 머물 생각입니다."

"그렇군요. 에이든 군도 시우를 굉장히 마음에 들어 하는 것 같아요."

"동정심을 지닌 절대자. 그것만으로도 제가 그 친구를 좋아할 이유는 충분합니다. 그리고 그는 등을 믿고 맡길 수 있는 전사이기도 합니다."

"좋은 변화예요. 우리 두 젊은이의 우정을 위해서라도 제가 이 땅에 더 오래 머물러야겠는걸요?"

"하하! 저야 좋습니다."

에이든은 크게 웃음을 터뜨리면서 탁자 위에 올려 둔 위스키병을 집었다. 그리고 뚜껑을 열어 세 모금 연신 들이켰다.

"여사님, 뭐 하나만 물어보겠습니다."

"오늘따라 질문을 많이 받는군요. 무슨 질문인가요, 에이든 군?"

"오라클이 정말 아무 이유 없이 이곳에 남았으리라고는 생각하지 않습니다. 당신이 이곳에 남았고, 또 본국에서 그것을 허용했다는 것은, 당신이 무언가를 봤다는 뜻이죠."

에이든은 다시 한번 술을 목으로 넘겼다. 그다음, 손으로 입가를 훔치면서 말했다.

"도대체 여사님은 이곳에서 어떤 미래를 보신 겁니까?"

"글쎄요."

에이든의 질문에 그녀는 천천히 눈을 감았다.

그리고 아주 나지막한 목소리로, 조용히 대답했다.

"제가 본 것이 정말 미래가 맞는지, 저도 잘 모르겠군요. 후후."

'그것은 미래라기에는……."

엠마 밀러는 의자에 등을 기대면서 입을 다물었다.

이 이상은 말하지 않는 것이 좋을 것 같다.

적어도, 그녀는 그렇게 생각했다.

⁂

시스템에 제한이 걸린 탓에 그 이후로는 활발하게 돌아다니지는 못했다.

설명에 따르면 '자기방어'를 위해 필요할 때는 제한이 해제된다고는 하지만, 지금까지 그러했듯 시스템이 규정하는 '자기방어'의 범위가 너무나도 애매모호했다.

스스로 위험에 노출시켰을 때도 '자기방어'라는 기제가 발동할지가 의문이었다.

그래서 그냥 1주일 동안 휴가를 받은 셈쳤다.

아침에 일어나서 백설이 데리고 놀아 주다가, 인욱이를 시켜서 점심도 해 먹고.

시연이가 돌아오면 맛있는 음식도 시켜 먹고.

그렇게 하다 보니 어느덧 이삿날이 다가왔다.

이사는 순조롭게 이루어졌다.

원래는 전문 이사 업체를 불러서 이사를 진행하려고 했지만.

-보안상의 이유로 불가합니다. 저희에게 맡겨 주십시오.

김 실장의 반대로 인해서 이능관리부 이레귤러전담실이 이번 이사를 도맡아 버렸다.

전문 이사 업체도 아닌데 아주 깔끔하게 포장 이사를 해주더라.

못 하는 게 없는 양반들이라니까? 이러다가 이레귤러 갑질 논란이 터지는 게 아닐까 걱정되기는 한다.

사기업이었으면 백 프로 논란이 터졌을 테니 말이다.

아무튼.

그렇게 해서 오전 중으로 이사를 끝낸 우리 가족은 예전 집에 비해 한층 넓어진 거실에서 옹기종기 모여 중화요리를 시켜 먹었다.

"이삿날은 자장면에 탕수육이지. 시연아, 많이 먹어. 이따

오후에는 오빠랑 같이 새 학교에 가 볼까?"

"좋아!"

"그래그래."

나는 입가에 자장을 잔뜩 묻힌 채로 자장면을 먹고 있는 시연이의 머리를 쓰다듬어 주었다.

이사 오기 전날, 이웃분들에게 선물을 직접 돌렸다.

백화점 상품권이랑 시연이가 직접 쓴 편지, 그리고 시연이가 직접 그린 그림까지.

우리 가족이 인복이 있었는지 이웃분들은 하나같이 아쉬워하시더라.

나 때문에 이런저런 피해를 입으셨는데도 별말씀 안 하신 걸 보면 더욱 그랬다.

그게 너무 고마워서 레오에게 시켜서 시연이 몰래 그림에 축성을 해 두었다. 신성력을 가득 담아 두었으니, 효과가 아주 좋을 것이다.

"그런데 아까 전 일 생각하면 아직도 웃기네."

"아, 그거?"

"아니, 우리 이웃분들도 가만히 계시는데, 왜 다른 사람들이 나서서 이사를 막으려고 하냐고. 형은 그거 안 웃겼어?"

인욱이의 말대로 오늘 아침, 몇몇 아파트 주민들이 우리가 이사를 가려는 걸 막아 세웠다.

이삿짐 차 앞에서 배를 까뒤집더라.

이능관리부 직원들이 나서지 않았다면 이사를 못 할 뻔했다.

우리가 이사하기 전의 상황을 간략하게 묘사하자면…….

–이사 가려면 우리 깔고 지나가든가!

–어? 우리 잔뜩 불편하게 만들어 놓고, 무책임하게 도망가냐? 그러고도 네가 교황이야!

–결사반대! 우리 집값은 우리가 지킨다!

–입주민들의 동의를 받지 않은 이사, 반대한다! 반대한다!

–들어올 땐 마음대로였지만 나갈 때는 아니다!

아수라장도 그런 아수라장이 없었다.

주말이라서 그랬던 건지는 몰라도, 이른 아침인데도 불구하고 나와서 시위를 벌였던 것이다.

관련도 없는 사람들이 나와서 이사를 막았던 이유는 단순했다.

"내가 이 아파트에 산다고 하니까 집값 많이 뛰었다면서? 내가 나가면 올라간 집값 그대로 빠지니까 다들 그렇게 막으려고 든 거야. 뻔하잖아."

"진짜 사람들…….."

"대한민국에서 집값은 목숨 걸고 지킬 값어치가 있는 법이란다, 동생아. 아직 배울 게 더 많구나. 허허."

원래 자기 자산 가치가 올라가는 걸 가만히 지켜볼 수 있어도, 떨어지는 건 지켜볼 수 없는 법.

대한민국 사람들에게는 부동산은 가장 소중한 자산 중 하나다.

실제로 아주 오랫동안 이어진 전통이다.

혐오 시설은 최대한 멀리, 선호 시설은 최대한 가까이.

인간의 가장 원초적인 욕망 중 하나였기 때문에 이해를 못하는 건 아니었다만, 막상 우리가 당해 버리니까 찝찝하긴 하더라.

나는 자장면을 한 입 먹은 다음, 뉴스가 흘러나오고 있는 86인치 벽걸이 TV를 가리키면서 말했다.

"뭐, 우리가 살던 집주인만 신났지. 이사 간다고 이 넓적한 티비도 하나 사 주셨잖아."

"어쩌면 집주인이 최후의 승자가 아닐까? TV 말고도 나머지 가전들도 사 준다고 했잖아."

"그만큼 좋으시다는 거지."

김 실장의 예상에 따르면 우리가 살던 집은 최소 2배 이상의 웃돈을 받고 팔릴 것이라고 했다.

어쩌면 그 이상도 가능할지도 모른다. 거기서부터는 집주인의 재량이겠지만, 어찌 되었건 일명 '김시우 프리미엄'이 붙는 건 사실이다.

실제로 그 집 곳곳에 신성력이 남아 있는 것도 사실이었다.

어쨌든 내가 살았던 곳이기도 하고, 신수인 백설이가 이곳저곳에 흔적을 남긴 건 틀림없었으니 말이다.

"우리 뒤에 들어오는 사람들은 실제로 효과를 보긴 할 거야."

"하긴. 나도 백설이가 집에 온 이후로 피로감이 많이 사라지기는 했어."

피로감이 사라졌다고 치기에는 아직도 다크서클이 보이는 걸?

어쩌면 다크서클이 하도 오래돼서 신체의 일부가 되어 버린 걸지도 모르겠다.

한마디로 판다로 진화해 버린 셈이지.

나는 인욱이를 안쓰럽게 쳐다보았다. 그리고 녀석의 자장면 위에 단무지를 하나 올려 주면서 말했다.

"그래도 이제 우리 집이네."

"엄마 아빠가 봤으면 서울에 집 샀다고 되게 기뻐했을 텐데. 아니다, 한강 뷰 아니라서 실망하셨으려나?"

"한강 뷰 대신에 청계천 뷰니까 어느 정도 인정해 주셨을 것 같기도."

이곳이 우리 남매에게는 역사적인 장소인 건 틀림없었다.

"이번 주 주말에 시연이 데리고 납골당 한번 다녀올까? 근래에 인사도 제대로 못 갔잖아."

"이번 주에 루나 누나를 중심으로 컨텐츠 하나 기획하고 있기는 한데…… 뭐, 잠시 시간을 비우는 건 괜찮을 거야."

참고로 우리 교단 공식 채널에서 가장 조회수가 잘 나오는 영상은 루나가 출연한 영상들이라고 한다.

루나의 미모가 고스란히 드러나기도 하고, 루나가 워낙 말을 털털하게 하는 편이라 팬층도 확실하다고 했던가.

조회수만 보더라도 대중들의 관심이 어느 쪽으로 집중되는지 잘 알 수 있었다.

"이번에는 무슨 컨텐츠를 기획하고 있는데?"

"다큐멘터리 같은 형식인데, 이번에 교단에 새롭게 들어온 신입 플레이어들 있지? 그 사람들을 루나 누나가 어떻게 교육하는지, 그런 거 찍을 생각이야. 레오 형도 도와주기로 했고."

"좋은 생각이네."

"흔한 플롯이긴 하지만, 그만큼 든든한 플롯이기도 해. 민수 형도 '뉴비 사관학교' 컨텐츠 진행한 적 있어서 조언 많이 해 준다고 했어."

교단의 이미지에 충분히 도움이 될 것 같다. 신규 플레이어들을 유입시키는 데에도 유리할 것 같고.

그래도 인욱이 녀석, 정말 열심히 한다. 이렇게까지 열심히 해 줄 거라고는 기대 안 했는데 말이다.

그렇게 우리 가족이 이런저런 이야기를 나누면서 점심을

먹고 있는 사이, TV에서 흥미로운 이야기가 흘러나왔다.

["임시국회에서는 이레귤러 특별법을 만장일치로 통과시켰습니다. 한국대학교의 선호준 교수님을 모셔서 이레귤러 특별법에 관한 이야기를 나누고자 합니다. 안녕하십니까, 교수님."]

["예, 안녕하십니까."]

["많은 시청자 여러분들께서 궁금해하시는 것이, 이레귤러 특별법을 통해서 김시우 각성자에게 주어지는 권한인데요, 혹시 설명해 주실 수 있으시겠습니까?"]

["에에, 말씀드리자면, 이레귤러 특별법은 미국의 법안을 참고하여 빠르게 발의된 법안으로, 이레귤러에게 사법적 특권을 부여한다는 내용이 담겨 있는……."]

나와 관련된 법안이 만장일치로 통과되었다는 이야기.

즉, 나에게 부분적으로나마 면책특권이 주어질 예정이라는 것.

"그래도 약속은 지키셨네."

서 대통령이 나에게 권한을 부여해 주겠다던 약속을 지켰다. 그것도 내가 생각했던 것보다 훨씬 빠르게.

나는 아나운서와 패널이 주고받는 이야기를 들으며 씨익 입꼬리를 올렸다.

일이 잘 풀려 가고 있었다.

아주 만족스러울 정도로.

⚜

이레귤러 특별법에 이어 대전 난민촌에서 발생한 전염병 사태가 보도되는 바람에 대한민국의 분위기는 계속 뒤숭숭했다.

피해자가 다수 발생할 수도 있는 사건이었지만, 그래도 내가 늦지 않게 해결해서 사망자는 굉장히 적었다.

마인 상태의 환자들은 당분간 지속적인 치료가 필요하기는 했지만, 루나가 이끄는 우리 교단의 신입 플레이어들이 훌륭하게 조치를 해 준 덕에 위중증 환자를 대폭 줄일 수 있었다.

난민촌에서 탈출한 일부 보균자들도 이능관리부의 집요한 추적 덕분에 대부분 정리할 수 있었고, 근원이 제거된 상태에서의 마병은 그리 위협적이지 않았기 때문에 상황이 완벽하게 종료되었다고 봐도 무방했다.

《(사진)리멘 교단의 '누나', 루나 레벤톤이 이끄는 리멘 교단 소속 플레이어들이 환자들을 치료하고 있다》

《이번에도 김시우! 대한민국을 수많은 위기에서 구원한 영웅, 이레귤러 특별법으로 날개를 달게 되다!》

우리 교황님 좀
말려 주세요

〈루나 레벤톤, '오랜 시간 동안 이곳에서 봉사하던 서성신 목사의 도움을 많이 받았다. 종교를 떠나 그에게 존경을 표한다.'〉

〈'대전의 성자' 서성신 목사. 그는 누구인가?〉

언론 상대 능력까지 손에 넣은 루나는 능수능란하게 인터뷰도 진행했다. 그 과정에서 서 목사에 대한 이야기도 해 줬는데, 그것은 루나 역시 서 목사의 인간성을 인정해 줬다는 소리였다.

루나의 인터뷰에 더불어 이능관리부 측에서 발표한 서성신 목사의 신성력 측정 결과는 아주 훌륭한 기폭제가 되어 주었다.

현재 이능관리부 측에서는 우리 교단이 제공해 준 신성석을 통하여 신성력을 측정해 왔는데, 서 목사가 측정 이래 최고치를 찍었던 것이다.

당연히 개신교에서는 난리가 났다.

새로운 사도가 나타났다니, 개신교 부흥의 시작이라느니.

역대급 재능이 등장한 셈이니 호들갑 떠는 건 당연하겠지만…… 글쎄, 그들에게 마냥 좋은 소식만은 아닐 것이다.

아무튼.

우리 교단에도 임시적으로나마 새로운 식구가 들어왔다.

"……그렇게 해서 당분간 리멘 교단에서 전투와 몬스터에 대해서 교육하게 될 오준우라고 합니다. 다시 만나 뵙게 되어서 기쁩니다, 여러분!"

"다들 박수."

짝짝짝.

하이브 길드의 내부 고발자, 오준우였다.

전각련 소속의 헌터가 전각련의 등에 칼을 꽂아 넣고 나서 갈 데가 어디 있겠어?

그래서 내가 냅다 모셔 왔다.

S급 헌터에다가 수많은 레이드를 경험했던 사람이었으니, 우리 교단의 신입들에게 아주 큰 도움이 될 거라 생각했으니까.

게다가 오준우 그 본인조차 우리 교단에 합류하는 것에 대단히 호의적이었다.

아마도 그건.

"그럴 줄 알았어요. 다시 봐서 반가워요, 준우 씨."

"네, 넵! 열심히 하겠습니다! 저도 다시 만나서 반갑습니다, 루나 님!"

그가 루나에게 첫눈에 반했기 때문이 아닐까?

물론 단순히 루나에게 눈이 멀어서 이곳에 온 것만은 아닐 것이다.

그 본인조차 우리 교단만큼 그를 보호해 줄 수 있는 단체가 없다는 것을 짐작하고 있었을 것이다. 솔직히 여자에 홀려서 미래를 맡기는 사람이 어디 있겠어?

"준우 씨가 와서 정말 기뻐요."

"저도, 저도 굉장히…… 기쁩니다!"

……음, 여기 있을 수도?

루나는 자신을 바라보며 얼굴을 붉히는 오준우를 향해 가볍게 윙크를 했고, 오준우는 애써 마음을 가라앉히다 루나의 윙크에 화들짝 놀랐다.

저러다가 얼굴에서 불나겠다, 불나겠어.

나는 오준우의 얼굴을 살피면서 조심스럽게 루나의 귓가에 입을 가져다 댔다.

"루나야. 쓸 만해질 때까지 굴려. 알겠지?"

"당연한 거 아니겠어요? 지금 우리가 물불 가릴 땐가? 성하가 그렇게 부탁 안 하셔도 아주 그냥 기름기 쫙쫙 빼 둘 생각이었어요. 저번에 상대했을 때 잔동작이 너무 많더라구요. 후후, 어디서부터 괴롭혀 줄까아. 벌써 기대되네."

굳이 걱정 안 해도 되겠군.

게다가 대형 길드에서 중요 책임자로 재직했던 사람이었기 때문에, 추후 지구식으로 성기사단과 사제단을 편성할 때 많은 도움이 되어 줄 것이다.

마력 사용자라는 건 우리와 다르긴 했지만, 지금 우리 교단의 상황이 그런 거 따질 때가 아니다.

지금과도 같은 인력난에 일 잘하고 말 잘 들을 사람이기만 해도 충분하다.

당장 민수 씨만 하더라도 마력 사용자잖아.

그리고 우리 교단이 그렇게 보수적인 집단도 아니었으니, 교리상의 문제도 없었다.

"준우 씨 환영회는 차차 하도록 하고, 루나. 신입들 중에서 사제의 길을 걸을 만한 친구들 좀 찾았어?"

"꽤 있더라구요. 해당 교육생들 명단 작성해서 오늘 중으로 제출할게요."

"듣던 중 반가운 소리네."

신전의 내실을 위해서라면 사제들 역시 중요하다.

성기사가 외부의 적을 두드려 부수는 쪽이라면, 사제는 교단의 내부를 채워 주는 역할이었기 때문이다.

"명단을 확인하는 대로 레오 네가 신경 좀 써 주고."

"알겠습니다, 성하."

근래에 레오의 지분이 좀 줄어든 것 같은 기분이란 말이지.

조만간 데려다가 잔뜩 부려 먹어야겠다.

부하들 간에 차별 대우를 하는 건 최악의 리더라고 했으니, 똑같이 부려 먹어 줘야지 않겠어?

나는 만족스럽게 고개를 끄덕였다.

그나저나 김 실장에게 부탁해 뒀던 게 하나 있다. 지금쯤이면 답이 올 때가 되었는데……

띠리리리링-.

"양반은 못 되신다니까. 여보세요?"

그러자 전화기 너머로 김 실장의 목소리가 전해져 왔다.

-시우 님, 통화 괜찮으십니까?

"예예, 편하게 하세요."

-일단, 결론부터 말씀드리겠습니다. 시우님께서 문의하신 그 D254 던전을 확인해 본 결과 이미 입찰이 되어 있는 상태입니다. 입찰권을 웃돈을 주고 구매하는 것도 고려할 수 있는 옵션이었지만, 쉽지는 않을 것 같습니다.

반드시 입찰을 해야만 하는 던전이 하나 있었다.

지난번 부산처럼 이계의 성유물과 관련되어 있는 던전.

시스템이 일부 제한되어 있는 와중에도 퀘스트가 발생했으니, 분명히 이계의 성유물과 관련되어 있을 것이다.

그래서 곧바로 김 실장에게 이야기를 했지만, 아무래도 내가 원하는 결과가 아닌 듯했다.

"많이 비싼가요? 저희 교단 쪽에도 여유 자금은 있긴 합니다."

-가격보다는…… 입찰받은 쪽이 문제입니다. 후우.

김 실장은 전화기 너머로 한숨을 내쉬었다. 그리고 착잡한 목소리로 말했다.

-설화 길드라고, 하필이면 전각련에 소속된 중형 길드에 입찰된 상태입니다.

악연이란 게 원래 그렇다.

얽이기 싫어도 어쩔 수 없이 얽여 들어간다. 그것이 진짜 악연이다.

나는 김 실장을 따라 한숨을 내쉬었다.

"이번에도 편하게 넘어가기는 글러 먹었네요."

내가 하는 일이 다 그렇지 뭐.

기대도 안 했다.

에휴.

언더커버

김 실장은 서둘러 신전에 도착했다.

"좋아요, 김 실장님. 이야기를 계속해 볼까요?"

"일전에도 말씀드렸다시피 설화 길드는 전각련 소속의 중형 길드입니다. 길드가 만들어진 지는 불과 6개월 정도. 최근에 A급 헌터 두 명을 영입하면서 세를 불리고 있는 곳입니다. 여전히 A급 미만의 헌터들이 주축이긴 하지만…… 특이 사항은 시우님께서 태블릿 PC로 직접 확인해 보시면 되겠습니다. 자, 여기."

역시 김 실장이 준비성 하나는 확실하다.

나중에 서 대통령한테 김 실장을 우리 교단에 아예 넘겨주면 안 되냐고 부탁이라도 해 봐야겠다.

정도 많이 들었고, 이만한 비서를 찾는 게 여간 쉬운 일이 아니다. 내가 이레귤러로서 횡포를 좀 부리면 마지못해 넘겨 주지 않을까?

"……날이 많이 추워졌군요."

김 실장은 갑작스레 오한이라도 느끼는 듯이 몸을 떨었다.

"한창 추워질 때긴 하죠."

"갑자기 몸이 으슬으슬해서……."

감도 참 좋은 사람이란 말이야.

진짜 탐난다.

"가만 보자."

김 실장이 말한 대로 태블릿 PC를 집어 들어 화면을 몇 번 두드렸다.

그러자 김 실장이 미리 띄워 둔 파일이 눈에 들어왔다.

[설화 길드의 가장 강력한 전력은 길드의 대표 '백설화'. 별칭은 빙설 마녀. 냉기 계열 마법을 사용하는 S급 헌터. 단일 파괴력은 특출나진 않 으나, 광역 파괴력은 충분히 인정해 줄 만함. 그러나 성격이 다소 특이하 여…….]

그것은 설화 길드에 대한 정보라기보다는 차라리 길드의 대표, 백설화라는 여자에 대한 정보였다.

백설화에 대해서는 이미 민수 씨에게 들어 대강은 알고 있었다.

백설화.

빼어난 미모와 수준급의 실력을 지닌 젊은 대표.

그로 인해 연예인급의 인기를 얻고 있으며, 그녀가 운영하는 미튜브 채널의 구독자수는 무려 9백만 명.

미튜브뿐만 아니라 방송이나 예능에서도 심심찮게 등장할 정도로 유명한 사람이라고 한다.

"설화 길드는 사실상 그녀를 위한 길드나 마찬가지입니다. 특이하게도 길드원들 대부분이 그녀의 추종자들로 이루어져 있고, 백설화를 제외하고서는 주목할 만한 헌터는 없습니다."

"대외적으로는 이미지 엄청 좋더만. 봉사 활동도 많이 하고, 기부도 하고. 팬층도 탄탄하던데."

"세상에는 가면을 쓰지 않은 사람들보다는 가면을 쓴 사람들이 훨씬 더 많은 법입니다. 특히, 백설화같이 대중의 관심을 갈구하는 사람은 더더욱 그렇습니다."

"관심을 먹고 사는 건 우리도 마찬가지라서 좀 그렇긴 하네."

"적어도 시우 님은 일관되게 깽판을……."

김 실장은 말을 이으려다가 화들짝 놀라면서 고개를 가로저었다. 그리고 다급하게 본론으로 되돌아갔다.

"가장 편한 방법은 입찰자에게 소정의 비용을 지급하고 던전의 입찰권을 양도받는 겁니다. 그러나 시우 님과 전각련 소속 길드들과의 상황을 미루어 보았을 때…… 불가능에 가깝겠군요."

"그렇겠죠."

돈 앞에 장사 없다지만, 내가 만약 비싼 가격을 부른다면 그쪽에서는 던전에 뭐가 있을 거라고 확신하게 될 것이다.

그렇게 된다면 더더욱 권리를 안 내어 주려고 할 것이며, 최악의 경우에는 백명교 쪽에서 냄새를 맡고 달려들지도 모른다.

전각련과 백명교는 여전히 협력 관계에 있었기 때문이다.

지난번 부산의 경우를 생각해 보면 백명교 녀석들도 나름 대로 성유물을 추적할 수 있는 듯했지만, 이번에도 알고 있으리라는 보장은 없었다.

이런 상황에서 내가 웃돈을 주고 던전의 소유권을 가져온다?

백명교 놈들도 눈에 불을 켜고 달려들 것이라 확신한다.

"차명을 통해서 입찰권을 가져오는 방법도 있기는 합니다."

"그거 불법이잖아요."

"당연히 불법입니다. 그런 방법도 있다, 하고 말씀드리고 싶었을 뿐입니다."

아무리 나에게 면책특권이 주어졌다고 한들, 그건 어디까

우리 교황님 좀
말려주세요

지나 빌런들을 처벌할 때에만 적용된다.

이건 어디까지나 내 개인적인 일인데 그런 특권을 들먹여서야 되겠는가?

기자들의 귀에 들어가면 딱 물어뜯기기 좋은 구실이다.

나쁜 짓을 안 했다면 내가 직접 나설 명분이…….

"잠깐만."

"음?"

"성격적 결함이 많다고 했으면, 나쁜 짓을 안 했을 리가 없잖아. 아닌가요?"

나쁜 짓을 안 한 게 아니라, 안 걸린 거라면 이야기가 많이 달라진다.

김 실장은 예상했다는 듯이 나를 지그시 바라보았다.

나는 그런 김 실장을 향해 당당하게 말했다.

"포기할 수는 없습니다. 최악의 경우, 강행 돌파까지 생각하고 있다는 것만 말씀드리고 싶네요."

신성 점수와 별개로 성유물과 관련된 퀘스트는 반드시 수행해야만 했다.

성유물을 통해서 할 수 있는 것이 너무나도 많다.

운이 좋으면 신전의 지부를 설치할 수 있을 정도의 성유물을 소환하는 것도 가능했고, 현재 일본 정부에서 신전을 세워 달라는 부탁이 계속해서 들어오고 있다.

실제로 최근 많은 일본인들이 정식 교인이 되고자 신청을 넣고 있는 상황.

　일본에서 각성한 신성 계열 플레이어들 중에서도 많은 이들이 리멘 교단을 선택하고 있는 실정이라고 한다.

　이런 상황에서 성유물?

　단 하나도 포기할 수 없다.

　게다가 우리가 포기하게 되면 백명교의 아가리로 싹 들어갈 것이 분명했다.

　"그렇게 나오실 줄 알고 있었습니다."

　김 실장은 크게 한숨을 내뱉으면서 고개를 끄덕였다.

　"다른 사람이 입찰한 던전에 아무런 명분 없이 강제로 진압하게 되면 여러 가지 말이 나오게 될 수밖에 없습니다. 이레귤러 특별법이 통과된 지금, 이레귤러가 권한을 남용한다는 이야기가 흘러나오게 된다면 시우 님에게도, 리멘 교단에게도. 그다지 아름다운 그림이 아닙니다."

　"김 실장님은 잘 모르시겠지만, 저희에게는 아주 중요한……."

　"그래서 제가 차선책을 하나 준비해 왔습니다. 일단 들어보고 생각하시지요."

　나는 그의 말에 고개를 끄덕였고, 곧 김 실장은 본인이 준비해 온 '차선책'을 나에게 말해 주기 시작했다.

　그 이후로 10분 정도 이어진 '차선책'에 대한 설명.

　간략하게 본인의 계획을 말해 준 김 실장은 헛기침을 몇 번 내뱉으면서 설명을 마무리했다.

"어디까지나 초안입니다. 급조된 아이디어라서 디벨롭시킬 부분이 많습니다만, 시우 님께서 원하신다면 이런 방향으로……."

"김 실장님."

"예?"

"그냥 이참에 우리 교단으로 옵시다. 내가 지금 받고 계시는 연봉 따따블로 드리면 되잖아요. 와, 나는 상상도 못 했네. 나보다 한술 더 뜨시잖아?"

"……흠흠, 그러면 어떻게, 이대로 진행을?"

"이거, 혹시 작전 이름 뭐 그런 거 붙여 두셨어요?"

내 질문에 김 실장은 작은 목소리로 대답했다.

"언더커버…… 정도로 해 두겠습니다."

"이러니까 첩보물 같네. 좋아요, 이걸로 갑시다."

재미와 실속을 다 챙긴 프로젝트.

언더커버의 시작이었다.

✢

당신에게 걸려 있던 시스템 제한이 잠시 후 해제됩니다.
5······4······3······2······1
시스템의 제한이 해제됩니다.

"드디어 끝났다."

나에게 걸려 있던 168시간의 제한이 끝났다.

한마디로 1주일간의 휴가가 종료되었고, 다시 현장을 뛸 수 있게 되었다.

이런저런 명령어를 통해서 몸 상태를 얼추 확인해 보니 모두 다 정상적으로 작동했다.

나는 크게 숨을 들이마시면서 고개를 끄덕였다.

별일이야 없었다지만 지난 1주일 동안 몸이 너무 근질거렸다.

역시, 바깥으로 나돌던 놈은 계속 바깥으로 나돌아야 된다. 이제는 가만히 있으려니 좀이 쑤시더라니까?

그건 그렇고.

"여기 있습니다."

"고마워요, 김 실장님."

이곳은 경상북도 구미시에 위치한 금오산.

나는 김 실장의 차량에서 그와 이야기를 나누는 중이었다.

"강채아 각성자가 몇 번이나 성능을 확인했고, 실제로도 실험을 해 봤으니 걱정하실 필요 없을 겁니다."

"확실히 마법이 이럴 때는 편해요. 우리 종교쟁이들은 이런 능력은 좀 부족한 편이죠."

그가 건네주는 목걸이를 손으로 쥐면서 만족스럽게 고개를 끄덕였다.

작전명 언더커버.

이름에서 알 수 있다시피, 작전을 요약하자면 다음과 같다.

1. 강채아의 환각 마법이 걸려 있는 목걸이를 착용한 채로 설화 길드의 던전 레이드에 포터(Porter), 그러니까 짐꾼으로 참여한다.

2. 목표물을 발견할 때까지 기다린다.

3. 목표물을 발견하면 빠르게 챙긴 후, 조용히 빠져나온다.

내가 봐도 훌륭한 요약이다.

물론 김 실장은 저 요약들 사이사이에 디테일한 요소들을 배치해 두었지만, 작전의 핵심은 바로 저 3줄이다.

어차피 이번 작전의 목적은 최대한 논란 없이 이계의 성유물을 챙겨 오는 것.

하지만 저대로 실현될 가능성은 극히 드물었다.

변수가 셀 수도 없이 많았기 때문이다.

"일단 이곳은 이중던전일 가능성이 높은 걸로 판단됩니다. 이계와 연결된 어비스 던전이었다면 이미 저희 탐지반이 감지를 했어야만 합니다."

"이중던전?"

"던전 안에 또 다른 던전이 숨겨져 있는 구조를 뜻합니다. 보통은 특정 트리거를 통해 발동하는 편인데, 디멘션 오프닝 이후로 딱 네 번 발견되었을 정도로 희귀한 던전입니다."

지난번 부산에서 발생했던 어비스 던전도 탐지해 냈던 이 능관리부였다.

에이든의 말에 따르면 대한민국의 이능관리부는 전투력은 몰라도 탐지 능력 하나만큼은 미국에서도 인정해 주는 수준이라고 했다.

실력이 뛰어난 탐지 계열 플레이어들을 다수 보유하고 있다던가.

하여간에 여러모로 찝찝한 장소인 건 맞다.

> 퀘스트 〈???〉의 목표 지점에 근접해 있습니다.

이 시스템 메시지 창만 아니었다면 나도 의심을 했을지도 모르겠다.

그러나 시스템은 거짓말을 하지 않는다.

그것은 내가 시스템을 접한 이후로 쭉 지켜져 오던 명제였기 때문이다.

"백설화만 조심하신다면 큰 문제가 없을 겁니다. 그 목걸이는 저희 쪽 블랙 요원들이 잠입할 때 주로 사용하는 방법이거든요. 백설화라면 목걸이에 깃들어 있는 극소량의 마력을 탐지해 낼 수도 있……."

우우우웅ㅡ.

나는 목걸이 위에 신성력을 덧씌웠다.

"신성력으로 마력을 숨겼으니 걱정하실 것 없습니다."

"……그런 게 가능한 겁니까?"

"쉬워요. 마력 위에 신성력으로 얇게 막을 생성하는 거죠."

대신 그 막이 목걸이에 조금이라도 닿으면 마력이 소멸될 수도 있겠지만, 이 정도의 세밀한 조종쯤이야 나에게는 어렵지 않다.

내 대답을 들은 김 실장은 이해를 포기한 표정으로 고개를 끄덕였다.

"좋습니다. 그 목걸이를 착용하고 계신 이상, 다른 사람들은 시우 님을 평범한 30대 중반의 남성으로 볼 겁니다. 강채아 각성자가 그렇게 설정을 해 두었습니다."

"채아 씨에게도 감사하다고 전해 주십쇼."

"마지막으로 말씀드리자면, 일용직 포터에 대한 대우가 상상 이상으로 형편없을 겁니다."

"아아, 그건 익히 들어 알고 있습니다. 우리 신전 관리인께서 아주 상세하게 말씀해 주시더군요."

일용직 포터들에 대한 이야기는 이미 진서준 씨로부터 충분히 들었다.

던전이나 게이트에서 짐꾼을 도맡는 사람들.

업체에 소속되어 있는 포터들에 대한 대우는 그나마 괜찮은 편이나, 일용직 포터들은 대부분은 법의 사각지대에서 일한다고 했다.

전투력이 약한 플레이어나 돈이 급한 일반인들이 주로 일용직 포터로서 활동하며, 법의 사각지대에 있는 만큼 폭언과 가혹 행위가 일상다반사라고 들었다.

하지만 그것만이 길드에 소속되어 있지 않은 상태로 레이드에 참여할 수 있는 유일한 방법이라고 했으니, 선택의 여지가 없었다.

"설화 길드는 일용직 포터 문제와 관련해서 문제가 터졌던 전적이 있습니다. 그러나 그 문제들은 쥐도 모르게 묻혀 버렸죠."

"전과가 있는 친구들이었네요."

어쩐지.

내가 일용직 포터로 신청하니까 확인조차 제대로 안 하고 받아 주더라.

물론 진서준 씨의 말을 들어 보면 다른 곳의 상황도 크게 비슷하다고 했다.

자세한 건 내가 몸으로 직접 느껴 보면 되겠지.

나는 목걸이를 목에 건 다음, 차에서 내렸다.

반쯤 열린 창문 사이로 김 실장이 나지막한 목소리로 말했다.

"그럼 별일 없이 목표를 달성하시기를 기원합니다. 멀지 않은 곳에서 대기하고 있겠습니다."

"저도 혹시 몰라서 비밀 병기 하나 숨겨 두긴 했는데, 걱정 마시고 퇴근하셔도 됩니다."

"비밀…… 병기요? 혹시 누구…….."

"에이, 그걸 말씀드리면 비밀이 아니지. 아무튼 저 다녀옵니다."

찝찝한 표정의 김 실장과 인사를 끝낸 나는 곧바로 앞을 향해 걸어갔다.

첩보 영화의 주인공이 된 것만 같아서 간만에 기분이 새롭다.

산 공기도 좋고, 산림욕을 하는 기분.

그렇게 한 20분쯤 여유롭게 걸었을까?

"다 왔네."

저 멀리서 시끄러운 소리가 들려 다가갔더니, 그곳에는 한창 무기와 물자를 점검하고 있던 플레이어들이 모여 있었다.

그들의 복장에 그려져 있는 눈 결정체 문양은 그들이 설화 길드 소속이라는 것을 알려 준다.

"너 뭐야."

나를 발견한 몇몇 설화 길드 소속 플레이어들이 빠르게 나에게 다가왔다.

나는 경계심을 드러내는 그들을 향해 해맑게 미소를 지었다. 그리고 최대한 비굴한 목소리로 말했다.

"일용직 포터로 지원한 김인욱입니다. 이곳으로 오라고 하셔서……."

참고로 김인욱은 이번에 내가 사용할 가명이다.

인욱이를 생각하면서 지었다.

"확인해 볼 테니까 기다려."

잠시 후, 스마트폰을 통해서 내 가명을 확인한 남자가 고개를 끄덕였다. 그리고 손가락으로 오른쪽을 가리키며 말했다.

"포터들은 저기에서 대기해라. 너희를 담당할 직원을 곧 보낼 테니까 얌전히 있어."

"예예."

그의 손가락이 가리키고 있는 곳에는 여섯 명이 이미 앉아서 기다리는 중이었는데, 그들의 표정은 하나같이 피곤에 절어 있었다.

하나같이 사연이 참 많아 보이는 얼굴.

나는 그들 사이로 들어가서 자리에 앉았다.

그러자 그곳에 모여 있던 다른 포터들이 나를 경계하듯이 노려보았다.

그 시선이 어찌나 뜨겁던지. 그래도 웃는 낯에 침 못 뱉는다고, 그들에게도 덕담 한번 날려 주도록 하자.

"날씨가 참 좋네요. 다들 식사는 하고 오셨나요?"

우리 교황님 좀
말려 주세요

오늘 역시 재밌는 하루가 될 것 같았다.

⚜

포터들을 관리할 직원은 10분 뒤에 배정되었다.

"오늘은 일곱 명이 끝인가? 예상보다 인원이 더 적게 모였군. 나는 오늘 너희를 담당하게 될 감독관이다."

검은색 뿔테 안경을 쓴 남자가 나를 포함한 포터들의 얼굴을 살피면서 인상을 잔뜩 찡그렸다.

안 그래도 비호감인 놈이 인상까지 찡그리니까 비호감 지수가 급격하게 상승한다.

녀석은 주머니에서 작은 기계 하나를 꺼냈다. 예전 이능관리부에서 본 적 있던 간이 마력 측정기였다.

"한 명씩 앞으로 나와서 측정받는다. 혹시나 모를 훼방꾼들을 걸러 내기 위한 과정이니까, 순순히 협조하길 바란다."

측정 절차는 아주 빠르게 진행되었다.

진서준 씨에게 들었던 대로 일용직 포터들은 대부분 전투 능력이라곤 찾아볼 수 없는 사람들 뿐이었다.

진서준 씨보다도 훨씬 떨어지는 마력량을 보유한 사람이 넷.

일반인이 둘.

마력을 통해 신체 능력을 향상시킬 수 있는 플레이어들은 대부분 일용직이 아니라 전문 업체에 취직한다고 했으니, 어찌 보면 당연한 현상일지도 모른다.

"오늘은 일반인이 셋인가?"

나는 당연히 일반인으로 분류되었다.

마력 측정기는 신성력을 감지해 낼 수 없기 때문이다. 그리고 그것이 김 실장이 나에게 이렇게 잠입할 것을 권유하게 된 이유기도 했다.

어찌 되었든 그렇게 간단한 검사 과정이 종료되었고, 감독관은 우리에게 노란색의 명찰을 나눠 주었다.

"10분 뒤면 첫 번째 구역 정리가 완료되니까 너희는 10분 뒤에 투입될 거다. 할당량을 못 채우면 일당에서 삭감한다는 건 사전에 고지된 걸로 알고 있다. 그럼 몸이라도 풀고 있도록."

감독관은 그렇게 말한 다음, 주머니에서 담배를 꺼내면서 잠시 우리에게서 멀어졌다.

우리가 하는 말이 그에게 안 들릴 정도로 떨어진 후에야 포터들 사이에서 불만이 터져 나왔다.

"개자식들."

"일당에서 삭감한다는 이야기는 하지도 않았으면서……후우."

하지만 그것도 잠시.

포터들 사이에서도 빠르게 계층이 나뉘었다. 각성자들과

일반인 두 계층으로.

내가 오기 전에 이미 서로 이야기를 나눴던 모양인지, 각성자 포터들은 자기들끼리 이야기를 주고받으면서 왁자지껄 떠들기 시작했다.

그리고 얼마 가지 않아 각성자 포터들 중 가장 더러운 인상을 지닌 아저씨가 나에게로 다가왔다.

감독관 앞에서는 한없이 비굴한 표정을 짓고 있던 그였지만, 나를 바라보고 있는 얼굴에서는 대놓고 무시와 조소가 보였다.

"너도 일반인이지?"

"그런데요?"

"그런데요? 허, 이 새끼 좀 보게."

그 남자는 손을 들어 올리며 나를 위협했다.

당장에라도 싸대기를 후려치려는 듯한 자세였다.

나는 그의 손을 심드렁하게 쳐다보면서 아무 말도 하지 않았다. 그러자 그놈은 기선 제압에 성공했다고 생각하는지, 내 이마를 손으로 누르면서 말했다.

"하, 씨발. 말을 말자. 버러지 같은 일반인 놈들이 뭐 그렇지. 야, 저기 박 씨한테 가서 네가 할 일이나 전해 들어. 던전 들어갈 때 장비는 일반인들이 알아서 챙겨 가기로 했으니까. 캬악! 퉤."

그놈은 그렇게 말하며 내 발밑에 침을 뱉은 다음, 자기네

무리로 되돌아갔다.

약자라고 해서 반드시 선인은 아니다.

약자들 사이에서도 얼마든지 나쁜 놈들이 존재한다.

에덴에서도 그랬고, 지구도 마찬가지다.

인간이란 애초에 강자는 악인이고, 약자는 선인. 그딴 흑백논리로 쉽게 구분되는 존재가 아니니까.

하지만 그렇다고 해서 세상 모든 것을 비관적으로 바라볼 필요도 없었다.

이런 박쥐 같은 놈들이 있듯이.

"괜찮으십니까?"

"아. 예."

"여기, 물이라도 한 모금 하세요. 산 올라오느라 힘드셨죠?"

나에게 물병을 건네주는 이 아저씨처럼 호의를 베푸는 사람도 있는 법이다.

나는 그의 손에 박혀 있는 굳은살을 조용히 훑었다. 그리고 미소와 함께 물병을 건네받았다.

"감사합니다."

"천만에요. 던전에 들어가기 전에는 다들 예민해지는 편이라, 저 사람의 말을 크게 담아 두지는 마세요. D급 던전이라 장비의 양도 많지 않으니, 걱정하지 않으셔도 됩니다."

"아, 박 씨라는 분이?"

"박정수라고 합니다."

그가 웃으면서 손을 건넸고, 나는 그의 손을 맞잡으면서
답했다.

"김인욱입니다."

동생의 이름을 말하는 거라서 딱히 양심의 가책이 느껴지
지는 않았다. 그리고 그것보다는 그와 손을 맞잡자마자 익숙
한 느낌이 전해져 왔다.

마력은 아니었고, 그렇다고 해서 신성력도 아니었다.

이 사람이 플레이어로 각성하지 못한 일반인인 건 틀림없
었지만.

'이것도 인연이네.'

그 사람의 몸에서는 '믿음'이 느껴졌다.

그것도 리멘을 향한 믿음이.

손을 맞잡기 전까지만 하더라도 살짝 긴가민가한 느낌은
있었지만, 손을 맞잡으니 확실히 알 수 있었다.

하지만 일부러 티를 내지는 않았다.

지금 이 사람 앞에 서 있는 건 김시우가 아니라 김인욱이
었으니까.

대신에 진심을 담아서 말했다.

"만나서 반갑습니다."

이런 곳에서 우리 교단의 신도를 만났는데 어떻게 반갑지
않을 수 있을까?

나는 다시 한번 미소를 지었다.

⚜

작업은 빠르게 시작되었다.

던전에 들어서자 눈앞에 꽤 많은 메시지 창이 떠올랐는데, 그중에는 퀘스트와 관련된 메시지 창도 존재했다.

> D급 던전 '머드 골렘의 동굴'에 입장하셨습니다.
> 현재 던전은 토벌이 완료되지 않았습니다. 던전 전역에서 몬스터 리젠이 이어집니다.
> 퀘스트 〈???〉의 내용이 갱신됩니다.
> [닫히지 못한 문]
> ● 종류: 서브 – DLC
> ● 설명: 이 던전 안에 다른 곳으로 향하는 문이 숨겨져 있습니다. 그 문을 찾아서 진입하십시오.
> ● 완료 조건: ???
> ● 보상: ???

아직까지는 특별한 게 없는 퀘스트 창.

"오늘 너희가 수거해야 하는 건 머드 골렘의 핵과 최하급 마정석이다. 만에 하나 마정석을 빼돌릴 생각을 하고 있다면 포기하는 게 좋을 거야. 전리품을 뒷주머니에 챙기는 놈들이 어떻게 되는지는 너희가 더 잘 알 것이라 생각한다."

감독관의 위협 섞인 지시와 함께 본격적인 수거 작업이 시작되었다.

수거 작업이라고 해서 특별한 건 없었다.

부서진 머드 골렘의 잔해물 사이에서 핵과 마정석을 찾아 가방에 집어넣는 것이 전부.

감독관 한 명이 수거 작업을 관리하고 있었기 때문에 나중에 타이밍 봐서 슬쩍 뒷길로 새 버리면 될 것 같았다.

"씨발, 더럽게 무겁네."

"후우우욱. 후우우우욱."

"으아아아!"

수거 작업은 단순한 작업이지만 곳곳에서 곡소리가 흘러나온다. 마정석의 무게는 큰 문제가 되지 않지만, 골렘의 핵은 무시할 만한 무게가 아니었다.

주먹만 한 크기조차 10kg.

애초에 골렘의 핵은 마법으로 압축되어 있는 형태였기 때문에 무거운 게 당연했다.

뭐, 그건 어디까지나 일반인들의 기준이고, 고작 그 정도 무게가 나에게 무겁게 느껴질 리가 없다.

솔직히 말해서 설화 길드에서 지급한 군용 더블백 전부를 골렘의 핵으로 채워도 아무런 지장이 없었지만, 지금은 일반인으로 위장한 상태였다.

"어우, 힘들다."

따라서 일부러 힘든 티를 내는 수밖에 없었다.

나는 바닥에 굴러다니던 골렘의 핵 하나를 더블백에 넣은 다음, 허리를 두드렸다.

"쉽지 않지요, 인욱 씨?"

"아직까지는 할 만하네요."

"허리 조심하세요. 골렘의 핵은 부피에 비해 무게가 많이 나갑니다. 항상 건강이 우선입니다. 저희 같은 사람들은 다치면 안 됩니다."

박정수 씨는 여기까지 오면서 나에게 이런저런 조언들을 건네주었다.

부상을 방지하는 법부터 시작해서, 골렘이 나오는 던전에서 조심해야 하는 것들 등, 그가 2년 동안 포터로서 쌓은 경험을 고스란히 나에게 말해 주었다.

보통 처음 보는 사람들에게는 그런 귀중한 노하우를 공유해 주지 않는 게 정상이겠지만, 박정수 씨는 아무런 대가도 없이 이야기를 해 주었다.

그 밖에도 몇 가지 알게 된 사실은 박정수 씨가 올해로 47세이고, 2년 전부터 일용직 포터 일을 시작했다는 것, 이 정도.

어째서 이런 일을 시작하게 되었는지에 대해서는 일부러 묻지 않았다.

당장 죽어도 이상하지 않을 정도로 위험한 일.

그런 일을 2년 동안이나 한 사람에게는 이유가 존재할 것

우리 교황님 좀 말려 주세요

이고, 분명 불행한 이유일 것이다.

그리고 나에게는 남의 불행을 들쑤시는 악취미 따위는 없었다.

"욕심을 내서는 안 됩니다. 안전하게, 최대한 안전하게. 무리해서 한 번에 옮기기보다는 적당량으로 두 번 오가는 것이 좋아요."

박정수 씨는 본인도 힘든 와중에 계속해서 나에게 조언을 아끼지 않았다.

나를 배려해 주는 사람을 싫어할 수야 있나.

거기다가 리멘을 향한 믿음도 지니고 있는 사람이니까, 나로서는 그저 고마울 따름이다.

그래서 사실 아까 박정수 씨 몰래 축복을 걸어 주었다.

신체 능력을 향상시키고 피로도를 낮춰 주는 효과를 지닌 축복이었으니 여러모로 도움이 되어 줄 것이다.

그렇게 내가 박정수 씨와 이야기를 주고받으면서 작업을 진행하고 있을 때쯤.

쿵-!

아까 전에 내 발밑에 침을 뱉었던 남자가 우리에게 다가왔다.

녀석은 들고 있던 더블백을 내 앞에 던지면서 말했다.

"야, 들고 따라와."

"윤태환 씨. 이 친구는 오늘이 처음이라서 제가 잠시 일을 알려 주는 중입니다."

박정수 씨는 내가 대답하기도 전에 먼저 나서서 문제를 해결하려고 했다.

하지만 윤태환이라는 놈은 아주 집요했다.

녀석은 나를 바라보면서 비릿하게 입꼬리를 올렸다.

"그래? 그럼 내가 직접 교육시켜 주면 되겠네. 각성도 못한 포터가 가르쳐 봐야 얼마나 가르치겠어? 내가 예전에 소속되어 있는 길드에서 신입 담당이었던 거, 아까 말했지? 나만 믿으라고."

"하지만 이 친구는……."

"박 씨. 그래도 내가 박 씨는 경력자니까 봐주고 있는 건데, 자꾸 그런 식으로 나오면 재미없어."

박정수 씨와 윤태환이 주고받는 대화가 다소 시끄러웠던 건지, 한쪽에 앉아서 쉬고 있던 설화 길드의 감독관이 우리를 향해 다가왔다.

"뭐가 이렇게 소란스럽지?"

"아이고, 감독관님. 별일 없습니다. 이 친구가 이 일은 처음이라고 해서 이것저것 알려 주는 중이었습니다. 작업에 차질 없도록 빠르게 교육 끝내겠습니다."

우리를 잡아먹을 듯 달려들던 모습이 사라지는 데 소요된 시간은 고작 2초.

윤태환은 감독관에게 굽실거리면서 알랑방귀를 뀌었다.

우리 교향님 좀
말려 주세요

놀라울 정도로 빠른 태세 전환이었다.

감독관은 그런 윤태환을 바라보면서 천천히 고개를 끄덕였다.

"아직까지는 여유가 있으니까 그냥 넘어가 주겠다. 대신 제대로 교육시켜라. 오늘 일손이 부족하다는 거, 잘 알고 있지?"

"예예, 여부가 있겠습니까. 제가 그래도 설화 길드 포터만 일곱 번째인데, 믿어 주십시오."

윤태환 이 새끼, 앞잡이 노릇을 하는 솜씨가 심상치 않다. 전생에 아마 굉장한 매국노가 아니었을까?

간드러지는 목소리에다가 쉴 새 없이 비벼 대는 저 손바닥.

저 털이 덥수룩한 덩치에서는 보통 나오기 힘든 목소리인데 말이지.

"흠, 알겠다."

"믿어 주셔서 감사합니다! 기대에 꼭 보답하겠습니다."

감독관은 윤태환의 등을 몇 번 두드려 준 다음, 자신의 자리로 되돌아갔다.

그리고 감독관이 떠나자마자 윤태환은 다시 한번 변신을 시도한다.

"봤지? 나는 이곳에서 신임을 받고 있는 사람이야. 그러니까 내 말에 토 달지 마. 그리고 박 씨. 박 씨는 박 씨 일이나 잘해. 저번처럼 할당량 달성 못 해서 일당 삭감되지나 말고.

알겠어?"

그 말에 박정수 씨가 뭐라고 대답하려고 했지만, 나는 그의 어깨를 잡으면서 고개를 가로저었다.

"괜찮아요. 배려해 주셔서 감사합니다. 이참에 일 제대로 한번 배우고 올게요."

"정말 괜찮겠어요?"

"설마 저분이 저를 잡아먹기라도 하겠어요? 윤태환 님, 이거 더블백 들어 드리면 되는 거죠?"

내 질문에 윤태환은 다소 당황한 듯이 고개를 끄덕였다.

내가 순순히 나올 것이라고는 생각하지 못했던 듯하다.

"어? 음, 그렇지."

"알겠습니다."

나는 바닥에 엎어져 있던 더블백을 두 팔로 가뿐하게 들었다. 그러자 박정수 씨와 윤태환이 동시에 놀랐다.

"……그거 100키로는 넘는 건데?"

"아, 제가 평소에 운동을 엄청 열심히 해서요. 믿는 게 몸밖에 없습니다. 하하! 윤태환 선배님! 가시죠! 많이 배우겠습니다."

"그, 그래!"

윤태환은 떨떠름한 표정으로 나를 바라보았다. 그러나 주위의 시선을 의식했는지, 곧 나를 이끌고 입구 쪽을 향해 이동하기 시작했다.

작업 장소에서 입구까지는 걸어서 10분 정도.

2분 정도 앞으로 걸어가자 비로소 둘만의 시간이 찾아왔다.

불편한 침묵이 이어졌지만, 그 침묵을 먼저 깨부순 건 나였다.

"선배님, 아까 보니까 감독관님이랑 되게 친하신 것 같습니다. 참 대단하신 것 같습니다."

내가 아부로 이야기를 시작할 줄은 몰랐던 걸까?

윤태환은 갑작스럽게 시작된 그루밍에 당황하면서도 입꼬리를 올렸다.

"뭐야, 이 새끼 생각보다 눈치가 좀 괜찮은데? 흐흐, 맞아. 설화 길드의 레이드에 참여한 건 이번이 일곱 번째야. 아까 그 감독관님뿐만 아니라, 이 길드의 헌터님들 대부분이랑 안면을 텄지."

"아, 그렇습니까?"

"당연하지. 조만간 정규직으로 채용될 예정이야."

"와, 정말 대단하십니다."

전형적인 기회주의자다.

강한 자에겐 약하고, 약한 자에게는 강한, 어떻게 보면 파악하기 참 쉬운 스타일.

장단만 맞춰 주면 술술 이야기가 흘러나오는 부류였다.

"그런데 저희 다음 작업 지역까지는 언제 이동하게 됩니까?"

"글쎄다. 적어도 1시간은 걸릴 거라고 들었다. 1구역 수거만 끝나면 쉴 시간이 꽤 생긴다는 이야기지."

"오, 그거 듣던 중 반가운 소리네요."

쿠우우우웅—!

나는 그 말을 듣자마자 더블백들을 던져 버렸다. 그리고 치명적인 미소를 지으면서 말했다.

"마침 저도 시간이 좀 필요했는데 잘됐군요. 답답해서 뒤지는 줄 알았잖아요, 선배님."

"뭐?"

"자, 이제 교육을 시작해 볼까요?"

⚜

'이상해.'

설화 길드의 대표, 백설화는 아까 전부터 묘한 위기감을 느끼는 중이었다.

S급 헌터인 그녀가 D급 던전에서 위기감을 느끼는 것은 극히 드문 일이었다.

오랜만에 미튜브 채널에 던전 영상을 올리기 위해서 입찰받은 D급 던전이었다.

근래에 너무 일상 영상만 찍어 올리는 거 아니냐는 비판이 이어지고 있기도 했고, 마침 돈이 되는 머드 골렘들이 출현

하는 던전이었기에 아무런 고민 없이 입찰했다.

하지만 상황이 뭔가 이상하게 흘러가고 있었다.

"대표님! 수색팀으로부터 연락이 없습니다."

"통신 방해는?"

"없습니다. 통신은 정상적으로 작동됩니다. 아무래도 수색팀 쪽에 문제가 생긴 듯합니다!"

20분 전, A급 헌터들로만 구성되어 있던 수색팀과의 연락이 끊겼다.

그뿐만이 아니다.

지금 그녀가 있는 넓은 공동 곳곳에서 알 수 없는 검은색의 점액질이 발견되고 있었다.

각성한 이후로 많은 몬스터를 상대해 왔던 백설화 그녀조차 잘 모르는, 알 수 없는 점액질이었다.

'……무언가 있어.'

마법 계열 플레이어들의 직감은 놀라울 정도로 정확한 편이다.

마법은 보통 뇌를 통해서 발현된다.

그 과정을 통해 두뇌가 강화되고, 강화된 두뇌가 직관력을 높여 주기 때문이다.

백설화는 손끝으로 마력을 끌어올렸다. 그녀의 손에서 나온 마력이 손가락에서 뻗어 나가 눈 결정체를 만들어 냈다.

째애앵-!

그녀가 만들어 낸 눈 결정체가 검은색 점액질에 맞닿았다.

어지간한 물질조차 꽝꽝 얼려 버릴 정도의 한기가 흘러나왔으나, 검은색 점액질은 아랑곳하지 않고 결정체를 집어삼켰다.

'내 마력조차 잡아먹는 물질?'

비록 S급에 턱걸이하는 마력이긴 했지만 그래도 명색이 S급의 마력이다.

D급 던전 따위에서 무력화될 마력이 아니란 소리였다.

이 상황에서 확실한 건 이곳이 평범한 D급 던전이 아니란 사실이다.

어떤 위험이 도사리고 있을 줄 모른다.

적어도 백설화, 그녀는 쓸데없는 자신감으로 미지의 위험에 뛰어드는 사람이 아니었다.

"백명교 쪽에 연락 넣어."

마력을 무력화시키는 점액질이다.

그렇다면 백명교 쪽에서 알고 있을 가능성이 높았다. 이렇게 기이한 미지의 것들은 최근 백명교 쪽에서 도맡아 처리하고 있으니까.

그녀의 말에 옆에 서 있던 부하가 눈을 둥그렇게 뜨면서 말했다.

"백명교요? D급 던전에서 그들의 도움을 받을 필요까지는……."

"내가 언제 내 결정에 네 의견을 구한다고 했어? 시키면 좀 시키는 대로 해!"

백설화는 부하에게 신경질적으로 소리쳤다.

그러자 한 소리 들은 부하가 허리를 90도로 숙이면서 우렁차게 대답했다.

"죄송합니다! 바로 연락 넣도록 하겠습니다."

"하여간에 토를 달어, 자꾸. 내가 말대꾸하는 거 싫어하는 거 잘 알잖아? 이래서 이번 주 일정이나 제대로 소화가 가능할……."

"대표님."

"왜?"

"혹시나 몰라서 추가로 입찰해 둔 던전이 있습니다. 크게 염려하지 않으셔도 됩니다."

백설화는 자신에게 공손하게 보고한 남자를 가만히 바라보았다.

2팀의 팀장 임희수.

A급 헌터에다가 상황 판단도 빠르게 하는 놈이라 눈여겨보고 있던 직원이기도 했다.

"내가 이 던전을 못 깰 거라 생각했던 건 아니고?"

"그럴 리가 있겠습니까? 대표님께서 던전 하나로 만족 못하실 것 같아서 준비해 뒀을 뿐입니다. 저희가 토벌하지 않을 경우를 대비해 입찰권을 판매할 곳도 미리 구해 두었습니다."

"뭐, 쓸 만하네. 잘했어."

"해야 할 일을 했을 뿐입니다."

백설화는 천천히 손을 뻗어 임희수의 볼을 두드렸다.

제법 봐 줄 만한 얼굴에다가 적당한 전투력, 거기에 준비
성까지.

꽤 쓸 만한 놈이지 싶었다.

'괜찮네.'

그렇게 그녀가 머릿속으로 이런저런 생각을 하고 있을 때
쯤, 저 멀리서 몇몇이 뛰어오기 시작했다.

가까워지니 그들의 얼굴이 눈에 들어왔다.

이곳저곳 상처를 입기는 했지만, 그들은 연락이 끊겼던 수
색팀이었다.

순식간에 본대에 합류한 수색팀은 가까스로 숨을 돌렸다.
곧 수색팀을 이끌던 수색팀장이 숨을 고르면서 백설화에게
다가왔다.

"죄송합니다, 대표님. 수색 도중에 통신 장비들이 파괴되
었습니다."

"앞에 뭐가 있는 건데?"

"D급 던전에 어울리지 않는 함정들이 좀 있어서, 해제하
느라 시간이 오래 걸렸습니다. 보스 룸의 존재를 확인했습
니다."

수색팀장은 탐색 계열의 플레이어였다.

그는 잠시 손을 흔들더니 허공에서 던전의 통로가 그려져 있는 지도를 소환해 냈다. 탐색 계열의 플레이어들 대부분이 사용할 수 있는 〈지도 제작〉 스킬이었다.

백설화는 그가 건네주는 지도를 건네받으면서 슬쩍 수색 팀장의 전신을 살폈다.

그리고 넌지시 말했다.

"고생했어. 이제 여기서 빠져나가자."

"보스 룸이 코앞입니다, 대표님. 그리 오래 걸리지 않-."

그녀는 곧바로 마력을 방출했다.

까드드드드득-!

그녀의 마력이 맞닿은 모든 것들이 얼음으로 뒤덮였다.

스킬 〈얼음 감옥 Lv. 19〉를 시전합니다.

눈 깜짝할 사이에 수색팀이 얼음 속에 갇혀 버렸고, 나머지 길드원들은 소스라치게 놀라면서 거리를 이격했다.

백설화는 얼음 속에 갇힌 수색팀을 바라보았다. 그리고 인상을 잔뜩 찌푸렸다.

"이 새끼들, 도대체 뭘 건드리고 온 거야?"

투명한 얼음 감옥에 먹물이 번져 나가듯, 검은색 점액질이 뻗어 나가기 시작한다.

잠시 후, 그녀의 눈앞에 빨간색 테두리의 메시지 창이 떠올랐다.

경고! 해당 던전에서 치명적인 오류가 발생합니다!
〈위험 코드 001: 이계 침식〉
던전의 출입구가 강제로 봉쇄됩니다. 위험의 원인을 제거하기 전까지 밖으로
탈출할 수 없습니다.
던전 어딘가에서 알 수 없는 통로가 개방됩니다.

그리고 그 순간.

콰아아아아아아아아앙!

뒤쪽에서 엄청난 폭발음과 함께 거대한 구멍이 뚫렸다.

백설화는 고개를 돌려 그쪽을 바라보았다.

먼지가 자욱한 공동 내부로 두 명의 남자가 걸어 들어오고 있었다.

그렇게 얼마나 시간이 지났을까?

마침내 먼지가 걷혔고, 곧 능글맞은 목소리가 공동 내부에 울려 퍼졌다.

"실수했네. 살짝만 부순다는 게, 이게 다 선배님 때문이잖아요."

"죄송합니다! 죄송합니다! 죄송합니다! 죄송합니다!"

"대가리 박고 계세요. 힘드시면 제가 심어 드릴 수도 있고."

"대가리! 박겠습니다!"

둘 중 한 명이 갑자기 머리를 바닥에 박으면서 엎드렸고,

나머지 한 명은 여유롭게 공동 내부를 둘러보면서 말했다.

"저희는 신경 쓰지 마시고 하던 것들 하세요. 저희 짐꾼이 거든요? 조용히 있다가 나가겠습니다."

'저것들은 또 뭐야?'

백설화의 머리가 복잡해지기 시작한 순간이었다.

⚜

항상 말하지만, 인생은 언제나 생각대로 흘러가지 않는다.

큰 물결이라고 할 수 있는 인생조차 그러한데, 작은 물결에 불과한 '계획' 역시 생각대로 흘러가지 않는 경우가 있다.

게다가 내 경우에는 계획이 제대로 흘러간 적이 단 한 번도 없다.

그야말로 악운을 타고난 셈이다.

그리고 그 악운은 이번에도 여지없이 맞아떨어졌다.

"곤란하네."

원래의 계획은 설화 길드의 본대와 살짝 이격된 곳에서 녀석들을 뒤따라가는 것이었다.

그래서 일부러 윤태환을 길잡이로 삼아서 끌고 다녔던 건데.

"윤 선배, 길 잘 안다면서."

"저, 그게 제가 사실은 한낱 포터에 불과해서…… 길드의 계획 같은 건 잘⋯⋯."

"그래, 이미 저지른 일인데 따져서 뭐 하겠어? 대가리나
잘 박아. 거기 옆에 돌 있지? 그거 하나 사이에 끼고."

"옙!"

이 무능한 놈은 길조차 제대로 모르고 있었다.

그래서 그냥 마력이 느껴지는 쪽을 향해서 잠시 길을 뚫었
을 뿐인데, 동굴의 벽이 내가 생각했던 것 이상으로 매가리
가 없었다.

가볍게 후려쳤을 뿐인데 이렇게 거대한 구멍이 뚫릴 줄이
야.

게다가 역시 악운이 따르는 운명답게 뚫린 구멍 앞에서는
설화 길드의 본대가 멍하니 나를 바라보고 있는 중이었다.

얼음으로 뒤덮인 몇몇과 그 앞에 서서 나를 노려보고 있는
여자.

저 여자가 백설화라는 건 아주 쉽게 알아차릴 수 있었다.

"얼음땡을 하고 계셨나 보다. 쉬는 시간에 이런 레크리에
이션도 진행하는 걸 보면 길드원끼리 사이가 좋으신가 봐요.
하하! 이것 참 부럽네요. 저도 제 여동생이랑 예전에 얼음땡
많이 했⋯⋯."

슈우우우우욱-!

내 대사가 끝나기도 전에 백설화가 손을 휘두르면서 나에
게 얼음창을 쏘아 보냈다.

사람 몸만 한 크기의 얼음창이 나를 스쳐 지나갔다.

몸을 살짝 비틀지 않았다면 그대로 내 몸이 꿰뚫렸을 거다.

"아무리 제가 레크리에이션 시간을 방해했다지만, 그게 죽을죄는 아니잖아요."

"너 뭐야."

"방금 전에도 말씀드렸다시피 오늘 일일 포터로 참여한 김인욱이라고 합니다. 그리고 저를 신경 쓸 시간에……."

쩌저저저적-!

"대표님 뒤쪽에서 얼어 있는 저 친구들부터 신경 써야 하지 않을까요? 누가 땡 해 준 것 같은데."

차아아아아아앙!

그녀의 뒤에서 얼어 있던 사람들이 얼음을 깨부수면서 뛰쳐나왔다.

타르 덩어리 같은 검은색 점액질을 온몸에 뒤집어쓴 모양새였는데, 그들은 구속에서 벗어나자마자 곧장 백설화에게 달려들었다.

"씨발!"

백설화는 시원하게 욕설을 내뱉으며 얼음벽을 세워 올렸다. 그다음 곧바로 발밑에 얼음 지대를 생성하면서 스케이트를 타듯 뒤로 물러났다.

여기 오기 전에 본 그녀의 미튜브에선 항상 예쁜 단어만 사용하려고 노력하던 것 같던데, 역시 사람은 직접 만나 봐야 한다.

"이 새끼들아, 뭐 해! 싸워!"

"대, 대표님! 그래도 우리 길드원들……."

"그럼 저 새끼들한테 목 따여 뒈지든가!"

그녀는 그렇게 말하며 허공으로 자신의 마력을 흩뿌렸고, 곧 그 마력들은 고드름처럼 변하면서 검은 덩어리들을 향해 무자비하게 쏟아지기 시작했다.

확실히 손절 속도 하나만큼은 빠르다.

보통 동료들을 향해 공격하라고 하면 그녀의 부하들처럼 머뭇거리는 반응이 대부분인데, 그녀는 부하고 뭐고 없었다.

가차 없이 얼음 마법을 난사하는 모습.

최 대표가 상처를 입어 가면서까지 부하들을 공격하지 않았던 모습과 확실히 대비되었지만, 저것도 딱히 틀린 판단이 아니긴 하다.

최 대표 쪽이 워낙 낭만이 넘쳤던 것일 뿐, 현실적으로 보면 이쪽 판단이 맞다.

지극히 마법사다운 냉철한 판단이었다.

"상대가 안 좋네."

"예, 예? 저…… 인욱 님! 혹시 시끄러운 이유가……."

"우리 윤 선배님은 신경 쓸 거 없으니까, 계속 머리나 박고 있어."

우리 교황님 좀
말려주세요

"예!"

이마에 돌이 잘 박힌 모양인지, 그의 이마에서 피가 질질 흘러내리고 있다.

정작 본인은 모르고 있는 것 같으니 그냥 넘어가 주도록 하자.

"후우."

일단 김 실장의 계획대로 조용히 들어왔다가 조용히 나가는 건 글러 먹었다.

이렇게 된 이상 차선책으로 선회를 해야 하는데, 여기서 문제는 따로 차선책을 준비해 오지 않았다는 것.

게다가 저 검은색 타르 덩어리로부터 느껴지는 기운이 영 심상치 않았다.

신성력이 한 스푼 섞여 있는 것은 틀림없었으나 저건 마기와 비슷한 욕망 덩어리였다.

그야말로 모순 덩어리라고 해야 할까.

원래는 최대한 개입하지 않을 계획이었지만, 그랬다가는 이 사람들 모두가 이곳에서 죽을 것 같았다.

잠시간의 고민 끝에 이어진 내 선택은.

콰드드드드득ㅡ!

그들에게 손을 잠시 보태 주는 것이었다.

나는 백설화를 잡아먹으려고 아가리를 벌리던 검은 괴물의 목을 움켜쥔 다음, 당황한 표정의 백설화를 내려다보았다.

"도움이 필요할 것 같은데, 아니야?"

"너 이 새끼!"

"김 실장이 챙겨 가라고 해서 챙겨 오긴 했는데, 알고 보면 김 실장도 신기가 있다니까?"

왼손으로 품에서 접어 두었던 종이 한 장을 꺼내서 백설화에게 던졌다.

백설화는 그 종이를 줍자마자 펴서 읽더니, 곧 이해할 수 없다는 표정으로 말했다.

"……던전 토벌 참가 승인서?"

"아까도 말했다시피 나는 어디까지나 짐꾼으로 이곳에 온 거거든. 던전 입찰자의 동의 없이 던전 내부에서 전투 행위를 하게 되면 불법이라고 하더라? 그 서류에 사인만 해 주면 내가 너를 도와줄 수 있다는 소리지."

"누군지도 모르는 놈한테 순순히 사인을―."

콰아아아아앙!

"대표니이임!"

"마력이, 마력이 통하지 않습니다! 빠져나가셔야 합니다!"

사방에서 비명 소리가 터져 나왔다.

검은색 괴물들에게 설화 길드의 전투원들이 일방적으로 밀리기 시작한 것이다. 그리고 그 괴물들에게 당한 사람들조차도 검은색을 둘러쓴 채로 바닥에서 일어나고 있었다.

백설화는 일그러진 표정으로 자신의 부하들을 쳐다보았

다. 그리고 다시 고개를 돌려 나를 바라보았다.

"원하는 게 뭐야."

"계산이 빠르네. 원하는 건 딱히 없어. 그냥 이 던전 탐험만 같이할 수 있게 해 주면 돼. 어차피 던전이 봉쇄되는 바람에 바깥에서 원군도 못 오잖아?"

"네가 이 괴물들을 처리할 수 있는 건 확실해?"

"쓸데없이 의심만 많은 손님이네."

파스스슥-!

나는 오른손에 쥐어진 검은 괴물에 신성력을 불어 넣었다. 그러자 녀석을 뒤덮고 있던 검은색 점액질이 재가 되어 흘러내렸고, 곧 정신 잃은 사람의 몸뚱어리가 모습을 드러냈다.

"이 정도면 충분하지?"

"처음부터 이렇게 될 걸 알고 이곳에 들어온 거야?"

"그게 뭐가 중요하실까. 나는 내 목적 달성해서 좋고, 너는 네 목숨이랑 부하들 목숨 구해서 좋고. 서로 윈윈이잖아."

"……좋아. 사인해 줄게."

백설화는 마법사답게 빠르게 판단을 내렸다. 그녀는 계약서의 하단에 자신의 이름을 써넣었고, 곧바로 사인까지 끝냈다.

"좋은 결정이야."

"네가 원하는 대로 되었으니까, 이제 가면을 좀 벗었으면 하는데."

"가면? 무슨 소리를 하는지 잘 모르겠네."

그 말에 백설화가 내 눈을 똑바로 직시하면서 말을 맺었
다.

"김시우. 내가 널 못 알아볼 줄 알았어?"

이래서 눈치 빠른 마법사들이 싫다니까.

닫히지 못한 문

백설화가 나를 알아볼 수 있었던 이유는 다음과 같았다.

"우리 길드에 공식적으로 협조 요청을 넣지 못했으며, 그렇다고 던전을 대놓고 빼앗지 못할 정도로 여론을 신경 쓰는 사람. 그런 와중에 마력 탐지에서 자유롭고, 나조차도 어쩌지 못하는 괴물을 단번에 소멸시킬 수 있는 실력자. 이 나라에 그 조건을 모두 만족시키는 사람이 몇이나 될까?"

"그걸 그 짧은 순간에?"

"어려운 일이 전혀 아니지. 게다가 네가 그 괴물을 재로 만들어 버릴 때 아주 잠깐 강채아의 마력이 감지되었거든. 정부 측 각성자인 강채아의 협조까지 받아 가면서 이곳에 들어올 만한 사람이 김시우 말고 또 누가 있겠어?"

마법사답게 상당히 논리적인 추리였다.

그 짧은 시간에 이 정도로 논리적인 추론을 도출해 냈을 줄이야.

내가 방심해도 너무 방심한 모양이다.

확실히 저 검은 괴물을 제거하는 데 신성력을 꽤 소비하기는 했다. 이 괴물들을 이루는 것이 마기가 아니라 뒤틀린 신성력이었기 때문이다.

신성력끼리 충돌하는 과정에서 목걸이의 위장이 잠시 해제되었을 뿐인데, 그 찰나를 포착해 낼 줄이야.

인정해 줄 건 인정해 주자.

"그런데 나도 확신했던 건 아니야. 뻥카 한번 날려 본 건데, 그걸 덥석 무네. 당신 듣던 것에 비해서는 꽤 멍청한 것 같아."

"그게 뻥카였다고?"

"심리전의 기본이잖아. 그런 것도 몰라?"

진짜 이래서 마법사들이 싫다. 지난번 이세희처럼 아예 광기에 물든 애들은 차라리 상대하기라도 쉽지.

에덴에서도 마법사 놈들 대부분이 이런 식이었는데, 어째 지구도 똑같다.

나는 꺼림칙한 표정으로 백설화를 바라보았다.

가까이서 보니까 확실히 그녀의 미모가 자세히 눈에 들어온다.

잡티 하나 없이 흰 피부부터 시작해서 레오의 주먹보다도 작을 것 같은 얼굴 크기. 그 작은 얼굴에 옹기종기 자리 잡은 뚜렷한 이목구비와 부드럽게 넘겨 내린 은색 장발까지.

그녀의 팬이 왜 많은지 쉽게 납득할 수 있는 비주얼인 건 틀림없었다.

화려한 느낌의 루나와는 다르게 이쪽은 조금 쌀쌀맞은 분위기의 미녀였다.

물론 전부 다 고려해도 리멘과는 비교할 수 없겠지만 말이다.

가만 보면 확실히 리멘 때문에 내 눈이 높아진 건 맞다니까?

"1구역에 있던 포터들도 이곳으로 이동시켰어. 호위팀도 따로 보내 뒀으니까 문제없이 이곳에 도착할 거야."

"의외네. 포터들한테 고발당할 정도로 막 대했다는 이야기를 들었는데, 생각보다 잘 챙겨 준다?"

"내가 포터들을 막 대했다고?"

"그렇다던데."

"……그냥 너 편할 대로 생각해. 대꾸할 가치도 없으니까."

생각보다 시시한 반응이었다.

백설화는 본인의 옷에 묻어 있는 먼지를 털면서 말을 이어 나갔다.

"이 던전은 단순히 탐험하기 위해서?"

"뭔가를 찾으려고 왔지. 아까 본 그 검은 점액질이랑 연관되어 있을 것 같아."

"우리 수색팀이 온 쪽에서부터 그 이상한 것들이 나타났어. 저쪽으로 가면 돼."

그녀는 그렇게 말하며 공동 한쪽에 뚫려 있는 통로를 가리켰다.

전각련이랑 연관되어 있는 사람이라 경계를 많이 했지만, 막상 말을 섞어 보니 생각했던 것만큼 나쁜 사람 같지는 않았다.

명백한 악인을 상대로 발동하는 〈멸악의 의지〉가 잠잠한 걸 보면 일단 백설화가 악인이 아니란 건 증명된 셈.

사람이란 보통 선과 악의 얼굴을 동시에 가지고 있는 존재였기에, 근본까지 썩어 버린 놈이 아니라면 〈멸악의 의지〉가 발동하지 않는다.

죽어 마땅한 정도는 되어야 비로소 그 스킬이 제대로 작동한다는 뜻이다.

"김시우, 네가 나타난 거면 이 괴현상이 확실히 신성력과 관련된 일이겠네. 짐작은 했어."

"혹시 백명교 쪽에 연락하거나 그런 건 아니지?"

"안 했을 리가 없잖아? 이런 일에 있어서 우리 쪽 전문가들은 그쪽이야. 이런 위험 상황이 벌어지면 당연히 걔네를 부르는 게 맞아."

"유감이 아닐 수가 없네. 허허."

백명교 놈들이 도착한다는 생각을 하니 마음이 살짝 급해졌다.

나는 한숨을 내쉰 다음, 빠르게 앞으로 발걸음을 내디뎠다. 백명교가 오기 전에 상황을 정리하고 빠져나가고 싶었기 때문이다.

하지만 백설화는 내 앞을 가로막으면서 말했다.

"나도 데리고 가."

그 말을 듣자마자 이 여자가 정말 미쳤지 싶었다.

전혀 예상하지 못했던 말이었기 때문이다.

"뭐?"

"내 부하 놈들을 저렇게 만든 새끼 면상은 봐야 속이 풀릴 것 같아. 얼음창 몇 개 꽂아 넣을 수 있으면 더 좋고. 계약서에 따르면 넌 내 부탁을 거절한 권한 없어. 계약서에 명령권자는 내 쪽이라고 명시되어 있거든?"

이런 걸 보고 자승자박이라고 하는구나.

나는 미간을 찌푸리면서 백설화를 바라보았다. 가만히 앉아서 쉬고 있으면 끝나는 일인데, 왜 굳이 나를 따라나서겠다는 걸까.

무슨 꿍꿍인지는 알 수 없었으나 고작 이런 논쟁으로 시간을 낭비할 수는 없었다.

"그렇게까지 따라오고 싶으면 막진 않을-."

"뭐 해? 안 가?"

어느새 먼저 앞에 가 있는 백설화. 그녀는 앞에서 나를 향해 어깨를 으쓱였고, 나는 그런 그녀를 바라보면서 작게 한숨을 내뱉었다.

그녀에게 정체를 들켰을 때 이미 귀찮아질 거라고 예상은 했다만…….

'훨씬 더 귀찮아졌네.'

최대한 빨리 일을 끝내야겠다.

❧

문제의 원인으로 보이는 '문'은 그리 먼 곳에 있지 않았다.

백설화를 따라 15분 정도 걸은 곳.

그곳에는 검은색 점액질이 덕지덕지 묻은 문이 자리 잡고 있었다.

말 그대로 문이었다.

고개를 들어야 겨우 끝이 보일 정도로 거대한 문.

머드 골렘의 동굴이라는 던전의 이름과 전혀 어울리지 않는 문이었다. 지금껏 지나온 장소들은 자연적으로 생성된 모양새였지만, 이 문만큼은 대놓고 인공적이었다.

"대놓고 수상해 보이네. 이거 어떻게 열어?"

"그걸 나에게 물어보면 답이 있을 거라 생각하는 거야?"

"이런 곳이 있을 줄 알고 들어왔다며. 그럼 당연히 방법도 알고 있을 거라 생각했지. 상식적으로 사람이 아무런 대책도 없이 움직일 리가 없잖아?"

아무래도 이 여자의 상식과 내 상식 간에는 많은 차이가 존재하는 것 같다.

나는 나를 경멸 섞인 눈으로 바라보는 백설화를 향해 가운 뎃손가락을 올렸다. 그리고 아까 전부터 신경이 쓰이던 질문을 던졌다.

"너 몇 살이냐?"

"스물여섯."

"그런데 왜 반말이야?"

"네가 먼저 반말했잖아?"

"그건 맞지……가 아니라, 누가 봐도 내가 너보다 나이는 좀 있어 보이지 않나?"

"노안이라서 참 좋겠다. 대단해."

지구로 돌아온 이래로 처음으로 마주한 강적이다. 내 앞에서 저렇게 뻔뻔하게 나올 줄이야.

비밀 병기로 대기시켜 둔, 여성 대응 최종 병기 루나를 호출할 걸 그랬다.

나는 주먹을 가볍게 움켜쥔 다음, 앞을 향해 뚜벅뚜벅 걸어가며 말했다.

"방법이야 만들어 내면 되는 거지. 잘 봐."

주먹에 신성력을 불어 넣었고, 그대로 속도를 높여서 문을 강하게 때렸다.

콰아아아아아아앙!

그러자 폭탄이 터지는 듯한 소리와 함께 문에 거대한 구멍이 뚫렸다.

그래도 동굴의 벽면보다는 단단했던 모양인지, 아까 전에 뚫었던 구멍보다는 훨씬 작은 크기였다.

코끼리 하나쯤은 충분히 들어갈 정도의 넓이.

"봤어? 방법이란 찾아내는 게 아니라 만들어 내는 거야."

"어, 그래. 정말 대단해."

진짜 사람 열받게 만드는 데는 천부적인 재능이 있는 것이 분명하다.

여태까지 이 분야로는 내가 제일이라고 생각했는데 백설화를 보고 있으면 뛰는 놈 위에 나는 놈이란 말이 떠오른다.

나는 꺼림칙한 표정으로 백설화를 가만히 바라보았다.

그러자 백설화는 앞으로 걸어가면서 쌀쌀맞은 목소리로 말했다.

"얼굴 닳겠다. 그만 좀 봐."

"……말을 말자."

누가 인기 미튜버 아니랄까 봐 자의식이 굉장하시군.

이런 경우에는 보통 얼굴값을 한다, 그렇게 표현하든가?

어찌 되었든 일단 퀘스트부터 해결해야 했기 때문에 조용히 그녀를 따라 문 안쪽으로 진입했다.

> 던전의 마지막 방 – 보스 룸에 진입하셨습니다.
> 알 수 없는 기운이 방 안에 가득합니다.

눈앞에 떠오르는 메시지들을 봐서는 잘 오기는 잘 왔다.

머드 골렘이 주를 이루는 던전이었다면 보통 대장 머드 골렘이라든가, 머드 골렘을 만들어 낸 연금술사 같은 놈이 있어야 정상일 터였다. 그쪽이 개연성에 맞기도 하고.

하지만 방 안에서 우리를 기다리고 있던 건 보라색의 빛을 내뿜는 거울과 거대한 점액질 덩어리였다.

타르 골렘이라는 표현이 더할 나위 없이 어울리는 놈이었다.

그리고 그 순간, 새로운 메시지 창이 떠올랐다.

> 퀘스트 〈닫히지 못한 문〉의 내용이 갱신됩니다!
> [닫히지 못한 문]
> ●종류: 서브 – DLC
> ●설명: 당신은 이계와 연결된 문을 발견했습니다. 문을 넘어오는 변질된 신성력이 세상을 잠식하고자 합니다. 이계의 신격이 손을 뻗고 있는 것이 틀림없습니다. 문을 닫아 그의 계획을 저지하십시오.
> ●완료 조건: 〈닫히지 못한 문〉의 파괴
> ●보상: ???

차르르륵. 차르르륵.

〈닫히지 못한 문〉의 생김새는 문이라고 부르기에는 다소 끔찍하고 징그러웠다.

검은색 점액질로 뒤덮여 있었으며, 점액질 곳곳에 가느다란 이빨 같은 것들이 꿈틀거리는 중이었다.

보는 것만으로도 충분히 혐오를 불러일으키는 생김새였지만, 그럼에도 불구하고 신성력이 계속해서 느껴지고 있었다.

이는 그 기괴하고도 끔찍한 것이, 어떤 신격이 직접 창조해 낸 산물이란 것을 의미했다.

"기분 한번 제대로 X 같네."

저딴 쓰레기가 신성력을 품고 있다.

그것만으로 리멘이 모욕당하는 것만 같은 기분이었다.

리멘은 항상 세상을 조금은 나은 방향으로 만들어 가려고 했다.

조금은 더 따뜻하게, 조금은 더 행복하게.

그러나 내 눈에 보이는 저것은 리멘이 원하는 그 어떤 것에도 부합하지 않았다. 오히려 그녀가 바라는 것들을 집어삼키고도 남을 것처럼 보였다.

"허무…… 침식…… 통제…… 지배."

문에서 흘러나오는 이계의 언어가 귓가를 타고 들어와 머릿속에 울려 퍼진다.

그 목소리에는 신성력과 함께 불온한 의지가 담겨 있었다.

나는 가볍게 백설화의 등 뒤를 손으로 짚었다. 그리고 그녀의 몸속에 신성력을 흘려 넣으며 말했다.

"멀쩡하냐?"

"기분 나쁜 목소리였어. 머릿속에서 울려 퍼지는 느낌이었는데……."

"꼴에 S급 헌터라고 저항력은 좀 있나 보다. 그러게 나 혼자 오면 될 것을, 왜 굳이 따라와 가지고."

"그래도 내가 해야 할 일은 찾았어."

쩌저저저저적-!

백설화는 굳이 말하지 않아도 알아서 마력을 일으켜서 방금 전에 우리가 들어온 구멍을 얼음으로 메꿔 버렸다.

나는 그녀가 메꾼 구멍 위에 가볍게 신성 결계를 생성시킨 다음, 입꼬리를 슬쩍 올렸다.

"밥값은 충분히 하네."

"빙결 마법은 공격보다는 수비에 강점이 있어. 저 검은색 점액질을 완벽하게 제압하기는 힘들어도 억제는 할 수 있을 것 같아. 그런데…… 도대체 저 거대한 덩어리는 뭘까?"

그녀가 턱짓으로 가리킨 곳에는 아까 전에 보았던 거대한 점액질이 꿈틀거리고 있었다.

천장도 제대로 보이지 않을 정도로 높은 방이었지만, 그

덩어리의 크기는 우리가 들어온 문만큼이나 거대했다.

나는 장갑을 뻣뻣하게 당기면서 말했다.

"뭐겠어. 한때 보스였던 것, 이겠지."

"D급 던전의 보스라고 하기에는······."

"검은색 점액질에 잡아먹히면서 랭크 업이 되는 건 비교적 흔한 클리셰잖아. 그래도 지난번에 잡았던 야마타노오로치보다는 작으니까······ 뭐야. 저 새끼 자꾸 커지는데?"

꿀럭- 꿀럭-.

대화를 나누고 있는 사이에도 괴물은 자꾸만 덩치를 키워 갔다.

뒤쪽에 나 있는 기괴한 문과 연결되어 있는 탯줄 비스무리한 기관에 의해서 검은색 점액질이 불어나고 있는 것이다.

가만 보자.

이 정도 크기의 괴물을 박살 내게 되면 인과율은 어떻게 적용되는 걸까?

안 그래도 최근에 한 번 걸렸었는데, 살짝 걱정······.

경고! 〈이계 침식〉으로 인해 현 장소의 인과율이 심각하게 일그러졌습니다. 시스템이 당신에게 해당 지역의 인과율을 바로잡아 줄 것을 요청합니다.

······할 필요도 없었군.

이 시스템이라는 놈은 '이계'와 관련된 일이면 너그러워지는 경향이 없잖아 있다. 지난번에 부산 어비스 던전에서도

우리 교황님 좀 말려 주세요

그랬고 말이다.

하여간에 마음 놓고 박살 낼 수 있다는 소린데, 이렇게 되니 막상 백설화를 데려오길 잘한 것 같다.

"네 마법으로 여기 벽 무너지는 거 막을 수 있냐?"

"마력이 담긴 얼음을 벽에 도포하듯 바르면 완벽하진 않더라도 강도를 강화시킬 수 있어. 여차하면 얼음벽을 세워서 지지대를 세워도 되고. 그런데 왜?"

이 여자, TMI의 기질이 좀 있는 것 같긴 한데…… 아무렴 좋다.

"그게 네 역할이야."

"뭐?"

"네 어깨 위에 다른 사람들의 목숨이 달렸다. 알겠지?"

나는 그렇게 말한 다음, 곧바로 타르 골렘을 향해 달려들었다.

❧

확실히 이 녀석은 부산에서 상대했던 그놈과는 달랐다.

그때 그놈은 신이라고 부르기 힘들 정도로 나약한 놈이었지만, 이놈은 결코 약하다고 할 수 없었다.

분명한 악신.

차원계를 넘어서 이 정도의 간섭을 행할 수 있는 놈이라면

분명 일전에 상대했던 그 쇠퇴한 신격 따위와는 비교도 할
수 없었다.

콰지지지지지직―!

꾸르르르륵!

"타르 덩어리처럼 보여서 불에 잘 탈 줄 알았는데, 그것도
아니네."

나는 성화를 두른 주먹으로 타르 골렘의 핵을 으스러뜨린
다음, 가뿐하게 바닥에 착지했다.

확실히 까다로운 점액질이다.

신성력을 통해서 밀어내는 건 가능했지만, 마기를 상대할
때처럼 완벽하게 제거하는 건 불가능했다.

그것은 아마 저 점액질을 이루는 힘 역시 또 다른 신의 신
성력이기 때문일 것이다.

전력을 끌어올려서 일시에 눌러 버리면 확실하게 제거할
수는 있겠지만, 그 방법은 썩 효율이 좋지 않았다.

게다가 동굴이라는 지형의 특성상 여차하면 동굴 전체가
무너져 내릴 가능성이 농후했다.

방금 전 잠깐의 전투만으로도 방이 무너질 기세였는데 여
기서 더 힘을 끌어올렸다가는 백설화의 보조고 뭐고 소용없
을 것이다.

그래서 나는 차선책으로 신성력을 대기로 퍼트려서 점액
질들을 납작하게 짓눌렀다. 그리고 비 오듯 땀을 흘리고 있

는 백설화를 향해 말했다.

"좀 할 만해?"

"말 시키지 마. 지금도 견디기 힘드니까!"

"입이 살아 있는 것 보니까 몇 분은 더 버틸 수 있겠어. 조금만 더 고생해 보자고. 저 문만 부수면 일단 상황은 끝이야."

백설화에 대한 이능관리부의 평가가 문득 떠올랐다.

단일 전투력은 뒤떨어지지만, 광역 공격만큼은 주목할 만하다, 그것이 그들이 백설화에 내린 평가였다.

하지만 내가 봤을 땐 그녀의 쓰임새는 전투에 국한되어서는 안 될 것 같다.

이 넓은 장소 전체를 마법을 통해 자신의 진지로 구축하는 건 마법사라고 해도 쉬운 일이 아니다.

공간지각부터 시작해서 섬세한 마력 조절까지 필요한 고난이도의 작업이기 때문이다.

비록 내 기준에서는 살짝만 건드려도 무너져 내릴 듯한 진지였지만, 지금껏 지구에서 만났던 그 어떤 마법사조차도 이런 느낌을 주지는 못했다.

일본에 있는 진영이 형 정도가 이런 걸 할 수 있을까?

물론 백설화가 얼음 계열에 특화된 마법사였기 때문에 가능한 것도 있겠지만, 이것만으로도 대단한 재능이었다.

"역시 사람은 직접 만나 봐야 돼. 솔직히 미튜브에서 봤을 때는 너 그냥 공주병 걸린 사람……."

"닥치고 빨리 끝내! 씨발, 힘들어 뒤지겠는데 왜 자꾸 말 걸고 지랄이야!"

"칭찬을 해 줘도 뭐라 그래. 안 그래도 빨리 끝내려고 했어."

힘들 때일수록 유머를 장착해야 된다는 진리를 아직 깨치지 못했구나. 쯧.

콰드드득—!

나는 바닥에서 꿈틀거리고 있는 점액질을 발로 짓이기면서 문을 향해 다가갔다.

이 방을 가득 채운 점액질의 원천.

쉴 새 없이 신성력을 '분출'해 대는 일그러진 입구.

방금 전에 타르 골렘을 아예 아작 내 둔 덕분에 문을 향해 다가가는 동안에는 그 어떠한 방해가 들어오지 않았다.

신성력에 짓눌린 점액질들이 어떻게든 발악을 해 보지만, 내 신성력에 완벽하게 깔려 버린 상태에서는 내 몸에 그 어떠한 피해도 줄 수 없었다.

"흐음."

마침내 문 앞에 도착한 나는 문을 향해 손을 뻗었다.

문은 마치 살아 있는 듯이 고동치고 있었고, 불쾌한 감촉이 손끝을 타고 올라왔다.

그리고 잠시 후, 눈앞에 예상하지 못한 메시지들이 떠오르기 시작했다.

?##?!!#@!$!%?%
[닫히지 못한 문]
● 아이템 종류: 성유물 – ???
● 출신 차원계: 지구
● 설명: 미처 닫히지 못한 문. 누군가 문을 넘어 당신을 바라보고 있다. 문으로서의 기능은 상실한 지 오래였으며, 지금은 관측로의 역할을 수행하고 있다.

퀘스트 〈닫히지 못한 문〉의 목표를 발견하였습니다.

당혹스러운 정보였다.

다른 걸 다 떠나서 시스템에 정확하게 명시되어 있는 출신 차원계 〈지구〉.

시스템은 거짓말을 하지 않는다.

그 명제에 따르면 이 기괴한 문은 지구의 성유물이란 소리였다.

순간, 머릿속이 복잡해진다.

지구는 이제 막 신성력의 제한이 해제된 차원이다. 그런 차원에 어떻게 벌써 성유물이 등장할 수 있을까?

그러나 내 고민은 길게 이어지지 못했다.

왜냐하면 문에서 일렁거리는 보랏빛 사이로 어떤 형상이 모습을 드러냈기 때문이다.

"눈?"

섬뜩하리만큼 거대한 눈.

〈닫히지 못한 문〉의 테두리에 자리 잡고 있는, 이빨로 뒤덮인 눈.

그 눈은 정확히 나를 직시하고 있었다.

"보인다."

리멘의 것과 비교할 수 없을 정도로 소름 끼치는 목소리였지만, 그것은 부정할 수 없는 신탁이었다.

"마땅히 돌아갈 것이다."

보랏빛의 세계 위에 홀로 떠 있는 눈이 나를 들여다본다. 신성력이었지만, 도저히 신성력이라고 부를 수 없는 불온한 기운이 문에서 분수처럼 샘솟아 오르기 시작했다.

"우리들이 있던 곳으로."

쿠구구구궁.

내 신성력에 의해 억눌려 있던 검은색 점액질이 거세게 요동친다.

나와 백설화가 있는 이곳뿐만 아니라, 던전 전체를 집어삼킬 것만 같은 진동이었다.

나는 문 너머의 그 눈을 바라보면서 미간을 잔뜩 찌푸릴
수밖에 없었다. 그리고 그 보랏빛의 문을 양손으로 잡으면서
말했다.

"관음이나 하는 새끼 주제에."

문을 잡고 있는 양 손바닥에서 살이 찢기는 고통이 몰려들
어 온다.

문에 돋아난 이빨들이 내 몸에 두르고 있는 〈신성 보호〉
를 뚫고, 내 살을 찢어발겼다.

아주 오랜만에 느껴 보는 고통이었다. 살에 박힌 이빨을
타고 녀석의 신성력이 몸속으로 침범했지만, 환부에서 더 이
상 나아가지는 못했다.

패시브 스킬 〈신성불가침 Lv. Max〉의 두 번째 기능이 활성화됩니다.
당신의 몸이 다른 종류의 신성을 배척합니다!

내 몸속에 잠자고 있던 또 다른 방어 기재.

리멘을 직접 모시는 제1사도로서 지켜야 하는 순결함은
몸속에 다른 신의 신성력을 품지 않는 것이다.

저 이름 모를 추악한 새끼의 본체가 넘어온 게 아닌 이상,
이 정도의 힘으로는 내 몸을 잠식할 수 없었다.

"내가 이래 보여도 순정파야, 이 새끼야."

콰드드드드드득-!

문에서 뻗어 나온 촉수들에 박혀 있던 이빨이 내 오른팔

을 물어뜯었지만, 나는 아랑곳하지 않고 문을 좌우로 잡아
당겼다.

부우우우욱-!

문이 찢겨 나간다.

보랏빛으로 일렁거리던 문 너머의 풍경이 일그러졌고.

끼야아아아아아악!

짐승이 울부짖는 듯한 소리가 귀를 때린다.

이빨이 박힌 내 팔에서 피가 계속해서 쏟아져 내렸으나 크
게 상관하지는 않았다.

그저 묵묵히 문 너머를 직시할 뿐.

문 너머의 그 '신'은 마지막 순간까지 날 주시하고 있었다.

"너를 기억했다."

그 마지막 신탁을 끝으로.

파아아아아아아앙!

반으로 찢겨 나간 문이 순식간에 폭발하면서 사방으로 검
은색 점액질을 뿌려 댔다.

바닥에 흩뿌려진 문의 흔적과, 문에 박혀 있던 이빨들은
한참 동안이나 꿈틀거리고 나서야 움직임을 멈추었다.

그리고 그 모든 것들이 멈추고 나서야 다시 한번 메시지
창이 눈앞에 떠올랐다.

퀘스트 〈닫히지 못한 문〉을 완료하셨습니다!
메인 퀘스트 〈도래〉의 완료 조건이 갱신되었습니다.
흡수한 이계의 성유물: 1/3 → 2/3
보상으로 〈꿈틀거리는 조각〉을 획득하였습니다. 해당 아이템을 통해 새로운
퀘스트를 시작할 수 있습니다.
해당 지역의 인과율이 정상으로…….

우후죽순처럼 떠오르는 메시지 창을 잠시 닫아 두면서 몸
을 돌렸다.

"오."

기절했을 거라 생각했던 백설화가 여전히 버티는 중이었
다. 방금 전의 폭발에 의해 내상을 입었는지 입가에서 피를
흘리고 있었지만, 그녀는 독기 가득한 눈으로 마력을 쥐어짜
내고 있었다.

"너 괜찮냐?"

"……네 눈에는 괜찮아 보여?"

"입에 피 칠 하고 있으니까 꼭 뱀파이어 같다. 나중에 방
송에서 코스프레 한번 해 봐. 반응 좋겠어."

백설화는 내 말에 뭐라고 짜증을 내려다가 포기했다. 그리
고 나지막한 목소리로 물었다.

"끝난 거지?"

"어."

"하, 씨발. 여기서 묻히는 줄 알았네."

풀썩.

그 말을 끝으로 백설화는 정신을 잃고 쓰러졌다.

나는 그런 그녀의 모습에 혀를 내두를 수밖에 없었다. 무리를 했다 싶었는데, 그걸 독기로 버티고 있었던 모양이다.

아무래도 이능관리부에서 이 여자를 한참 과소평가한 듯하다.

마력량이 밀린다 뿐이지 종합적으로 보면 강채아급 이상으로 성장하기에 충분한 마법사였다.

뭐, 일단 그건 나중에 나가서 생각해 보도록 하고.

"고생했다."

나는 그녀에게 치유의 축복을 걸어 준 후, 대충 등에 업었다.

그래도 백설화도 고생 많이 했는데 여기에다가 두고 가는 건 너무 야박하잖아?

"후우."

던전 입구의 봉인이 풀렸을 테니, 밖에서 대기하고 있던 인원들이 진입했을 것이다.

서둘러 본대가 있는 곳으로 복귀하도록 하자.

그나저나 백설화 얘.

"보기보다 무게가 좀 나가네."

보기보다 근육량이 높을지도?

본대는 아까 그곳에서 우리를 기다리고 있었다.

내가 백설화를 업고 오는 것을 본 설화 길드의 헌터들은 마력 포션을 든 채로 전속력으로 달려왔다.

"대표님! 대표님!"

"마력 탈진 현상이니까 마력 포션 먹이고 좀 쉬게 해. 마력 포션 먹으면 금방 정신 차릴 테니까, 얘 정신 차리면 움직인다. 알겠지?"

"알, 알겠습니다!"

나는 그들에게 백설화를 넘긴 후, 팔을 가볍게 쓸어내렸다.

살에 박혀 있던 이빨은 다 제거했지만 상처 부위에 여전히 구멍이 뚫려 있었다.

어지간한 상처들은 알아서 회복되는 편이었는데 이번 경우만큼은 달랐다.

그만큼 아까 그 괴물 같은 놈의 신성력이 치명적이었다는 소리였다.

본체가 넘어온 것이 아니었음에도 내 재생 능력을 저하시킬 정도의 힘.

인과율이 순간적으로 붕괴되었던 데에는 확실히 이유가 있었던 것이다.

"인욱 님! 여기, 물 가져왔습니다!"

"오, 윤 선배. 고마워."

나는 윤태환이 가져온 물을 곧장 들이켰다. 안 그래도 갈증을 느끼고 있었는데, 눈치 하나만큼은 빠른 놈이었다.

"그런데 윤 선배."

"예!"

"내가 언제 자세 풀라고 했어. 그만하라고 할 때까지 대가리 박고 있으라고 했잖아? 나 농땡이 부리는 사람 참 싫어해."

"그게……."

"해야겠지?"

"죄송합니다! 시정하고 박겠습니다!"

물을 가져다준 건 고맙지만 그건 그거고 이건 이거지.

나는 곧바로 대가리를 박는 윤태환의 모습에 만족스럽게 웃음을 지었다.

"인, 인욱 씨."

"오! 정수 씨. 무사했네요? 다행이다."

"이게 무슨…… 도대체 어디를 다녀오신 겁니까?"

"아아, 일이 좀 있었어요. 보스 룸 가서 뭐 좀 옮겨 오느라 많이 늦었네요. 그래도 짐꾼으로서 한 건 하고 왔습니다."

백설화를 들고 여기까지 왔으니, 틀린 말은 아닐 것이다.

정수 씨는 나에게 뭔가 더 말하려고 하다가 곧 내 팔에 시선이 닿았다.

"세상에! 인욱 씨. 이 상처, 이대로 두면 위험합니다!"

우리 교황님 좀
말려 주세요

"괜찮은……."

"잠시만 기다려 보세요!"

그는 허리에 달고 있던 작은 백에서 곧 소독제와 붕대를 꺼냈다. 그리고 곧장 내 환부에 소독제를 뿌리면서 말했다.

"엄청 따끔할 겁니다. 이럴 게 아니라 나가자마자 바로 병원이라도 가야 할 것 같아요."

"병원비 비쌀 것 같은데, 그냥 안 가도 돼요."

"돈이 없으면 제가 대신 내드릴 테니까 천천히 갚으세요! 방치하다간 팔을 못 쓰게 될 수도 있습니다!"

그 상처들은 회복이 좀 더딜 뿐이지, 그대로 둬도 알아서 낫는 상처였다. 하지만 오랜만에 받아 보는 대우라서 그냥 가만히 내버려 두기로 했다.

나는 능숙하게 소독을 하고 붕대를 감는 박정수 씨를 가만히 지켜보았다.

"정수 씨."

"예."

"리멘 교단 신도시죠?"

"음? 종교 얘기는 따로 한 적 없는 것 같은데, 어떻게 아셨습니까?"

"딱 보면 알죠."

이런 곳에서 만나는 것도 인연이라면 인연이었다.

좋은 사람이다.

만난 지 얼마 안 된 사람의 부상도 이렇게 살뜰히 챙겨 주는 걸 보면, 오지랖도 참 넓은 사람이다 싶다.

나는 강채아의 마법이 걸려 있던 목걸이를 벗어서 주머니에 넣었다.

그리고 씨익 웃으면서 정수 씨에게 말했다.

"속이려고 속인 건 아니에요. 그런데 어쩌다 보니 이렇게 되어 버렸네요. 미안합니다."

"어……? 어!"

"조만간 제가 신전으로 초청해서 사죄의 표시를 하도록 하겠습니다. 마음 같아서는 지금 바로 신전에 초청하고 싶은데, 아직 일이 안 끝나서."

나는 당황하는 그에게 엄지손가락을 치켜세워 주었다. 그리고 천천히 몸을 돌린 후, 이쪽을 향해 다가오는 놈들을 주시했다.

하얀 코트를 입은 채로 질서 정연하게 진입하고 있는 놈들.

"너희도 이제 지긋지긋하다."

백명교.

그리고 그 녀석들 앞에는.

"성하. 다치신 곳은 없으시죠오오오!"

내가 미리 숨겨 두었던 비밀병기.

루나 레벤톤이 팔을 흔들면서 다가오는 중이었다.

"아주 그냥 내가 있다고 광고를 해라, 광고를. 어휴."

레오나 데리고 올걸.

쓰으으읍.

※

백명교와 루나가 동시에 공동에 모습을 드러내자, 공동 내부의 분위기는 빠르게 식었다.

백명교가 내뿜는 기세에 설화 길드와 포터들은 전부 뒤로 물러섰고, 오직 루나만이 내 옆으로 다가왔다.

루나는 내 오른팔에 둘러진 붕대를 바라보면서 눈을 둥그렇게 떴다. 붕대에 묻은 피를 보고 꽤 놀란 모양이었다.

"성하가 피 흘리는 건 분노의 마왕 이후로 처음 보는 것 같네요. 이럴 줄 알았으면 처음부터 같이 들어올 걸 그랬다. 회복이 아직도 안 되고 있는 거예요?"

"회복이 많이 더뎌. 자세한 건 이따가 신전 가서 얘기하자. 보는 눈이 좀 많네."

"굳이 저런 피라미들까지 신경 쓰실 것까지야. 말씀만 하세요. 마침 동굴이기도 하니까 생매장시키면 딱이겠네."

"우리가 성직자란 사실을 머릿속에서 완전히 지워 버렸구나?"

"쟤네가 모시는 신의 곁으로 보내 주는 것이야말로 성직자로서의 진정한 책무가 아닐까, 그렇게 생각한답니다."

루나는 그 말이 진심이란 걸 증명하기라도 하듯, 허공에서 본인의 철퇴를 꺼내 들었다.

확실히 루나라면 생매장이 가능……할 수야 있겠지만, 보는 눈이 이렇게나 많은데 그래서는 곤란하다.

게다가 명분은 일단 저쪽에 있는 상태라서 우선 말로 해결 보는 것이 먼저였다.

"백명의 대구, 경북 교구장을 겸하고 있는 손기열이라고 합니다. 리멘 교단의 교황님을 만나 뵙게 되어 기쁘지만, 장소와 시기가 적절치 못한 것이 아쉽습니다."

녀석들은 지난번처럼 우리를 적대하는 실수를 저지르진 않았지만, 그렇다고 해서 한 수 접고 들어오지는 않았다.

오히려 부드러운 말투와 함께 나를 바라볼 뿐, 교구장이라는 놈의 표정에선 여유가 엿보였다.

그들 역시 명분은 자기들 쪽에 있다는 걸 아는 모양새였다.

"이 던전은 전각련 소속의 설화 길드가 낙찰받은 곳입니다. 리멘 교단 측에서 허가도 없이 토벌에 참여한 것은 논란이 되기에 충분하다고 생각합니다."

아마도 이 상황은 김 실장이 그토록 회피하고 싶었던 상황이었을 것이다.

안 그래도 내가 대한민국의 뜨거운 감자인 상황에서, 위법에 준하는 짓을 저지르는 건 정부로서도 큰 타격일 수밖에 없었다.

우리 역시 마찬가지다.

여기서 확실하게 해 두지 않으면 저 녀석들은 우리 교단이 무단으로 던전을 빼앗았다며, 여론전으로 끌고 갈 터였다.

안 봐도 뻔하다.

이럴 줄 알고 미리 백설화로부터 참가 승인서를 받아 두기는 했지만, 혹시 모른다.

사람은 원래 화장실에 들어갈 때와 나올 때의 기분이 다른 법.

위기 상황에서 벗어난 백설화가 참가 승인서를 순순히 인정해 줄지는 의문이었으니까.

나는 이런저런 경우의수를 따져 본 다음, 손기열을 향해 말했다.

"별일 없었는데, 그냥 우리 보내 주면 안 될까?"

"신을 모신다는 분께서 거짓을 말씀하셔야 되겠습니까? 이레귤러가 부상을 입은 게 별일이 아니면, 도대체 별일이라 부를 수 있는 게 얼마나 되겠는지요."

"동업자들끼리 깐깐하네. 내가 별일이 없었다고 하면 별일이 없었던 거지. 자꾸 그렇게 따지면 섭섭해지려고 해."

"긴말하지 않겠습니다. 이 던전에서 얻으신 것이 있다면 저희에게 내어 주십시오. 조용히 내어 주신다면 저희도 더 이상 잘못을 묻지 않고 물러나겠습니다."

명분이란 게 원래 저런 거다.

명분을 신경 쓰지 않는 미친놈들은 몰라도, 명분을 신경 쓰는 사람에게 있어서 명분은 아주 훌륭한 협상 수단 중 하나다.

명분을 무력화시키는 방법이 몇 개 있기야 하지만, 그 대부분이 교황으로서 해서는 안 되는 방법들 뿐이었다.

따라서 나는 품속에서 참가 승인서를 꺼냈다. 그리고 신성력을 통해 손기열에게 날려 보낸 다음, 녀석을 따라 여유롭게 미소를 지었다.

"토벌 참가 승인서다. 백설화가 직접 사인한 거야."

"……그녀가 직접 말입니까?"

"확인해 보면 알잖아. 내가 왜 거짓말을 하겠어?"

내 당당한 태도를 본 손기열은 자신의 손에 들어온 참가 승인서를 꼼꼼하게 살폈다.

신성력으로 축성을 해 뒀기 때문에 녀석이 찢고 싶어도 찢을 수는 없을 것이다.

그리고 저 녀석이 그렇게까지 막 나가는 녀석으로도 안 보였고 말이지.

"믿을 수 없군요. 그녀는 지금 어디에 있습니까?"

"마력 탈진 현상 때문에 기절해 있는 상태인데, 왜?"

"백설화에게 직접 확인을 해야겠습니다. 이건 전각련과 백명교 사이의 협력 관계를 부정하는 일입니다. 그녀가 이런 멍청한 선택을 했을 거라 생각하지 않습니다."

"그러니까 네 말은, 내가 지금 그 서류를 조작했단 소리?"

"아니라고 확신할 수 없는……."

콰아아아아아앙!

여태까지 가만히 있던 루나가 철퇴로 바닥을 내리치면서 인상을 구겼다. 그러자 백명교도들이 일제히 무기를 꺼내 들면서 대치를 시작했다.

"이분은 리멘 교단의 첫 번째 사도이자 리멘의 대리자시다. 네깟 놈들이 함부로 평가할 수 있는 분이 아니다. 성하께서 내 옆에 계시는 것에 감사해라, 이교도들. 성하께서 계시지 않았다면 내가 직접 너희에게 불경죄를 물었을 것이다."

루나가 분을 삭이면서 말했다.

나 역시 그녀의 행동이 절대 과한 행동이 아니란 것쯤은 이해하고 있었다.

"우리 레벤톤 경이 다혈질이라서 그렇지, 맞는 말이긴 해. 당신이 내 말을 대놓고 의심할 정도의 위치는 아니잖아."

손기열은 내 지적에 입을 다물었다.

그렇게 일촉즉발의 대치가 이어지고 있을 때쯤, 뒤쪽에서 하이 톤의 목소리가 울려 퍼졌다.

"제가 낙찰받은 던전이예요. 다들 그만하시죠."

설화 길드원들이 마력 포션을 퍼부었던 덕인지, 백설화가 생각했던 것보다 빠르게 회복했다.

그녀는 발밑에 얼음 지대를 생성하며 빠르게 이쪽으로 다가왔다.

그리고 우리와 백명교 사이의 중간 지점에서 멈춰 섰다.

마력 탈진 현상 때문인지는 몰라도, 안 그래도 하얗던 그녀의 얼굴에 핏기마저 사라져 있었다.

그래도 저렇게 마법을 사용하는 걸 보면 아까 내가 걸어 준 치유의 축복이 꽤 효과가 있었던 듯했다.

"백설화 대표님, 백명교에서 나온 손기열 교구장이라고 합니다. 지원 요청을 받고 도착했습니다."

"저희 쪽에서 지원 요청을 한 건 맞아요."

"좋습니다. 그런데 이 참가 승인서, 대표님께서 서명하신 게 맞습니까?"

손기열은 백설화에게 승인서를 건네주었고, 백설화는 조용히 그 승인서를 넘겨받았다.

그녀는 승인서를 손에 든 채로 나를 바라보았다. 그리고 미간을 살짝 찌푸렸다.

무슨 생각을 하는지 도통 알 수가 없다. 이쯤에서 나와 계약을 없었던 걸로 잡아떼고, 백명교의 편을 들어도 전혀 이상한 그림은 아닐 거다.

사실, 그 경우에 대비해서 이미 스마트폰으로 녹음을……

"제가 승인한 거 맞아요. 김시우 각성자로부터 아주 큰 도움을 받았습니다. 그가 아니었다면 설화 길드 전원이 전멸했을 거예요. 그리고 그는 제 은인이기도 합니다."

"응?"

혹시 아까 각혈하면서 뇌손상이라도 당한 건가?

나는 전혀 예상하지 못했던 백설화의 태도에 당황할 수밖에 없었다.

뭔가, 뭔가 일어나고 있었다.

꽃

상황은 내가 생각했던 것보다 훨씬 극적으로 흘러가기 시작했다.

"지금 백 대표님의 말씀은 전각련과 본 교의 신뢰 관계에 심각한 악영향을 줄 수도 있습니다. 정말로 설화 길드 측에서 김시우 교황에게 도움을 요청한 것이 맞습니까?"

손기열은 심각한 표정으로 백설화에게 말했다.

그도 그럴 것이 지금까지 그가 우리에게 당당할 수 있었던 근거가 위협받는 상황이었기 때문이다.

하지만 백설화의 대답 역시 단호했다.

"네."

"혹시 사전에 리멘 교단 측과 교감이 있었던 건 아닙니까? 그렇게 된다면 상황이 더 심각해질 수 있습니다. 최악의 경우 설화 길드는 전각련에서 제명될 수도 있다는 것쯤은 알고 계실 텐데요."

"그럼 제가 묻죠."

백설화는 싸늘한 표정으로 손기열에게 말했다.

"그는 적법한 절차를 통해서 던전에 입장했습니다. 맹세하죠. 저는 제 부하들을 지키기 위해 김시우 각성자의 토벌 참가를 승인했고, 김시우 각성자는 계약에 따라 적법하게 저희를 도와줬을 뿐입니다."

"저희에게 지원 요청을 하셨잖습니까. 그러면 저희를 기다리셨어야 합니다."

"언제 도착할지 모르는 귀 교를 기다리면서, 저희 길드 헌터들이 죽어 나가는 걸 가만히 지켜보고 있어야만 했었나요?"

백설화의 논리는 간단했다. 대표로서 부하들의 안전을 지키기 위해서 당연히 했어야 할 행동이었다는 것.

손기열은 그녀의 논리에 아무런 대답도 하지 못했다.

대표로서 부하들의 안전을 우선시했을 뿐이라는 논리를, 길드에 속하지도 않은 타인이 어떻게 반박할 수 있을까.

둘은 한참 동안 서로를 바라보기만 할 뿐, 더 이상 대화를 나누지 않았다.

그렇게 불편한 침묵 끝에 결국 손기열이 잔뜩 일그러진 표정으로 말했다.

"대표님의 입장은 충분히 이해했습니다. 하지만 과연 본 교와 전각련 측에서 대표님을 이해해 줄지는 의문이군요."

"상관없어요."

"……지금 뭐라고……."

"이 던전에서 나가는 대로 전각련에서 탈퇴할 생각이에요. 저희 길드의 탈퇴 신청서를 수용하든, 아니면 먼저 제명하든. 그쪽에서 알아서 하시죠."

생각지도 못했던 급발진이었다.

그야말로 폭탄선언.

나는 갑자기 터져 나온 백설화의 돌발 행동에 눈을 둥그렇게 뜰 수밖에 없었다.

그리고 가만히 상황을 주시하던 루나 역시 신선하다는 반응이었다.

"보기와는 달리 상당히 화끈한 친구네요. 새로 사귄 친군가요, 성하?"

"아직 친구까지는……."

"다들 그렇게 시작하는 법이죠. 성하가 저런 스타일을 좋아할 줄은 꿈에도 몰랐네. 사람 취향 모를 일이라니까?"

뭔가 오해가 있는 것 같은데.

그러나 루나의 성격상 들어 처먹지도 않을 테니 해명은 나중으로 미루도록 하자.

지금은 백명교도 놈들의 일그러진 표정을 구경하기도 바쁘다.

"표정 참 맛있다."

"맛집 인정."

나와 루나의 감탄사 속에서, 결국 설화 길드와 백명교의 대화가 파국으로 치달았다.

"……충분히 알아들었습니다. 저는 백 대표님의 의견에 유감을 표합니다. 부디 그 선택, 후회하지 않기를 바랍니다."

"당신, 이름이 뭐라고 했죠?"

"손기열입니다."

"잘 들어요. 손기열 씨. 이것은 오로지 내 선택이고, 당신 따위가 상관할 바가 아니에요. 한 번만 더 제 앞에서 그딴 소리를 지껄인다면."

사르르륵-.

어느새 생성된 얼음화살들이 손기열을 겨누었고, 백설화는 그 어느 때보다 싸늘한 목소리로 말을 맺었다.

"그 혓바닥부터 얼어붙게 만들 겁니다."

손기열은 백설화의 서슬 퍼런 위협에 조용히 뒤로 물러섰다. 그리고 자신의 수하들을 향해 말했다.

"돌아간다."

그는 몸을 돌리기 전, 복잡한 표정으로 나를 바라보았다. 그리고 잠시 뒤, 부하들을 이끌고 빠르게 공동에서 이탈했다.

나는 백명교 놈들이 시야에서 사라질 때까지 조용히 녀석들을 지켜보았다. 예상했던 것보다 훨씬 시시한 퇴장이었다.

그렇게 한바탕의 대치 상태가 종료되었고, 백설화는 몸을 돌려 내 앞으로 걸어왔다.

"나한테 도움받았다고 전각련까지 탈퇴할 줄은 몰랐다."

"착각하지 마. 널 도와주려고 탈퇴한 건 아니야."

"그럼?"

"침몰하는 배에서 함께 수장당할 생각은 없거든. 안 그래도 조만간 탈퇴할 생각이었어. 단지 그 시기가 빨라졌을 뿐이야."

자존심 하나만큼은 인정해 줄 만하다.

나는 끝까지 굽히지 않는 백설화를 보며 피식 웃음을 지을 수밖에 없었다.

"마법사라면 이 정도의 프라이드는 있어야지. 맞다, 둘이 인사 나눠. 이쪽은 루나 레벤톤. 루나? 이쪽은 백설화. 꽤 괜찮은 냉기 마법사야."

그 순간, 루나와 백설화의 시선이 맞부딪혔다.

먼저 손을 내민 건 루나였다.

"반가워요, 리멘 교단의 성기사, 루나 레벤톤이라고 합니다."

"백설화예요."

둘은 손을 맞잡은 채로 한동안 말없이 서로를 쳐다보기만 했다. 눈빛으로 대화라도 주고받는 줄 알겠다.

"언제까지 그러고 있을 건데? 슬슬 판 정리하고 돌아가자. 팔에 구멍 뚫려서 피곤하다."

"우리 성하는 참 눈치도 없으셔. 후후."

루나는 은근슬쩍 나와 팔짱을 끼려 들었고, 나는 루나의 팔을 밀어 내면서 한숨을 내쉬었다.

"그쪽은 다친 팔이다. 붕대 감고 있는 거 안 보여?"

"그럼 다른 쪽 팔은 된다는 말씀?"

"되겠냐?"

"속으로는 내심 기대하셨으면서, 내숭 떠시기는."

피곤하다. 레오야, 네가 보고 싶구나.

나는 치근덕거리는 루나를 계속해서 밀어 낸 다음, 백설화에게 말했다.

"던전 토벌 끝났으니까 너희도 돌아가야지? 살펴서 가라. 오늘 고마웠다. 덕분에 큰 손해 없이 잘 먹고 간다."

"잠깐만, 일은 제대로 마무리 짓고 가야지."

백설화는 다시 한번 내 앞을 가로막았다.

"일? 무슨 일."

"전각련과 대놓고 대립각을 세우고 있다고 들었어. 서진 아저씨의 도깨비 길드도 너희 쪽에 합류했다고 하더라?"

백설화 애, 최서진 대표와 아는 사이였던 건가?

하지만 나는 뒤에 이어진 백설화의 말에, 다시 한번 당황할 수밖에 없었다.

"우리 설화 길드도 그쪽에 가담하고 싶은데, 네 생각은 어때?"

함께 갑시다

노을빛을 머금은 바닷가가 보이는 어느 별장.

하얀색의 원피스를 입은 소녀가 의자에 앉은 채로 술잔을 기울이고 있었다.

그리고 그런 그녀의 앞에는 하얀 코트를 입은 손기열이 한쪽 무릎을 꿇은 채로 보고를 이어 나가고 있는 중이었다.

"……저희가 현장에 도착했을 때는 이미 상황이 종료되어 있었습니다. 김시우가 먼저 도착하여, 성유물을 획득한 것으로 보입니다. 죄송합니다, 대교구장님."

"그건 손 교구장께서 죄송할 문제는 아닙니다. 이번 일을 예지하지 못한 예지자들에게도 책임이 있으니, 그렇게 자책하지 마세요."

대교구장이라고 불린 소녀는 고개를 작게 끄덕이며 말했다.

차가운 겨울바람이 그녀의 금발을 스쳐 지나갔음에도 그녀에게선 추워하는 기색을 엿볼 수가 없었다.

그저 붉은색의 눈동자만 고요히 빛나고 있었을 뿐이다.

"그가 어떤 성유물을 획득했는지는 확인했나요?"

"확인하지 못했습니다. 대신, 현장에서 특이한 것을 발견했습니다."

손기열은 품속에서 작은 유리병 하나를 꺼냈다.

유리병 안에는 간헐적으로 꿈틀거리고 있는 검은색의 점액질이 담겨 있었다.

"신성력을 품고 있는 점액질입니다. 그 특성이 너무 기이하여 이렇게 가져와 봤습니다."

"그곳에서 있었던 일을 예측할 수 있는 중요한 단서군요. 고생 많았어요."

"교의 연구실로 보내서 성분을 확인…… 대, 대교구장님?"

손기열은 본인의 눈앞에서 일어나는 장면을 보면서 소스라치게 놀랐다.

특수 처리 한 유리병을 통해서 겨우 가져온 점액질이었다.

점액질을 이곳까지 운반하는 과정에서 다섯의 부상자가 발생했을 정도로 위험한 물질이기도 했다.

하지만 눈앞의 대교구장은 아무런 망설임 없이 유리병을

우리 교황님 좀
말려 주세요

개봉했다. 그리고 그 어떠한 보호 장비도 착용하지 않은 맨손으로 점액질과 접촉했다.

눈보다 하얀 그녀의 손과 검은색 점액질은 잠시나마 극명한 대비를 이루었으나 그 대비는 그리 길게 이어지지 않았다.

파스스스슥-!

그녀의 손에 닿은 검은색 점액질이 순식간에 하얀색으로 물들어 가기 시작했던 것이다.

소녀는 천천히 눈을 감았다가 떴다. 그리고 한층 부드러워진 목소리로 말했다.

"훌륭했어요, 손 교구장님. 덕분에 많은 것을 알게 되었답니다. 본부로 돌아가셔서 예지자들이 이 물질과 접촉할 수 있게 도와주세요. 그들의 시야가 더욱 넓어지게 될 것입니다."

"명을 받들겠습니다. 그럼 저는 이만 물러나겠습니다. 위대한 분의 희고 밝은 빛이 당신께 있기를."

하얀색으로 변색된 점액질을 다시 병에 담은 손기열이 정중하게 고개를 숙인 후, 조심스럽게 뒤로 물러섰다.

그녀는 시야에서 손기열이 완전히 사라진 후에서야 천천히 자리에서 일어섰다.

노을빛이 그녀의 원피스 끝자락에 맺혔다.

그렇게 얼마나 시간이 흘렀을까?

그녀의 그림자로부터 음산한 목소리가 뻗어 나왔다.

"아이야, 나의 사랑스럽고도 불경한 아이야. 무슨 생각을 그리 하고 있니?"

"김시우. 그에 대한 생각을 하고 있었어요."

"그자는 천칭을 기만하는 자란다. 크게 신경 쓸 필요가 없단다. 우리가 마땅히 있어야 할 곳으로 돌아가게 된다면, 흔적도 없이 불타 사라질 하루살이란다. 변절한 우리의 형제들을 잘라 내기 위한 사냥개에 불과하단다."

"사냥이 끝나면요?"

"통째로 집어삼키면 될 뿐이란다."

소녀는 그 목소리를 들으며 난간에 자신의 몸을 잠시 기대었다.
"잡아먹기에는 이제 너무 커 버렸는걸요. 그리고…… 이제 그도 조금씩 진실에 접근하게 될 거예요."

"달은 차면 이지러진단다. 그러니 기다리면 된단다. 우리가 원하는 대로 흘러가고 있으니, 조급해할 필요가 없단다."

목소리의 은근한 속삭임에, 소녀는 천천히 고개를 끄덕였
다. 그리고 다시 바다를 바라볼 뿐이었다.

파도 소리가 서서히 소녀를 덮어 가고 있었다.

❧

옛말에 유유상종이라고 있다.

쉽게 풀이하자면 끼리끼리 논다는 뜻이다.

그런 점에서 봤을 때, 확실히 우리의 조상님들이 현명하셨
다는 것을 깨달을 수 있었다.

"우리가 무슨 대중교통이냐? 네 마음대로 환승하고 말고
하게?"

막무가내인 사람에게는 막무가내인 사람들이 꼬이는 법.

나는 내 앞에 앉아 있는 백설화 덕분에 유유상종의 참뜻을
깊이 헤아릴 수 있었다.

"리멘 교단의 미튜브에서 봤어. 리멘님은 한없이 자비롭
고 따스한 분이셔서, 갈 곳을 잃은 자들에게 언제든지 품을
내어 주신다. 혹시 틀린 말이야?"

"그러니까 그거랑 너희 설화 길드의 '환승'이 무슨 관계가
있냐고."

"전각련에서 나온 순간, 우리 길드는 더 이상 갈 곳이 없
어졌어."

백설화는 정확한 발음으로 자신의 뜻을 또박또박 전한 다음, 레오가 내려 준 커피를 조심스럽게 한 모금 머금었다.

녀석의 마음에 드는 맛이었는지, 커피를 목으로 넘긴 백설화가 작게 감탄사를 내뱉었다.

"맛있다. 감사합니다, 레오 대주교님."

"별말씀을. 쿠키라도 내오겠습니다. 편하게 이야기를 나누고 계시지요."

"레오야, 올 때 나 위스키 한 병만. 거기 신전 계단 옆 공간 있지? 거기에 몰래 숨겨 뒀어."

"……레벤톤 경. 신전 내부는 금주 구역입니다."

"영업 끝났는데 어떻게 안 되나?"

진짜 교황 앞에서 못 하는 이야기가 없다.

아마 레오를 저렇게 놀려 먹을 수 있는 인간은 세상 어디를 뒤져 봐도 루나밖에 없을 것이다.

반으로 접혀질 걸 각오해야만 하는, 문자 그대로의 킬링 조크를 감행할 수 있는 사람이 과연 몇이나 될까?

나는 루나를 한심하게 쳐다보면서 말했다.

"야, 너 그냥 나가서 술이나 퍼마시고 있어. 아까 보니까 달도 예쁘게 떴더만."

"말이 그렇다는 거죠. 그리고 저에게는 성하 옆에서 성하를 지켜야 하는 숭고한 의무가 있어요. 누가 성하를 보고 응큼한 생각을 할지도 모르니까, 제가 옆에서 지켜 드려야만

한답니다."

루나는 내 앞에서 커피를 마시고 있는 백설화에게 눈길을 주며 말했다.

"그런 걸로 따지면 네가 제일 위험해."

"어머, 들켰네."

"레오야! 나가는 김에 너네 의누나 좀 끌고 나가라!"

"예, 성하."

내 명령에 레오는 다시 한번 고개를 숙인 후, 루나를 질질 끌면서 집무실 밖으로 나갔다.

그제야 집무실 안에 평화가 찾아왔다.

나는 한숨을 푹 내쉬었다. 그리고 커피를 홀짝이고 있던 백설화에게 말했다.

"어디까지 이야기했지?"

"설화 길드가 갈 곳이 없고, 리멘 교단 세력에 합류하고 싶다고. 거기까지 말했어."

"네가 생각하는 '세력' 같은 건 딱히 없다는 것부터 미리 말해 둔다."

"리멘 교단. 도깨비 길드. 바바리안 플레이어 K, 이능관리 부. 전부 너 하나로 인해서 모여든 사람들과 단체야. 네가 뭐 라고 말해도, 너를 중심으로 세력이 형성되었다는 건 부정할 수 없어."

이래서 똑똑한 애들이 싫다.

잡아떼는 것도 힘들고, 쉬쉬하는 것도 힘들다. 나와 상성이 안 좋다고 해야 하나?

아무튼 그렇다.

나는 똑 부러지게 말하는 백설화를 가만히 바라보았다.

내가 아무 말 없이 바라보고 있는 걸 부정적인 의미로 받아들인 걸까?

백설화는 들고 있던 잔을 내려놓았다. 그리고 침착한 목소리로 말을 이어 갔다.

"백명교와 네 사이에서 선택을 내리게 된 순간, 이런 결과는 각오했어. 나는 그 선택을 후회하지 않아."

그녀의 선택에는 분명히 내 책임이 존재했다.

백설화가 그런 상황에 놓이게 된 것은 어디까지나 내가 그 던전으로 들어섰기 때문에 일어났던 상황이었다.

그 과정에서 내가 그녀와 그녀 부하들을 구해 준 건 맞지만, 그건 어디까지나 거래의 대가였을 뿐이다.

애초에 그 거래에는 설화 길드의 전각련 탈퇴라는 조항은 없었다.

그럼에도 그녀는 내 입장이 곤란해질 것을 생각해, 내 편을 들어…….

"너 때문에 그런 선택을 내린 건 아니니까 오해는 하지 마. 나는 단지 대표로서 내가 해야 하는 최선의 판단을 내렸을 뿐이야."

……아니라고 한다.

겉보기와 다르게 부끄러움이 많은 성격인가?

"그 자리에서 내가 백명교를 편들었다고 하더라도, 네 도움을 받았다는 사실은 사라지지 않아. 그럼 그들은 당연히 나를 의심하려 들겠지. 사실 그건 토벌 참가 승인서에 사인을 한 순간부터 결정된 거나 마찬가지였어."

"그때 이미 전각련을 탈퇴할 각오까지 한 거라고? 도대체 왜?"

"아까 말했잖아. 언제 올지 모르는 지원군을 기다릴 바에야, 네 손을 빌려서 내 부하 한 놈이라도 더 살리는 게 낫다고. 내 부하 놈들이 좀 모자라긴 해도, 나만 보고 모여 준 놈들이거든. 딸린 가족 있는 놈들도 꽤 많은데…… 한 놈이라도 더 살려서 보내야 하잖아."

문득 그녀가 아까 던전에서 보여 주었던 모습들이 떠올랐다.

검은색 점액질에 뒤덮인 자신의 부하들에게 비정하게 마법을 시전했던 모습.

아마도 그건 최선의 판단을 통해서 한 명의 부하라도 더 구하겠다는 판단이었을 거다.

그 뒤에 보여 주었던, 피를 토하면서까지 던전의 붕괴를 막았던 모습 역시 마찬가지였다.

나는 이제야 이 백설화라는 사람을 조금이나마 이해할 수 있을 것 같았다.

"갑작스럽게 탈퇴하겠다고 말했으니 전각련 쪽에서는 앞으로 우리에게 다양한 방법으로 불이익을 줄 거야. 여태까지 그랬으니까 우리에게도 마찬가지겠지. 그래서 김시우, 네가 필요해. 나는 네 도움 없이도 거뜬히 버틸 수 있지만, 내 멍청한 부하들은 안 그래."

백설화가 쥐고 있던 커피 잔이 살짝 떨렸다. 내색은 안 하고 있으나 그녀 역시 긴장하고 있다는 것을 쉽게 눈치챌 수 있었다.

그럼에도 그녀는 묵묵히 커피를 목으로 넘긴 다음, 침착한 표정으로 나를 바라보았다.

내 대답을 기다리는 듯한 표정이었다.

"이것 참."

나는 손가락으로 볼을 긁었다. 그리고 씁쓸하게 웃으면서 답했다.

"여기서 거절했다가는 내가 나쁜 새끼가 되어 버리잖아."

"긍정적으로 고려해 줬으면 좋겠어."

"말이라도 못 하면. 쯧."

외통수였다.

하지만 그렇게 기분이 나쁜 외통수는 아니었다.

"시간을 좀 줘. 늦어도 내일 점심까지. 다른 사람들 의견도 물어보게."

"좋아."

내 대답에 긴장이 풀렸던 걸까?

굳어 있던 그녀의 얼굴에서 잠깐이나마 미소가 엿보였던 것 같았다.

🙠

다음 날 아침.

오래간만에 신전에서 모인 동료들에게 백설화와 백설 길드에 대한 의견을 물었다.

꽤 설전이 오고 갈 거라고 생각했던 내 예상과는 다르게, 결과는 아주 깔끔하게 정리되었다.

"뭘 고민합니까? 받으시죠."

"저도 최 대표님과 의견이 같습니다."

"저 역시 차마 그분들을 내치자는 말을 할 수 없군요. 수하들을 위하는 마음만큼은 절절히 느껴졌습니다."

"뭐야. 다들 이렇게 말하면 내가 반대할 수 없잖아? 그럼 나도 찬성."

최 대표, 민수 씨, 레오, 루나.

전원 찬성.

다들 단 한 치의 고민도 없었다.

"똑 부러지는 친구입니다. 경험해 보셨으면 아시겠지만,

임기응변을 비롯해서 판단 능력도 좋습니다. 오히려 대외적인 이미지로 인해 과소평가되는 편이었죠."

이쪽은 최서진 대표의 솔직한 평가.

"저는 최 대표님처럼 감히 그분을 평가할 수 있는 입장은 아닙니다만…… 백설화 대표가 가지고 있는 소프트 파워는 아주 큰 도움이 되어 줄 겁니다. 그녀는 900만 구독의 미튜브 채널뿐만 아니라, 전각련의 얼굴마담이기도 했으니까요."

이쪽은 민수 씨의 평가.

루나와 레오는 사실 백설화에 대해 크게 아는 것이 없었기 때문에 말을 아꼈다.

아무튼.

그렇게 해서 결국.

"그럼 제 표까지 해서 찬성 5 반대 0, 만장일치로 설화 길드와 백설화를 받아들이기로 합시다. 이의 없으시죠?"

백설화와 설화 길드의 합류가 확정되었다.

※

"백 대표 그 친구, 여전히 계산 하나는 빠른 것 같습니다. 무엇이 자신에게 득이 되는지, 또 승부수는 언제 걸어야 하는지, 아주 잘 알고 있어요. 대표라는 자가 그 정도로 과감하기가 쉽지 않다는 것, 우리 김 교황께서도 잘 알고 계시잖습니까?"

"그렇긴 하죠."

백설화 앞에서 따로 내색을 하진 않았다만, 최 대표의 말
은 결코 틀리지 않았다.

내가 그녀의 합류를 '환승'이라고 표현했던 이유도 거기에
있었다.

확실히 지금의 전각련은 그녀 같은 인플루언서들에겐 치
명적으로 작용할 수밖에 없었다.

날이 가면 갈수록 터져 나오는 비리 스캔들, 빌런과의 결
탁.

정부가 아예 작정하고 때려 대는 상황에서 그녀에게 남아
있던 선택지는 그리 많지 않았을 것이다.

"아마도 백설화 대표도 전각련 측에 불만이 많이 쌓여 있
었을 겁니다."

"얼굴마담까지 도맡았을 정도면 이런저런 혜택을 챙겨 주
지 않았을까 싶은데."

"그럴 리가요. 그 돼지 같은 놈들이 고작 인플루언서에게
자신들의 이권을 양보해 줬을 거라 생각합니까? 그놈들이
얼마나 자존심이 센 놈들인데요. 여하간 그런 상황에서 때마
침 김 교황님께서 나타나신 겁니다. 흐하하! 생각해 보니 이
것 참 드라마 같습니다. 운명 아닙니까."

최 대표는 호탕하게 웃음을 터뜨렸다.

쓸데없는 사족이 붙기는 했다만, 나 역시 그의 말에 일부 동의할 수밖에 없었다.

"때로는 어쭙잖은 의리로 맺어진 관계보다는 확실한 이해관계로 엮이는 것이 믿음직할 때가 있습니다. 저희는 능력 있고 인기 많은 인재를 영입해서 좋고, 백 대표는 전각련을 막는 우산을 얻어서 좋고. 윈윈이라고 생각합니다."

백설화의 의견도 아마 최 대표와 크게 다르지 않을 것이다.

그 짧은 시간 동안 최선을 다해 최선의 수를 떠올렸다는 것을 고려한다면, 확실히 그것만으로도 그녀의 판단력은 높이 사 줄 만했다.

거기에 잠재력 높은 마법 능력까지 고려한다면, 확실히 우리에게 많은 도움이 되어 줄 것이 분명했다.

신성 계열 플레이어만큼은 아니었지만, 지구에서는 마법사들 역시 품귀 현상이라고 들었다.

마법은 신성력이 해결할 수 없는 부분을 커버해 줄 수 있는 힘이기도 하다.

동료 마법사를 만들어 둬서 나쁠 건 없었다.

"그렇다면 다음에 모일 때는 백설화 대표까지 부르는 걸로 하겠습니다."

"젊은 사람들이 많을수록 역동성이 살아나는 법. 아주 흡족합니다."

"누가 들으면 최 대표님 나이가 지긋한 줄 알겠어. 어지간한 젊은 사람들 한 트럭 가져와도 혼자서 정리하실 분이…… 엄살은 좀."

좋아, 이 정도면 백설화에 대한 이야기도 얼추 정리되었고.

슬슬 다음으로 넘어가 보도록 하자.

나는 고개를 천천히 끄덕인 다음, 주머니에서 작은 나무 상자 하나를 꺼냈다.

나무 상자 안에는 어제 던전에서 획득한 전리품이 들어 있었다.

외관만으로도 충분히 불쾌감을 자아내는 유기물.

문을 찢어발기면서 얻게 된 〈꿈틀거리는 조각〉이었다.

[꿈틀거리는 조각]
● 아이템 종류: 기타 – 알 수 없음
● 설명: 닫히지 못한 문에서 찢겨 나온 조각. 기원을 알 수 없다. 불길한 신성력이 은은하게 느껴진다. 지금으로서는 알 수 있는 것이 많지 않다.
● 성장률: 0%
*성수를 통해서 조각을 배양할 수 있습니다. 성장률이 100%에 도달하면 시나리오 퀘스트 〈고대의 편린〉을 진행할 수 있게 됩니다.

역겨운 생김새에서도 짐작할 수 있었지만, 확실히 손이 많이 가는 놈이었다.

마음 같아서는 흔적도 없이 소멸시키고 싶었지만, 정보창에 적혀 있는 저 〈시나리오〉 퀘스트라는 단어가 마음에 걸렸다.

에덴에서 경험한 바에 따르면 저 〈시나리오〉라는 퀘스트 등급은 차원계 전체에 영향을 끼칠 수 있는 경우에만 부여된다.

즉, 이것을 배양시키는 일이 생각보다 훨씬 중요하다는 뜻이었다. 이 혐오스러운 걸 보면 누구라도 질색하리라 장담한다.

하지만 여기서 내가 간과한 게 있다.

끔찍한 생김새에 사람들이 질색할 것이라 생각했지만, 이곳에 모인 사람들은 정상이 아니었다.

"꿈틀거리는 모양새가 꼭 산낙지 같구먼. 산낙지 하면 소준데."

"오, 최 대표님. 끝나고 한잔하실래요?"

"좋지, 루나 양. 내가 한턱 쏘지."

"굿. 2차는 제가 쏘죠."

틈만 나면 삼천포로 빠지는 꼴이 꼭 나를 보는 것만 같았다. 혹시 이것이 그 유명한 거울 치료?

……아니, 지금 중요한 건 그게 아니지.

"집중 좀 해 주시죠. 자, 이것 좀 보세요."

나는 사제복의 소매를 걷으면서 오른팔을 드러냈다. 오른팔에는 어제 이빨이 박혔던 자국 그대로 흉터가 남아 있었는데, 그 모습을 본 레오가 표정을 일그러뜨렸다.

"감히 어떤 이단자가 성하의 몸을! 말씀만 해 주십시오. 지금 당장 찾아가서 관련된 모든 이들에게 마땅한 심판을 내리도록 하겠습니다."

"레오야, 오버하지는 말고……. 여러분, 보시다시피 제 신체도 잠깐이나마 뚫렸습니다. 한마디로 굉장히 위험천만한 녀석이었단 뜻이죠. 제가 여러분들에게 이걸 보여 드리는 이유는 단순합니다."

잠시 숨을 고른 후, 집무실에 모인 동료들의 얼굴을 하나씩 살피면서 말을 이어 나갔다.

"보시다시피 더 이상 막연한 위협이 아닙니다. 이미 직면한 위협입니다. 정화자 놈들도 본격적으로 활개를 칠 것이고, 전각련도 쇠퇴하지 않기 위해 몸부림을 치겠죠. 백명교 역시 지금까지와는 비교도 할 수 없이 활발히 움직일 겁니다."

우리가 저지른 일들의 파급효과는 이미 걷잡을 수 없이 퍼져 나가는 중이었다.

이런 상황에서 가장 중요한 건 딱 하나.

방심하지 않는 것.

비록 지금 이 자리에는 없지만 앞으로 이능관리부 쪽과도 긴밀하게 대화를 이어 나가며, 서로 협력할 수 있는 건 최대한 협력할 것이다.

애초부터 우리 교단 혼자서 모든 걸 해결할 수는 없다.

이번에 팔에 구멍이 뚫리고 나서 더 절실히 깨달았다.

내가 혼자서 커버할 수 있는 범위는 어디까지나 한정되어 있었다.

그렇다고 우리 교단의 신입들이 성장하는 걸 기다리기에는 당면 과제가 너무도 많은 상황.

하지만 복잡하게 생각할 건 하나도 없었다.

손이 부족하다면 다른 사람의 손을 빌리면 되니까.

이레귤러 특별법도 제정되었겠다, 여론도 좋겠다, 더 이상 망설일 것 없었다.

"내일모레면 이곳, 그라운드 제로의 정화 작업이 완벽하게 종료됩니다. 그리고 정부 주도하에서 그라운드 제로를 둘러싸고 있는 장벽, 아크의 해체가 시작될 예정입니다. 그래서 말인데요."

나는 씨익 미소를 지었다.

"이 좋은 소식을 라이브로 국민 여러분들에게 전해 보고자 합니다. 다 같이 말이죠. 백설화 대표도 합류하자마자 함께 하게 되겠네요."

판은 이미 벌어져 있었으니, 이번에는 판을 조금 더 키울 차례였다.

※

근래에 들어 일본에 가랴, 국내에 들어와서 빌런들도 잡으러 다니랴.

확실히 대중매체에 소홀하기는 했었다. 간간이 몇 번 라이브 방송으로 얼굴을 비치긴 했다지만, 임팩트는 다소 부족하긴 했다.

귀국하고 나서는 비교적 얌전했⋯⋯다기에는 양심이 찔리는군.

하여간에 라이브 방송을 준비하다 보니까 이틀이 순식간에 지나가 버렸다.

그라운드 제로의 정화 작업이 끝난다는 소식은 워낙 빅뉴스였기 때문에 우리 딴에도 준비할 게 많았다.

아마 빠르게 합류해 준 설화 길드 촬영팀의 도움이 없었다면 일정을 맞추기도 빠듯했을 것이다.

민수 씨네 촬영팀 에이스였던 설세명 씨가 우리 교단의 신입 플레이어로 들어온 이후로 아직까지 인력 충원이 안 된 상태였기 때문이다.

합류하자마자 톡톡히 제 몫을 해 주는 설화 길드였다.

라이브 방송까지 남은 시간은 2시간 정도.

시간도 살짝 여유가 있었고, 게다가 주말이었기 때문에 소풍 나오는 느낌으로 시연이와 인욱이도 데려왔다.

시연이는 백설이, 승우와 함께 정원을 뛰어다니고 있었다.

아침 일찍 인욱이가 김밥도 싸 온 덕분에 피크닉 분위기가 제법 난다.

겨울이 시작되었음에도 불구하고 이곳의 기온은 봄 날씨나 다름없었다. 신전에서 흘러나오는 신성력이 주위를 감싸고 있기 때문이었다.

나는 도시락 바구니에 담겨 있던 김밥을 입에 집어넣었고, 인욱이는 시연이가 뛰어노는 모습을 웃으면서 바라보았다.

"신났네, 신났어. 백설이도 되게 좋아하네? 고양이가 아니라 강아지 같다."

"똥개도 자기 홈그라운드에선 반은 먹고 들어가는 법이지. 백설이는 여기가 집이야. 저 나무 보이지? 저 나무 지키는 게 원래 백설이 임무잖아."

턱짓으로 슬쩍 신목을 가리키면서 말했다.

신목이 자라나는 속도는 상상을 초월했다. 얼마 전까지만 해도 내 허리쯤 겨우 왔었는데, 이제는 내 키보다 더 자라났다.

과연, 신목은 신목이었다.

"그나저나 인욱아. 너도 나름 우리 채널 관리자인데, 라이브 방송 준비하는 걸 조금이라도 도와줘야 하지 않겠니?"

"편집자는 그런 거 몰라."

"……무책임하구나."

"대한민국에서 플레이어 방송 쪽으로 유명한 전문가들 잔뜩 모여 있는데, 번데기 앞에서 주름 잡으라는 거야? 내가 끼어들면 저 사람들 엄청 불편해할걸."

"왜?"

"왜기는, 내가 형 동생이잖아. 나 때문에 형 욕먹는 건 싫어. 나는 그냥 여기서 이렇게 있어 주는 게 도와주는 거지."

인욱이 녀석, 기특하긴 기특하다.

모르는 척 내 이름 대고 거들먹거릴 수도 있을 텐데, 행동을 참 조심스럽게 한다.

당연히 인욱이처럼 행동하는 게 맞다고 쳐도, 인욱이는 아직 어린 편이다. 주변에 과시하는 걸 좋아할 나이일 텐데도 알아서 절제하는 모습이 내 눈에 참 흡족했다.

인욱이는 내가 흐뭇하게 웃고 있든 말든, 계속해서 신목을 쳐다보면서 말을 이어 갔다.

"9만백만 채널, 6백만 채널, 4백만 채널. 도합 구독자 1천 9백만 명이라…… 스케일이 커도 이 정도로 커 버리니까 아예 실감이 안 간다. 이 정도 콜라보레이션은 나 미튜브 편집자 시작한 이래로 처음 봐."

"확실히 어마어마하긴 하지. 그런데 우리 교단 미튜브 구독자 벌써 4백만 돌파했냐?"

"루나 누나가 힘 많이 썼어. 레오 형도 틈틈이 출연했고. 다른 사람들 전부 열심히 노력하고 있는 거 알지?"

루나와 레오의 영향력이 유의미할 정도로 급상승했다는 이야기는 들었다.

틈틈이 업로드되는 신전에서의 일상에서 루나와 레오가 주고받는 티키타카가 찰지다는 평가가 주를 이루고 있다던가?

나야 뭐 근래에 신전에 붙어 있는 시간이 적어서 찍을 기회가 없었을 뿐이다.

"오늘을 기점으로 틈틈이 출연할게. 섭섭해하지 마라."

"난 지금이 더 편한데. 편집하면서 형 얼굴 안 봐도 되잖아."

"너 그러다가 죽어."

"나도 모르게 속마음이 튀어나와 버렸네."

이래서 남동생, 남동생 하나 보다.

방금 전까지만 해도 기특했었는데 말이지, 눈 몇 번 깜박였다고 뒤통수를 후려갈기고 싶어질 줄이야.

저것도 어떻게 보면 재능이다.

하지만 오늘은 좋은 날. 인욱이 역시 오늘까지 열심히 해줬기 때문에 너그럽게 봐주도록 하자.

그렇게 나와 인욱이가 이런저런 이야기를 나누고 있을 때쯤,

"동생이야?"

한눈에 봐도 비싼 코트를 입고 있는 은발의 미녀, 백설화가 우리 앞에 모습을 드러냈다.

던전에서 봤을 때와는 느낌이 확실히 달랐다.

메이크업까지 끝낸 상태라서 그런가, 지난번보다 훨씬 화려하면서도 도도한 분위기가 전해졌다.

인욱이는 백설화가 나타나자마자 얼굴이 굳었다. 녀석이 놀랐을 때 주로 나오는 반응이었다.

나는 그런 인욱이의 얼굴을 슬쩍 살핀 다음, 한숨을 내쉬면서 고개를 끄덕였다.

"얘는 내 남동생. 저기에서 뛰어놀고 있는 여자애는 내 여동생."

"그 옆 남자애는?"

"쟤는 우리 교단의 첫 번째 성자. 가족 같은 아이야."

"……부럽네."

백설화는 씁쓸하게 중얼거렸다. 그리고 마법으로 내 옆에 얼음 의자를 생성하더니, 조심스럽게 의자에 앉았다.

"우리를 받아 줘서 고마워."

"한 명이라도 반대했으면 고민 좀 했을지도 모르지. 그런데 뭐, 만장일치더라? 고민할 것도 없었어."

"앞으로 최대한 기여할 수 있도록 노력할게."

"기여는 무슨. 그냥 편하게 있어도 돼. 오늘 라이브 방송 도와준 것만 해도 충분히 고마워."

이건 정말 진심이었다.

지금 당장 그들에게 요구하고 싶은 건 없었다. 그저 닥쳐올 미래를 위해서 지금보다 더 강해졌으면 하는, 그런 욕심이 있을 뿐이다.

백설화는 작게 고개를 끄덕였다. 그리고 저 멀리서 정신없이 움직이고 있는 촬영팀을 바라보면서 말했다.

"아까 보니까 의자들이 생각보다 많이 놓여 있던데, 게스트를 따로 초청한 거야?"

"역사적인 날이기도 하잖아? 이 사람들이 대놓고 우리 편이다 선언하기 딱 좋은 타이밍이기도 하고, 그래서 안면 있는 사람들 좀 불렀어. 그런데 그 사람들이 올지 안 올지는 모르겠네. 워낙 엉덩이가 무거운 사람들이라."

마력 오염을 정화하고 그라운드 제로 주위에 세워진 '아크'를 해체하는 것은 우리 교단과 대한민국에 있어서 아주 상징적인 의미가 될 것이다.

그렇기 때문에 우리가 직접 이 장면을 송출하려고 하는 것이고, 이 일을 축하해 줄 내 친구들을 모았다.

미튜브 채널에는 그저 '라이브 방송'이 있을 거라고 예고만 해 뒀을 뿐, 자세한 내용은 말해 두지 않았다.

일종의 서프라이즈인 셈이다.

"성하."

백설화와 이야기를 나누고 있는 사이, 레오가 나에게 다가왔다.

"손님이 오셨습니다."

"손님? 누구?"

"저기 오시는군요."

나는 천천히 고개를 돌렸다.

검은색 양복을 입은 채로 저 멀리서 걸어오고 있는 중년의 남성이 보였다. 그는 자신감 넘치는 발걸음으로 내가 앉아 있던 곳으로 다가오는 중이었다.

그리고 마침내 내 앞까지 도달한 그가 나에게 손을 내밀면서 말했다.

"서프라이즈를 준비 중이시라는 소식을 듣고, 저도 서프라이즈를 한번 해 볼까 해서 왔습니다. 잘 지내셨지요?"

"……유 장관님이 오실 줄 알았는데."

"하하! 주말인데 우리 유 장관도 쉬어야죠. 대신 조금은 젊은 제가 왔습니다."

"와 주셔서 감사합니다. 미리 말씀이라도 하고 오시지 그러셨어요."

"미리 말하고 오는 것은 진정한 서프라이즈가 아니잖습니까?"

서 대통령은 너스레를 떤 다음, 아주 조용한 목소리로 내 귓가에 속삭였다.

"긴히 나눌 이야기가 있습니다."

대통령이나 되는 사람이 직접 찾아와서 긴히 나눌 이야기가 도대체 뭘까.

"자세한 이야기는 들어가서 계속하시죠. 오신 김에 간단하게라도 신전을 소개해 드리도록 하겠습니다."

"좋지요."

나는 꺼림칙한 표정을 애써 감추며 서 대통령과 함께 신전으로 들어섰다.

어째 오늘 하루도 쉽게 흘러갈 것 같지가 않았다.

⁂

"차향이 아주 좋습니다. 레오 대주교께서 차에 조예가 깊으신 것 같습니다."

"저희 레오 대주교가 못 하는 게 없는 사람입니다. 신앙심도 깊고, 지식도 많지요. 거기에 사람까지 잘 접습니다."

"레오 대주교의 별명이 폴더좌라는 것도 잘 알고 있습니다. 저도 사실 레오 대주교의 열렬한 팬 중 하나입니다."

"원하시면 나중에 청와대에 초청하셔서 접기쇼를 라이브로 보시는 것도 괜찮지 않을까요?"

"하하! 제의는 감사하지만, 사양하겠습니다! 다음 날 뉴스 헤드라인을 감당할 수가 없을 것 같네요."

서 대통령은 넉살 좋게 웃음을 터뜨렸다.

지금 우리가 있는 이곳은 신전의 집무실.

아직 라이브 방송까지 시간이 넉넉히 남아 있었기 때문에 서 대통령에게 신전을 가볍게 소개해 주었다.

"그럼 잠시 나가 있겠습니다."

레오는 공손하게 허리를 숙인 다음 집무실에서 나갔다.

어째 요새 레오가 차만 타 주고 퇴장하는 것 같다.

한때는 광견이라고 부를 정도로 전투 속에 살아왔던 레오 였는데 말이다.

하지만 그때의 표정보다 요새의 표정이 훨씬 보기가 좋은 건 사실이다.

나만큼이나 쉴 새 없이 싸워 온 레오에게, 지구에서의 평화로운 삶은 휴식이 되어 줄 것이다.

이 평화가 언제까지 이어질지는 잘 모르겠지만 말이다.

"김시우 교황님께서는 참 밑에 있는 사람들을 잘 챙겨 주시는 것 같습니다. 눈빛에서 따뜻함이 잔뜩 묻어 나옵니다."

"저 때문에 연고 없는 세계로 넘어온 친구니까요."

"글쎄요, 연고가 없지는 않을 겁니다. 레오 대주교도, 루나 경도. 다 그렇게 생각하고 있을 것 같군요."

서 대통령은 그렇게 말하며 부드럽게 미소를 지었다.

나는 그런 서 대통령을 조용히 바라보았다.

공항 가는 길에서 처음 만났을 때에 비해서 훨씬 유해진 느낌이 들었다.

그때의 그는 어딘가 날이 서 있는 사람이었지만, 지금의 서 대통령은 한껏 여유로워진 분위기를 풍기고 있었다.

"김시우 교황님이 평화를 위해 노력해 주신 덕분에 많은 것이 바뀌었습니다. 가장 먼저 제 고민이 줄었습니다. 주치의도 제 건강 상태가 좋아진 것에 많이 놀라는 눈치예요. 확실히 스트레스가 만병의 근원인 것 같습니다. 요새는 아침이 참 개운합니다."

"평소처럼 편하게 각성자라고 부르셔도 좋습니다."

"다른 곳은 몰라도 이곳에서만큼은 김시우 교황님의 호칭을 함부로 부를 순 없습니다. 그리했다가는 교황님을 임명하셨다는 리멘님과, 교황님을 따르는 수많은 신도에게 무례를 저지르는 꼴이 되어 버립니다."

서 대통령은 자신의 앞에 놓인 홍차를 한 모금 목으로 넘겼다. 그리고 부드러운 목소리로 말을 이어 나갔다.

"저는 잃어버린 땅을 잠시 확인하고 오는 길입니다. 신 청와대로 복귀하는 길에 소식을 듣고 잠시 들른 겁니다."

"북진과 관련된 일이겠죠?"

"관련 없다고 하면 믿으시겠습니까?"

"그럴 리가요."

"아직은 구상 단계에 있을 뿐입니다. 나중에 계획이 좀 더 정립되면, 그때 말씀드리도록 하겠습니다."

저렇게 말하는 걸 보니 저것과는 관련이 없는 이야기인 것 같은데.

나는 솔직히 서 대통령이 정말 아무 이유 없이 이곳에 왔으리라고 생각하진 않는다.

그의 사람 됨됨이를 의심하는 건 아니지만, 대통령은 모든 행보가 정치적일 수밖에 없는 존재다. 그리고 이 남자는 그 당연한 진리를 모를 정도로 무능한 사람도 아니었다.

이럴 경우 경우의수는 두 가지다.

정화 작업을 완료했다는 소식을 듣고 숟가락을 얹으러 왔다거나, 아니면 단둘이 직접 할 말이 있다거나.

서 대통령의 성격으로 보았을 때 전자의 경우는 확실히 아니다. 만약 그럴 생각이 있었다면, 유선호 장관을 보내는 선에서 적당히 티를 냈겠지.

그렇다면 남은 경우의수는 한 가지.

"드릴 말씀이 있습니다, 김시우 교황님."

대통령께서 나와 긴히 나눌 말씀이 있다는 소리지.

나는 고개를 작게 끄덕였다.

"이렇게 직접 오셔서 이야기를 나누실 정도라면 쉬운 사안은 아니겠네요."

"김시우 교황님과도 적잖이 관련이 있는 이야기라서 말이지요."

"높으신 분들은 항상 본론을 늦게 이야기하신다니까? 좋습니다. 그 이야기, 한번 들어 보고 싶습니다."

서 대통령은 들고 있던 찻잔을 가볍게 내려놓았다. 그리고 한층 진지해진 표정과 함께 본론으로 들어갔다.

"어제 아침, 중국 정부 측에서 제안이 하나 들어왔습니다."

"참 지긋지긋한 친구들이라니까."

그의 말대로 현재 한중 관계는 최악으로 치닫는 중이었다. 지난번 오크 웨이브도 그렇고, 특히 테러 사건이 주요했다고 들었다.

정부에서 공식적으로 중국 정부 측에 책임을 묻겠다는 성명을 발표하기도 했었으니까.

그런 상황에서 제안이 왔다라.

무슨 제안이 온 건지는 모르겠다만, 한 가지 확실한 건 우리 쪽에 이로운 제안은 아닐 것이라는 점.

만약 이로운 제안이었다면 애초에 서 대통령이 저렇게 말을 꺼내진 않았으리라.

"중국 정부 측에서는 공식적으로 각성자 친선전을 제의했습니다. 각성자들끼리의 교류를 통해서 경색된 한중 관계를 풀어 나가자, 공식적으로는 그렇게 발표할 예정이라고 합니다."

"방식은요?"

"중국 측의 각성자들이 직접 대한민국에 방문하는 형식입니다. 이번 기회를 통해서 정기적으로 교류를 실시하고, 양국 간의 관계를 회복해 나가자는 것이 저쪽의 입장입니다."

"참 다양한 방법으로 지랄을 떠네요."

"동감합니다."

관계 회복, 겉으로는 참 예쁜 말이다.

게다가 명분도 좋다.

만약 이쪽에서 친선전을 거절해 버린다면, 저쪽에서 어떻게 나올지가 참 뻔했다.

"우리가 거절할 경우, 양국 관계가 악화되는 것에 대한 책임을 우리 쪽으로 싸그리 짬 때릴 생각이겠군요. 수법이 참 고전적이네."

"고전적인 방법을 여전히 사용한단 뜻은 그 방법이 여전히 효과적이라는 것을 의미합니다."

그 말에 나는 천천히 고개를 끄덕였다. 여기까지가 일단 표면적인 이유고,

"친선단에 포함될 중국 측의 각성자 명단 중에 왕웨이가 있습니다. 중국이 보유한 네 명의 이레귤러 중 한 명입니다. 별칭은 검귀. 실제로 초대형 게이트를 일곱 번이나 혼자서 막아 냈다고 합니다."

"이레귤러를 우리 쪽에 보낸다?"

"그들은 김시우 교황님 역시 이번 친선전 명단에 포함시킬 것을 요구하고 있습니다."

이쪽이 그들의 진정한 목적이겠지.

사실, 친선전이라는 단어가 나온 순간 이미 예상은 하고 있었다.

그런데 어째서일까.

"푸흡."

입꼬리가 올라가려는 걸 숨길 수가 없었다.

"그러니까 그 친구들이 지금 저를 테스트해 보겠다, 뭐 그런 거예요? 와, 내가 에이든 놈 두드려 패는 걸 보고서도 그렇게 나온다고?"

"미국에서 대한민국에 힘을 실어 주기 위해서 일부러 봐줬다, 그렇게 판단하고 있는 것 같습니다. 그리고 자국의 이레귤러들에 대한 신뢰도도 굉장히 높은 것도 한 가지 이유가 되겠군요."

"여러 가지로 참 중국답네요. 친선전을 통해서 얻으려는 것도 뻔히 보이구요."

서 대통령은 씁쓸하게 미소를 지은 다음, 맥이 빠진 듯한 목소리로 말했다.

"우리에게 자신들의 힘을 과시하겠다는 뜻입니다."

"친선전을 위해서 전략무기를 이웃 나라에 보내겠다?"

"중국이잖습니까."

"중국이니까요."

'중국'이라는 단어는 참 마성의 단어다.

'중국'이라는 단어를 붙여 버리면 그 어떠한 기행조차 '일어날 법한 일'로 둔갑해 버리는, 그런 마성의 단어 말이다.

하지만 생각해 보면 나에게 있어서도 그리 나쁘지 않은 제안이다.

저쪽의 전략무기가 이쪽으로 넘어오는 선례를 만들어 두면, 그 반대의 경우도 보다 수월하게 성립될 수 있다.

이를테면 내가 정화자 놈들을 불태우기 위해서 중국에 방문한다든지.

'그렇게 생각하니까 또 괜찮네?'

여러 가지 변수가 발생할 수밖에 없는 일이었지만, 그렇다고 내가 거절할 이유는 딱히 없어 보였다.

나는 손가락으로 책상을 두드린 다음, 천천히 고개를 끄덕였다.

"이번 기회에 여러 가지 좋은 선례를 만들어 두면 좋을 것 같긴 한데…… 맞다, 대통령님. 친선전 도중에 안타까운 사고로 불구가 되는 경우도 더러 있겠죠?"

"……음, 그건…….."

서 대통령은 한동안 말을 잇지 못했다.

⚜

모든 이야기가 끝난 후, 나는 서 대통령과 함께 집무실에서 나왔다.

이야기를 하다 보니 벌써 라이브 방송을 시작할 때가 임박해 있었다.

"급한 이야기는 얼추 나눈 것 같습니다. 자세한 건 일이 진행되는 대로 말씀드리도록 하겠습니다."

"긍정적으로 생각하고 있으니까, 크게 걱정은 안 하셔도 좋습니다."

서 대통령은 크게 웃으면서 고개를 끄덕였다.

"모든 각성자가 우리 교황님만 같았다면 참 좋았을 텐데 말이죠. 어찌 되었건 이렇게 갑작스럽게 찾아와서 정말 죄송했습니다. 불편하실 테니 저는 이만 돌…….."

눈치 빠르게 빠져나갈 각을 잡아 버리는 서 대통령.

하지만 어림도 없었다.

나는 곧장 그의 앞을 막아 세우면서 말했다.

"하하, 대통령님. 이쪽으로 함께 가실까요?"

"예?"

"잔칫날 방문해 주셨는데, 한 숟가락이라도 하고 가셔야죠. 마침 방송 준비가 다 끝났다고 합니다. 오셔서 좋은 말씀 한마디 부탁드립니다."

내 제의에 서 대통령이 난감하다는 듯이 웃었다.

"교황님께서 되도록 정치 쪽과 연관되기 싫어하신다고 들었습니다. 그래서 그냥 돌아갈 생각이었지요."

"좋은 건 함께 나눠야죠. 그것이야말로 대통령께서 말씀하셨던 상생 아니겠습니까?"

오늘 라이브 방송에서 발표할 이야기는 정부 측과도 관련이 있는 이야기였으니, 그가 참석하는 것도 크게 이상할 것도 없었다.

그라운드 제로의 정화를 완료하고 아크를 해체하는 것.

우리 교황님 좀
말려 주세요

이건 대한민국의 경사라고 부르기에 충분한 일이었다. 그리고 지금까지 이어 온 정부 측과의 관계를 생각했을 때, 한 숟가락 올리는 것 정도야 얼마든지 용인해 줄 수 있었다.

따로 품이 드는 것도 아니고, 우리에게 호의적인 이들에게 힘을 실어 주는 것쯤이야 크게 문제 되지 않을 거다.

그리고 무엇보다.

"오셨을 땐 마음대로셨겠지만, 가실 땐 아니랍니다. 혹시 싫으세요?"

이 정도의 파급력을 가진 게스트를 그냥 돌려보낼 수야 있나.

내 말에 서 대통령은 다시 한번 너털웃음을 터뜨렸다. 그리고 고개를 가로저으면서 답했다.

"그럴 리가요. 저로서는 영광입니다."

"자, 그럼 이동하시죠."

⁂

그렇게 나는 서 대통령을 이끌고 라이브 방송이 예정되어 있던 신목 앞에 도착하게 되었다.

내가 처음 대통령을 끌고 나타나자 현장의 분위기가 빠르게 가라앉았다.

이미 대통령이 방문했다는 소문은 돌았겠지만, 정말로

내가 라이브 방송에 대통령까지 출연시킬 줄은 몰랐던 모양이다.

게다가 그뿐만이 아니었다.

현장에는 대통령을 제외하고서라도 어마어마한 게스트가 둘이나 도착해 있던 상태였다.

바로 엠마 밀러 여사와 에이든이었다.

"이런 곳에서 뵙게 되는군요, 여사님."

"후후, 시우가 초대를 해 주었답니다."

"아, 그렇습니까?"

서 대통령은 곧바로 엠마 밀러 여사와 인사를 주고받았다.

"역사적인 날에 초대를 받았으니, 도저히 거절할 수가 없더군요. 그것은 대통령께서도 마찬가지인 듯하네요?"

"하하! 저는 불청객이긴 합니다만, 김시우 교황님께서 자비를 베풀어 주셨습니다."

"미스터 프레지던트. 또 뵙습니다."

"오! 미스터 하워드. 잘 지냈습니까?"

거물들끼리 통하는 텔레파시라도 있나 본지, 서 대통령은 엠마 여사와 에이든과 활발하게 이야기를 나누기 시작했다.

당연한 말이지만 그 셋은 영어로 대화를 주고받고 있었고, 어느새 내 옆으로 다가온 최 대표가 고개를 끄덕거리면서 말을 걸어왔다.

"방어 태세를 마지막으로 확인하고 왔습니다."

"문제없던가요?"

"문제가 있을 리가요. 이 정도의 전력은 머리털 나고서 처음 봅니다."

최서진 대표조차 혀를 내두를 정도의 방어 병력을 정리하자면 다음과 같다.

1. 동측. 레오와 루나를 중심으로 한 리멘 교단 소속 플레이어들.

2. 서측. 도깨비 길드 소속의 정예 헌터들.

3. 남측. 강채아를 비롯한 이능관리부와 국방부 소속 헌터들.

4. 북측. 엠마 밀러 여사와 에이든을 경호하는 미국 소속 헌터들.

내가 봐도 확실히 문제가 생기는 것이 이상할 정도의 방어 태세였다.

"서신우 대통령에, 오라클 엠마 밀러 여사…… 여기에서 폭탄이라도 터지는 순간, 곧바로 3차 세계대전이겠네."

백설화가 작은 목소리로 중얼거렸다.

나는 그 말에 능글맞은 목소리로 답했다.

"게스트 라인업 괜찮지?"

"대통령이랑 오라클을 라이브 방송 게스트로 섭외할 수 있

는 사람은 아마 세상에서 김시우, 너 혼자뿐일 거야. 이건 인
정할 수밖에 없겠네."

"저도 백설화 씨의 말에 동감합니다."

"이게 바로 인복이란 거지."

9백만 미튜버와 6백만 미튜버가 내 얼굴에 금칠을 해 주니
까 콧대가 높아지는 기분이다.

나는 만족스럽게 고개를 끄덕인 다음, 내 동료들을 돌아보
면서 말했다.

"자, 그럼 우리 게스트분들도 다 모이셨으니…… 슬슬 방
송을 시작해 보도록 할까요?"

장벽을 허물다

세종일보 소속의 서태호 기자.

그는 회사 내에서도 '김시우바라기'로 유명한 기자였다.

고위 공직자 스캔들, 대형 길드 비리 사건 등등, 온갖 특종의 해일이 몰아치는 와중에도 꿋꿋이 김시우에 관한 기사를 꾸준히 업로드해 온 사람이기도 했다.

그의 그런 일편단심은 김시우가 최초로 국민들 앞에 섰던 구로구 게이트 기자회견으로부터 시작되었다.

["누군가의 신앙을 담보로 무언가를 거래하는 건 장사치나 하는 짓이니까요."]

서태호는 김시우의 그 말을 들은 순간에 전율을 느꼈었다.

태생부터 무신론자였던 그였지만, 그 당시를 회상해 본다면 마치 첫눈에 반해 버렸다고 말할 수 있었다.

그래서 그 이후로는 온통 김시우의 행보에 관한 기사들만 작성해 왔으며, 심지어 리멘 교단에 정식 신도로 입교까지 해 버렸다.

비록 회사 부장님이 '이제는 다른 기사 좀 작성해 오라고 이 새끼야!'라며 그를 구박하긴 했지만, 아무럼 상관없었다.

그는 김시우의 이야기를 세상 널리 알려야 한다는 사명감을 가지고 있었기 때문이다.

대머리 부장님의 잔소리? 그쯤이야 사명을 위해서 언제든지 감수해 낼 수 있었다.

그리고 그는 오늘 역시 인터넷에 올릴 김시우에 대한 기사를 작성하는 중이었다.

〈제목: 대한민국의 이레귤러에 전 세계가 경악하고 중국이 두려워 떨고 있다!〉

지난번에 김시우가 대전 북부에 위치한 난민촌에서 펼쳤던 선행.

많은 언론이 그동안 지속적으로 노출되어 피로감이 쌓인 김시우 대신 '대전의 성자'라고 불리는 서성신 목사에 주목했으나, 서태호에게 있어서 '대전의 성자'는 아무런 의미가 없었다.

그저 쉴 새 없이 김시우에 대한 기사를 작성할 뿐.

띠리리리링—!

그렇게 그가 열심히 기사를 작성하고 있을 때쯤, 눕혀 둔 스마트폰에서 알람이 울렸다.

ㅡ리멘 교단 공식 채널 라이브 방송 3분 전.

어제저녁, 김시우가 직접 채널에 남겨 두었던 라이브 방송 공지. 라이브 방송을 미리 공지하는 것은 극히 이례적인 일이었기 때문에 서태호는 당연히 알람을 설정해 두었다.

"교황님께서 직접 방송을 하시는 건 놓칠 수 없지."

그는 하던 작업을 잠시 접어 두고 곧바로 인터넷 브라우저를 실행시켰다. 그리고 즐겨찾기 1번에 설정해 두었던 리멘 교단의 미튜브 채널을 클릭했다.

라이브 방송이 시작되지는 않았지만 벌써부터 채팅창은 혼란스러웠다.

ㅡ미리 성지순례 하러 왔습니다. 이곳이 소원을 들어준다던 그곳이 맞나여?

ㅡ여러분! 리멘 교단의 정식 신도가 되어 주십시오.

─채널에 업로드된 레오 대주교님의 강연 영상을 한번 봐
주시기를 부탁합니다.
─폴더좌! 폴더좌! 폴더좌!
─누나 나 죽어! 누나 나 죽어! 누나 나 죽어!
─일본에서 왔습니다. 블랙 포프. 존경하고 사랑합니다.

서태호에게 라이브 방송은 처음이 아니었지만, 그는 오늘
따라 채팅창이 유별나게 정신이 없다고 생각했다.
"쯧. 교황님께서 직접 나오시는데 경건한 마음으로 준비
를 해야지."
채팅창에 적혀 있는 '레오 대주교의 교리 강연 영상'은 총
15개로, 서태호는 이미 그 영상을 20번씩 되돌려 보았다.
마음만 같아서는 당장 리멘 교단의 신전으로 찾아가 그분
들을 뵙고 은혜로운 말씀을 듣고 싶었지만, 아직까지 신전은
개방이 안 된 상태였다.
'도대체 언제쯤 직접 찾아갈 수 있을까?'
정화 작업이 끝나고, 그라운드 제로를 둘러싼 장벽이 해체
되는 그날.
서태호는 그날이 온다면 비로소 리멘 교단의 참된 신도가
될 수 있을 거라고, 그렇게 믿고 있었다.
"후우."
그는 크게 심호흡한 후, 방송이 시작되기를 기다렸다.

우리 교황님 좀
말려주세요

그렇게 3분이 흐르고, 곧 모니터 속에서 김시우가 모습을
드러냈다.

["반갑습니다, 여러분. 리멘 교단을 이끌고 있는 김시우라고 합니다.
여러분들에게 좋은 소식을 전할 수 있게 해 주신 리멘님께 감사를 드립
니다."]

'좋은 소식?'

김시우가 라이브 방송을 했던 건 이번이 처음은 아니었다.

근래에도 몇 번 라이브 방송을 진행했던 적이 있었지만,
지금 김시우의 첫 멘트는 그때와 비교할 수 없을 정도로 진
지했다.

게다가 방송이 진행되고 있는 곳은 영상에서 몇 번 보았던
교황의 집무실이 아니라 외부였다.

지금껏 진행되었던 갑작스러운 라이브 방송들과는 시작부
터가 달랐다.

마치 무언가를 발표하려는 듯한 모습.

-큰 거 오냐?

-큰 거 왔다;;

-진짜 큰 거 온 듯ㅇㅇㅇㅇㅇㅇㅇㅇㅇ

기대를 하고 있던 건 단순히 그 혼자만이 아니었다는 걸 증명하듯, 채팅창이 기대감으로 폭주하기 시작했다.

 ["여러분들에게 좋은 소식을 전해 드리기에 앞서, 오늘 저희 방송에 기꺼이 게스트로 참여해 주신 분들이 계십니다."]

 화면 속의 김시우는 분명히 웃고 있었다.

 ["가장 먼저 바쁜 일정에도 불구하고 이 자리에 나와 주신 대한민국의 서신우 대통령을 모시겠습니다."]

 "……대통령?"

 농담이 아니었다. 김시우의 소개말과 함께 카메라는 게스트석에 앉아 있던 대통령을 비추었다.

 게다가 서태호의 경악은 거기에서 그치지 않았다.

 잠깐이었지만 분명히 보았다. 대통령 옆에 앉아 있던 미국의 에이든 하워드와 엠마 밀러를 말이다.

 서태호 그가 5년 동안 각성자부에서 근무한 기자였기 때문에 한눈에 알아볼 수 있었던 것이다.

 그리고 그때였다.

 띠리리리리링—!

 엎어져 있던 그의 스마트폰에 전화가 왔다.

"부장님, 제가 지금 바쁘거든요? 이것만 보고 다시 전화드리……."

—태호야! 태호야! 너 지금 집이냐?

"그런데요?"

—너 그라운드 제로 주변에 살잖아! 지금 당장 그라운드 제로로 달려가! 촬영팀 바로 보낼 테니까, 어? 알겠어? 특종이야, 특종! 시간 없어! 도착해서 전화해!

뚝—.

부장은 다급하게 전화를 끊었고, 서태호는 멍한 표정으로 모니터를 바라보았다.

["친애하는 국민 여러분. 대통령 서신우입니다."]

또 하나의 기념비적인 방송이 시작되고 있었다.

༶

서신우 대통령의 참조 연설로 시작된 오늘의 라이브 방송은 이미 폭주하는 중이었다.

채팅?

채팅이 내려가는 속도는 이미 내 동체 시력으로도 따라갈 수 없는 지경에 이르렀다.

그리고 엠마 밀러 여사의 인지도가 이렇게까지 높을 줄은 예상하지도 못했다.

엠마 밀러 여사가 출연하자 서신우 대통령이 등장했을 때만큼이나 더 격렬한 반응이 터져 나왔기 때문이다.

민수 씨의 말에 따르면 엠마 밀러 여사는 원래 언론 노출을 극히 꺼리는 사람이라고 했다. 그 정도로 베일에 싸여 있던 '오라클' 엠마 밀러 여사가 내 방송에 기꺼이 게스트로 출연해 준 것이다.

대통령, 오라클, 바바리안 등의 치트키를 모조리 동원했기 때문에 당연히 시청자 수를 비롯한 모든 지표가 끝이 안 보일 정도로 상승하는 중이었다.

거기에 기자들이 그라운드 제로를 향해 달려오고 있다고 하니, 이미 그것만으로도 화제성이 입증된 셈이었다.

"이제 이 마이크를 다시 제 소중한 친구, 김시우 교황에게로 넘길까 합니다."

마지막 게스트였던 에이든의 인사를 끝으로 발언권은 나에게 다시 넘어왔고, 나는 천천히 단상으로 올랐다.

"먼 걸음 해 주신 우리 게스트분들에게 다시 한번 감사를 표합니다."

그들에게 고마운 점은 오늘 자신들이 이곳에 온 이유에 대해서는 끝까지 말을 아꼈다는 것이다.

그들은 적당히 기대감만 상승시켜 준 채로 빠져 주었고,

덕분에 내가 발표하기 좋은 타이밍이 만들어졌다.

나는 나를 촬영하고 있는 카메라들을 둘러본 다음, 자신감 있게 말을 이어 나갔다.

"먼저 촬영 드론을 통한 영상부터 보고 가시죠."

모니터 속에서 부드럽게 장면이 전환되었다.

나를 촬영하고 있던 카메라에서, 촬영 드론의 카메라로의 전환.

전환된 화면 속에서는 정화 작업이 끝난 그라운드 제로의 모습이 송출되는 중이었다.

기존에 공개된 신전 일대의 정원부터 시작해서 아크와 맞닿아 있는 외곽 지역까지.

한때는 오로지 건물의 폐허와 치열했던 비극의 흔적만이 남아 있던 그라운드 제로에, 한 곳도 빠짐없이 푸르른 생명들이 피어올라 있었다.

12월의 겨울에도 아름답게 피어오른 꽃들과 나무.

촬영 드론을 통해 비춰지고 있는 그라운드 제로는 과거의 끔찍했던 재앙을 이미 이겨 낸 것처럼 보였다.

"서울 그라운드 제로를 물들였던 마력 오염이 완벽하게 정화되었습니다. 여러분께서 보고 계시듯, 이제 이곳에서는 다시 생명이 자라나기 시작했습니다."

이곳은 이제 더 이상 불모의 땅이 아니었다.

상공에서 내려다본 이곳은 크고 아름다운 정원이었다.

그리고 정원의 중심에는 우리 교단의 신전과 시설들이 자리 잡아, 조화롭게 어우러지고 있었다.

어느덧 촬영 드론은 그 아름다운 정원을 둘러싸고 있는 장벽, 아크를 비추기 시작한다.

끝없이 이어져 있는 검은색 장벽.

서울을 마력 오염이라는 끔찍한 재앙으로부터 격리시켜 주었던 최후의 보루.

서울이 완전히 기능을 상실하지 않았던 것에는 이 거대한 장벽의 역할이 컸을 것이다.

하지만 이제 이곳에는 더 이상 아크가 막아 내야 할 마력 오염이 없었다.

"아크가 드디어 맡은바 소임을 다했습니다."

아크(Ark).

거대한 재앙으로부터 살아남기 위해 건조되었다는 방주와 이 검은색 장벽의 이름이 같다는 것은 다시 생각해 보더라도 최고의 네이밍 센스였던 것 같다.

위이이이잉-.

다시 한번 장면이 전환되었고, 방송 화면에서는 나의 모습이 송출되기 시작했다.

나는 카메라를 정면으로 응시했다. 그리고 천천히 말을 이어 나가려고 했다.

"내일부터 아크 해체 작업을……."

우리 교황님 좀
말려 주세요

하지만 그때.

갑작스럽게 눈앞에 메시지 창 하나가 떠오르더니, 곧 귓가에 그토록 듣고 싶었던 목소리가 울려 퍼졌다.

무척 오랜만이야 시우. 급한 일이 끝나서 빨리 뛰어왔는데, 아주 중요한 일을 진행 중이었네? 내가 눈치 없이 끼어든 건가?

'……리멘?'

보고 싶었어! 못 본 사이에, 신도가 엄청 많이 늘어났구나. 매우 기뻐. 내가 교황 하나 잘 둔 것 같다니까?

리멘.

나는 갑작스러운 그녀의 신탁에 잠시 할 말을 잃어버리고 말았다. 그러자 저 멀리서 발표를 지켜보고 있던 사람들이 웅성거리기 시작했다.

그들에게는 내가 갑자기 말을 멈춘 것처럼 보일 테니, 어찌 보면 당연한 반응이었다.

그러나 리멘은 그들의 반응에 개의치 않고 신탁을 이어 나갔다.

신도가 이 정도 모였고, 이곳은 내 성지기도 하니까 큰 문제는 없을 것 같아.

'뭘 하려고?'

열심히 고생한 우리 교황님 체면 한번 살려 줄 생각이야.

그때였다.

당신의 주신이 성지에 직접적으로 관여합니다.
그녀가 기적을 행합니다.

파아아앗-!

하늘 높은 줄 모르고 솟아 있던 검은색 장벽이 새하얀 빛에 물들었다.

장벽의 꼭대기부터 번져 나간 빛은 순식간에 장벽 전체를 뒤덮었다.

그리고 잠시 후.

사르르르륵-.

"어?"

"우와아아아아!"

"예쁘다……."

아크가 꼭대기서부터 천천히 흩어져 내리기 시작했다.

새하얀 빛의 가루가 주위로 퍼져 나갔고, 햇빛을 받아 하늘에서 반짝거렸다.

그 모습에 누군가는 탄성을 내질렀으며, 또 누군가는 두 손을 모으며 눈을 감았다.

이곳을 외부와 격리시켰던 검은색의 장벽을 신성한 빛이 거두어 내는 그 장면은, 가히 기적이라고 부르기에 충분했던 것이다.

나 역시 그 모습을 홀린 듯이 바라보았다.

지구에서는 이런 걸 보고 연출이 미쳤다, 그렇게 말하지? 그런데 시우. 방송에 멋있게 나오려면 지금 마무리 지어야지!

풍경이 지극히 아름다워서 나도 모르게 멍하니 바라보고 있었던 것 같다.

'그래야지.'

어느새 지상까지 도달한 기적의 흔적들이 내 앞에 조금씩 내려앉았다.

나는 부드럽게 미소를 지은 다음, 다시 정면의 카메라를 바라보았다. 그리고 아주 나지막한 목소리로 말을 맺었다.

"이곳을 덮쳤던 재앙이 드디어 끝났습니다. 이제 우리는 방주에서 나와 새로운 세상을 맞이해야 할 차례입니다."

❖

길지 않은, 아니 정확히 말하자면 아주 짧았던 30분짜리 라이브 방송은 종료되었다.

그러나 그 30분은 대한민국, 더 나아가 전 세계에 엄청난 반향을 일으키기에는 충분했다.

가장 먼저 언론.

〈김시우, '이제 우리는 방주에서 나와 새로운 세상을 맞이해야 할 차례입니다.'〉

〈12월의 기적, 12월의 봄. 서울의 심장에 자리 잡은 종양이 사라지다!〉

〈대한민국, 전 세계 최초로 그라운드 제로 정화에 성공하다?〉

〈(사진)일반 시민들에게도 공개된 구 그라운드 제로〉

〈미튜브 실시간 시청자 3백만 명. 압도적 전 세계 1위라는 기록을 남긴 리멘 교단의 라이브 방송〉

〈경찰, 구 그라운드 제로 지역의 치안 유지를 위해 신속하게 인력 증원 중〉

방송이 끝나자마자 대한민국에 있는 언론이란 언론들은 싸그리 신전으로 몰려들었다.

만약 강채아를 비롯한 정부 측 헌터들의 지원이 없었다면, 그들 모두를 막아 내는 것은 힘들었을지도 모른다.

몇몇 기자들은 죽음을 각오하고서라도 신전 내부로 진입하려고 했다.

당연히 나와 인터뷰를 따기 위해서였다.

물론 루나가 철퇴로 크레이터를 만들고, 레오가 거대한 돌을 접어 버리는 차력 쇼를 직접 보여 주고 나자 얌전히 신전 정문에서 기다리더라.

죽음을 각오한 표정과, 진짜 죽음을 각오한 건 명백한 차이가 있는 법.

게다가 난리가 난 건 비단 언론뿐만은 아니었다.

[제목: 라이브 방송으로 본 사람이 승자다]

[내용: 일단 나부터 손. 방금 전 방송 라이브로 못 본 새끼들은 인생의 99.999999999프로 손해 본 거임. 진짜 국뽕 차더라. 우리가 알던 대한민국 맞냐?]

─국뽕 ㄴㄴ 리뽕 ㅇㅇ

ㄴ리뽕이 곧 국뽕이야. 리멘 교단 = 대한민국. 모름?

ㄴㄹㅇㅋㅋㅋㅋ

─무슨 라이브 방송으로 본 사람이 승자야? 지금 여자 친구 손 잡고 저기로 꽃구경하러 간 인싸들이 승자지 병신아ㅋㅋㅋ

ㄴ팩폭ㄴㄴ

ㄴㅠㅠㅠㅠㅠ이곳에 이긴 사람은 없다……

보다시피 각종 커뮤니티들이 활활 불타오르고 있었다. 여초든 남초든, 성향을 불문하고 온통 나와 우리 교단에 대한 이야기로 가득했던 것이다.

"아찔하네."

아까 슬쩍 티비를 틀어서 뉴스를 확인해 보니까 서울 각지에서 이쪽으로 대이동이 시작되었다고 한다.

디멘션 오프닝 이래로 최악의 교통 체증이 일어나고 있다고 하는데, 원인은 방금 전의 내 발표 때문이었다.

정확히는 구 그라운드 제로에 피어오른 정원을 구경하기
위해서.

서울의 심장부에 자리 잡고 있던 검은색의 종양이 완벽하
게 제거되었다. 그리고 그 자리를 대체하는 건 그 어디에서
도 쉽게 볼 수 없는 아름다운 정원이었다.

거기다가 오늘은 주말이었기에 너도나도 이 기적을 만끽
하기 위해 움직이고 있던 것이다.

이를테면 때아닌 꽃놀이인 셈이다.

아무튼, 시시각각 이곳에 모여드는 인파들이 많아지고 있
는 가운데, 나는 집무실에 신성 결계를 걸어 둔 채로 우리의
위대한 여신님과 독대를 하고 있는 중이었다.

리멘은 내 스마트폰을 통해서 인터넷의 반응을 구경하며
웃음을 지었다.

"재밌는 사람들이네. 그치, 시우? 자학 개그를 하고 있어."

"대한민국 전통이야. 원래 그러고들 놀아."

"이것 좀 봐."

그녀가 나에게 다가와서는 또 다른 기사들을 보여 주었다.

그곳에는 나에 대한 우호적인 기사가 아닌 부정적인 기사
들이 자리 잡고 있었다.

〈정치계와 연루되기 시작한 리멘 교단〉
〈사이비와 다를 바 없는 행보, 본격적인 부패의 신호탄?〉

〈대통령의 일방적인 종교 몰아주기! 대한민국은 중세 시대로 퇴보하고 있는가?〉

그 기사 대부분이 메이저 언론에서 밀고 있는 기사였다.

나는 그 기사들을 보며 대수롭지 않다는 듯이 답했다.

"우리 교단이 주목받는 걸 좋아하는 사람만 있는 건 아니잖아? 이상할 것 없지."

"인간은 다른 종족들과 비교하면 수많은 가능성을 지니고 있어. 이런 모습이야말로 인간이라는 종족의 본질이기도 해. 선과 악의 경계도 모호하고, 같은 걸 보면서도 전부 다른 생각을 하기도 하지. 그렇기 때문에 수많은 신격이 인간에 의해 탄생하고, 잊혀 가는 걸지도 몰라."

"인간 앞에서 인간을 디스하는 거야?"

"그만큼 시우가 대단하다는 말을 해 주고 싶은 거야."

그녀는 스마트폰을 내려놓은 후, 곧바로 나를 껴안았다.

그녀가 현신을 하고 있는 상태였기 때문에 따뜻한 기운이 전해져 왔다.

나는 갑작스러운 그녀의 포옹에 헛기침을 몇 번 내뱉었다. 그리고 그녀를 조심스럽게 그녀를 밀어 냈다.

"그동안 연락이 없었던 이유를 말해 줄 때가 된 것 같은데? 보다시피 나 아주 바빠. 기자들에게도 한마디 해 줘야 하고, 아까 대통령이 말해 줬던 이야기도 생각해 봐야 하고…… 할 일이 쌓여 있다고."

"음, 어디서부터 이야기해 줘야 하나."

리멘은 미간을 살짝 좁히면서 고민했다. 그리고 아주 부드러운 목소리로 말을 이어 나갔다.

"일단, 에덴의 일부 지역에서 침식 현상이 발생했어. 이계의 신격이 넘어오려고 하더라? 마족의 잔당이 주도해서 벌인 짓이긴 했지만, 에덴은 원래 폐쇄적인 차원이었기에 잘 일어나지 않는 일이지."

"다 해결된 거야?"

"아이들이 노력을 많이 해 준 덕분에 얼추 정리는 된 상태야. 아마 그 이계의 신격은 내가 시우를 데려오면서 만들었던 통로를 통해서 침투한 것 같아."

"통로라면 아예 폐쇄할 수 없는 건가?"

"그렇게 되면 나와 시우의 연결도 끊기게 돼. 그리고 그건……."

리멘은 뒷말은 삼켰다. 언젠가 그녀가 내 미래를 본 적이 있다고 말했던 기억이 떠오른다.

지금 그녀가 쉽게 말해 주지 못하는 건, 그 이야기가 아마도 내 미래와 맞닿아 있기 때문일 것이다.

"……아무튼 그 침입자들을 나름대로 알아보는 중이라 연락이 뜸했어. 이런 경우가 앞으로도 빈번하게 일어날 거야."

"지구에도 많은 일이 있었어."

"말해 주지 않아도 다 알고 있어. 가장 먼저 이거."

그녀는 내가 집무실 한쪽에 봉인시켜 둔 〈꿈틀거리는 조각〉을 허공으로 띄워 올렸다.

"에덴을 침입했던 신격의 창조물과 굉장히 흡사해. 생김새뿐만 아니라 이것을 구성하고 있는 신성력도."

"그 신격이란 놈들과 마족 놈들이 연관되어 있을까?"

나로서는 가장 묻고 싶었던 질문이었다.

그리고 리멘은 천천히 고개를 끄덕였다.

"같은 편이라고 단정 지을 수는 없지만, 적어도 거래는 주고받는 관계일 가능성이 높아. 지구로 도망쳐 온 마족들에게는 세력을 확장할 기회가 필요하고, 그 알 수 없는 신격들에게는 돌아갈 기회가 필요하거든."

"……돌아갈 기회?"

"응. 돌아갈 기회."

잠시 말을 멈춘 리멘은 조용히 내 눈을 바라보았다. 그리고 내 손을 부드럽게 감싸 쥐면서 말했다.

"믿기 힘든 이야기겠지만, 그들은 지구로부터 기인하는 존재들이야. 즉, 머나먼 고대에 등장했던 신격들이라는 소리지. 고대신. 그렇게 이해하면 편할 것 같아."

나는 한참 동안 아무 말 없이 그녀의 이야기를 머릿속에 담았다.

리멘의 설명은 여러 가지 추측이 가능하게 만들어 주었다.

일명 고대신. 지구의 과거에 신격이 존재했다는 이야기는, 과거에는 지구에도 신성력이 존재했다는 걸 의미한다.

구체적으로 몇 년 전의 존재들인지는 알 수 없다고 했다.

그저 아득히도 먼 옛날의 신격이라는 것, 그것만이 알 수 있는 전부라고 하더라.

"고대신이라."

어쩌면 백명교, 그 녀석들과 관계되어 있을지도 모른다. 백명교가 모시는 신격이 어떤 존재인지는 아직까지 모르니까.

'신격들'이라고 했으니, 신격을 지닌 존재가 하나가 아닐 가능성이 높았다.

─큰 도움이 되어 주지 못해서 미안해.

나는 리멘이 현신을 종료하기 전에 남겼던 말을 떠올렸다.

그녀가 지닌 주신으로서의 권능은 어디까지나 에덴에 국한된다.

지구에서는 아주 제한된 권능만 사용할 수 있다는 것쯤, 내가 모르는 것도 아니었다.

그리고 이미 그녀는 나를 위해 많은 것들을 노력해 주고 있었다. 만약 그녀가 무리하지 않았다면, 나는 아무런 힘 없이 지구로 귀환하게 되었겠지.

그런 상황에서 내가 어떻게 리멘을 탓할 수가 있을까?

'고대신'이라는 단서를 제공해 준 것만으로도 그녀는 충분히 많은 걸 알려 주었다.

여기서부터는 이제 내가 직접 알아 나가야 할 지점이라는 것쯤은 잘 알고 있었다.

당분간은 궁금한 게 생기면 지구의 시스템이 허용해 주는 선에서 알려 줄 수 있다고 했으니, 지금 당장으로서는 한 발 더 뛰어다니면서 정보를 수집해야 할 때였다.

결국, 저 〈꿈틀거리는 조각〉을 성장시켜서 퀘스트를 받아 보는 게 우선인 듯싶었다.

"성하."

내가 머리를 골똘하게 굴리고 있을 때쯤, 내 앞에서 조용히 차를 마시고 있던 레오가 말했다.

"리멘님께서 직접 현신하셨다면, 혹시 다른 이야기는 없으셨습니까?"

"다른 이야기? 구체적으로 어떤 거?"

"새로운 선교사라든지, 그런 것들 말입니다."

"아아, 인력 파견?"

레오가 저렇게까지 간절해 보이는 건 오랜만이군.

교육을 위해 오준우를 영입해 오기는 했지만, 여전히 레오는 성직자로서의 마음가짐이나 교리 등을 혼자 도맡아서 교육 중이다.

업무 강도가 확실히 높다는 건 인정한다.

"안 그래도 부탁은 해 두었는데, 당장은 힘들 것 같다고 하네. 에덴 쪽도 지금 정신이 없다고 해서."

"그렇군요. 아쉽습니다."

"나도 좀 아쉽다."

사실, 리멘에게 안 물어봤다.

미안해하는 리멘에게 인력까지 추가로 내놓으라고 하기에는 양심이 좀 찔렸기 때문이다.

저쪽은 이미 레오랑 루나를 이쪽으로 보낸 것만으로도 큰 인력 손실이 있던 셈이다.

게다가 저쪽에서 추가 인력을 당겨 올 수 있더라도, 선교사보다는 장인들을 데려올 생각이었다.

우리 신입 플레이어들에게 입힐 만한 장비가 필요한 상황이었기 때문이다.

지구의 플레이어들의 생산 능력이 형편없다기보다는, 교황청 소속의 드워프들의 실력이 아주 뛰어났다. 그 드워프들 중 한 명이라도 데리고 올 수 있다면, 우리 교단의 장비 수준이 대폭 업그레이드시킬 수 있을 정도였다.

레오에게는 안타까운 소식이겠지만…… 부하 직원은 까라면 까야지, 뭐 어쩌겠어?

우리 교황님 좀
말려 주세요

"그보다 성하. 밖의 기자들은 그냥 이렇게 내버려 두실 건가요?"

루나가 집무실 밖의 창문을 가리키면서 말했다.

창문을 통해 보이는 신전의 입구에는 기자들이 진을 치고 앉아 있었다.

서 대통령의 지시를 통해 즉시 파견된 경찰들이 어떻게든 기자들을 해산시키려고 하고 있었으나 저항이 굉장히 드센 상황이었다.

시간은 벌써 오후 8시.

해가 저문 지 오래였음에도 불구하고 여전히 엄청난 숫자의 시민들이 신전 주위를 돌아다니면서 사진을 찍고 있었다.

가로등 같은 조명은 설치해 두지 않았지만, 정화를 위해 곳곳에 배치해 둔 신성석들이 가로등의 역할을 대신하는 중이었다.

"기자들 말고도 성지 전체에 시민들이 미어터지고 있는데, 따로 조치하실 생각은 없으시죠?"

"당분간은 막을 생각 없어. 축제 분위기도 나고, 좋잖아."

"성지가 훼손될까 봐 걱정되는 거죠."

"정부 측에서 치안 유지를 위해 당분간 경찰을 파견해 준다고는 했으니까, 크게 걱정하지는 마."

"관리인이 너무 적은 상황이에요. 진서준 씨 혼자서 감당 안 될 것 같더라구요."

나는 루나의 지적에 고개를 끄덕였다.

지금 돌아가는 상황을 보면 진서준 씨 혼자서 이 넓은 성지를 관리할 수 없다. 원활하게 성지를 관리하기 위해서는 인력을 추가로 고용하는 건 당연해 보였다.

물론 그렇다고 해서 내가 아무런 대책 없이 성지를 개방한 것도 아니었다.

"루나 네가 걱정하고 있는 게 뭔지 잘 알아."

"아까 순찰 살짝 돌아봤는데, 벌써 누가 버리고 간 쓰레기가 보이던데요?"

"부끄러운 시민 의식이라서 할 말이 없다."

최근 들어 많이 양호해지긴 했지만, 놀러 왔다가 쓰레기를 그냥 버리고 가는 사람들은 여전히 있었다.

이곳을 찾는 이들이 많아질수록 그런 사람들의 숫자는 점점 늘어날 것이다.

하지만 루나가 간과하고 있는 것이 한 가지 있었다.

"루나야, 여기 성지인 거 알지?"

"알죠, 아는데……."

"성지에 의도적으로 쓰레기를 투기하고 가면 그것도 신성모독으로 들어간다? 우리가 따로 신경 안 써도 알아서 해결될 문제야."

성지에서 벌어지는 모든 범죄 행위에는 '신성모독'이라는 항목이 추가된다.

성지에서 '신성모독'을 저지른 자에게는 업보가 쌓이게 되고, 업보가 쌓인 자에게는 반드시 불행한 일이 벌어진다.

이를테면 걸어 다니다가 새똥에 맞는다든가, 돌부리에 걸려 넘어진다든가, 그런 불행한 일 말이다.

그리고 그 '불행'은 각성하지 않은 일반인들에게도 동일하게 적용될 것이다.

에덴에서 이미 증명되었기 때문이다.

술을 마시고 성지에서 행패를 부리던 남자가 실시간으로 대머리가 되었던 건 아주 유명한 일화였다.

"아무튼 우리는 따로 고지만 해 주면 돼. 그 이후에 벌어지는 일은 본인 책임이잖아. 몇 번 맛보면 사람들도 다 알겠지. 안 그래?"

"성하의 의견이 그러시다면야, 어쩔 수 없죠."

루나는 순순하게 고개를 끄덕였다. 그러더니 곧 의자에 몸을 묻으면서 말했다.

"이 늦은 시간에 저희를 부르신 걸 보면 따로 하실 말씀이 있으신 것 같은데, 저희 오늘 회식 있거든요?"

"회식?"

나만 모르는 회식이 도대체 어디에 있단 말인가?

나는 탐탁지 않은 표정으로 루나를 바라보았고, 루나는 내 손을 잡으면서 말했다.

"당장 급한 거 아니면 가면서 이야기하시죠."

"어디로 가는데?"
"성하가 잘 아는 곳."

❧

　루나의 손에 이끌려, 수많은 인파를 뚫고 나간 다음에 도
착한 곳. 이곳은 바로-.
"……그러니까, 내가 잘 아는 곳이란 게 바로 여기?"
"어머, 잘 모르는 곳인가?"
"회식을 왜……."
　우리 삼남매의 스위트 홈이었다.
　이사한 지 얼마 되지 않은 따끈따끈한 우리 집 말이다.
　원래대로라면 짜증을 냈겠지만,
"큰오빠! 우리 집에 손님 이렇게 많이 온 거 처음이야! 헤
헤, 이사 오기를 잘한 것 같아! 이쁜 신전에도 다녀오구, 오
빠 친구분들도 집에 놀러 오구! 오늘 진짜 행복한 날이야!"
　시연이가 이렇게 좋아하니까 뭐라고 할 수도 없었다.
　나는 시연이의 머리를 쓰다듬어 주면서 말했다.
"시연아, 그렇게 즐거워?"
"응!"
"사실, 오빠는……."
　짜아아아악-!

"이놈아, 시연이랑 놀아 줄 시간 있으면 음식이라도 더 나르든가. 응? 집주인이 되어 가지고, 손님들이 직접 음식을 나르는 게 맞다고 생각하니?"

"아으으으."

고은영 여사의 손맛은 맛볼 때마다 항상 새롭다.

어쩌면 할머니가 세계관 최강자인 게 아닐까? 차라리 마족 놈들의 불덩어리가 덜 매콤하지 싶다.

아무튼 그렇다.

루나가 말했던 '회식'의 장소는 다름이 아니라 우리 집이었던 것이다.

넓은 평수로 이사를 와서 망정이지, 이사 오기 전의 집이었다면 이 많은 손님을 수용하기도 빠듯했을 것이다.

집들이 겸 회식에 참가한 인원은 다음과 같다.

김시우 삼남매, 할머니, 엠마 밀러 여사, 에이든, 루나, 레오, 최서진 대표, 민수 씨, 진서준 씨, 승우, 백설화.

무려 13명이다.

축구팀을 구성하고서도 후보 선수가 무려 두 명이나 남는 정도의 숫자.

평수가 넓은 집인데도 불구하고 거실이 꽉꽉 들이차는, 그런 엄청난 숫자인 것이다.

"흐하하! 최 대표님. 한 잔 받으시죠!"

"여부가 있겠습니까, 하워드 씨."

"아주 좋습니다! 아주 좋아요. 한국에서 잃어버린 형제를 만나게 될 줄은 정녕 몰랐습니다!"

"하하하! 그렇습니까?"

에이든과 최 대표가 만나면 충돌할 것이라는 내 예상과는 달리, 둘은 서로의 주먹을 한 번 맞대자마자 의형제의 관계로 발전해 버렸다.

동양 야만인과 서양 야만인의 운명적인 만남.

기차 화통을 삶아 드신 성량의 주인공이 두 분이나 계시는 바람에, 이웃 주민들을 위해 소음 차단용 신성 결계까지 쳐 두었다.

신성 결계는 지구로 건너와서 너무 다양한 용도로 사용되는 중이었다.

진서준 씨와 승우는 우리 집에서 15분 정도 걸으면 되는 곳에서 살고 있었기에 초대하는 게 당연했고, 나머지 멤버들도 어느 정도 수긍할 수 있는 멤버들이었다.

하지만 딱 한 명, 참석했다는 것이 신기한 멤버가 있었다.

바로 백설화였다.

"뭘 그렇게 봐?"

내 시선을 의식한 백설화가 소주잔을 손에 쥔 채로 나에게 물었다.

"아니, 그냥. 신기해서."

"뭐가?"

"회식 같은 거 별로 안 좋아하는 성격 같았거든."

"좋아하는 건 아니지만, 그렇다고 싫어하는 것도 아니야. 우리 애들이랑 가끔씩 해."

술은 잘 못 하는 모양인지 소주 3잔 정도를 마신 그녀의 볼은 어느새 불그스레한 상태였다.

그녀의 능력은 회식 자리에서도 최고의 효율을 보여 주고 있는 중이었다.

"성하, 우리 상큼한 설화 영입하길 참 잘한 것 같아요. 역시, 아는 마법사가 한 명쯤은 꼭 있어야 한다니까?"

처음에는 백설화를 경계했던 루나조차 해맑게 웃으면서 백설화를 껴안았다.

그 이유야 단순했다.

쩌저저적-!

그녀의 빙결 마법 덕분에 술들이 아주 시원한 온도로 유지되고 있었기 때문이다.

하지만 정작 백설화는 그런 루나의 호의가 부담스러운 모양이었다.

"붙지 마."

"왜에. 푹신한 거 싫어해?"

"……아무튼 붙지 마. 너무 푹신거려."

"후후, 내가 성하가 아니라서 싫어하는 건가? 자꾸 이러면 언니 섭섭하다?"

둘이 티격태격거리자 내 옆에서 치킨을 먹고 있던 시연이
가 입가에 양념을 덕지덕지 묻힌 채로 말했다.

"둘 다 엄청 예뻐. TV에서 보는 연예인들보다 훨씬 예쁜
것 같아. 그렇지, 큰오빠?"

"뭐…… 외모만큼은 그렇지."

붉은 머리카락, 딱 봐도 시원시원하고 호쾌한 느낌의 루나.

은색 머리카락, 신중하고 쌀쌀맞은 느낌의 백설화.

둘은 이미지부터 정반대에 서 있었다. 완벽하게 대비되는
느낌이랄까.

누가 더 예쁘다기보다는, 시연이 말대로 둘 다 예뻤다.

그렇게 내가 루나와 백설화가 투닥거리는 것을 보고 있을
때쯤, 할머니가 내 앞에 김치전을 내려놓으면서 말했다.

"그래서, 손주 며느릿감은 누군데?"

"할머니, 교황은 교황직 내려놓기 전까지 결혼 못 해. 교
리에 적혀 있어."

"아무래도 내가 직접 네 신전에 찾아가서 리멘인가 하는
분께 따져야겠어. 앞길 창창한 우리 손주 놈 홀아비로 늙어
죽는 꼴은 못 보겠다."

가만 보면 우리 할머니도 나 놀려 먹는 걸 참 좋아하신다.
나를 때리는 타격감이 그렇게나 좋으신 걸까?

나를 짓궂게 놀린 할머니는 내 등짝을 한 번 더 후려치시
더니, 곧 막걸리 한 병을 들고 엠마 밀러 여사의 옆으로 가서

앉으셨다.

왁자지껄한 회식 분위기.

인욱이와 민수 씨, 그리고 진서준 씨는 최 대표의 손에 이끌려 떡이 될 때까지 술을 주입당하고 있었고, 승우는 시연이 옆에서 오렌지 주스를 홀짝거리고 있었다.

왁자지껄하기는 해도 가만히 보고 있으면 마음이 절로 편해졌다.

나는 맥주를 목으로 넘기면서 이 분위기를 조용히 만끽했다. 아주 오랜만의 휴식이었다.

이렇게 다 같이 모여서 휴식을 하는 건 처음이지 싶었다.

'좋네.'

지구로 귀환한 이후로 너무 정신없이 달려왔던 것 같다. 교단을 일으키랴, 정부 쪽이랑 이야기 나누랴. 새로운 동료도 모으랴.

지금처럼 제대로 쉴 시간도 없었던 것 같다.

"헤헤, 앞으로 자주 이렇게 같이 놀았으면 좋겠어."

시연이도 평소에는 내색하지는 않았지만, 나와 같이 하고 싶었던 게 아주 많았을 것이다.

그래서 항상 시연이에게는 고맙고 미안하다.

나는 밝게 웃고 있는 시연의 머리를 다시 한번 쓰다듬어 주면서 말했다.

"그러자, 시연아. 약속."

"약속! 헤헤헤. 좋아!"

······잠깐만.

어째서 시연이에게서 친숙한 알코올 향이 느껴지는 걸까? 게다가 시연이 손가락에 묻어 있는 그 달짝지근한 냄새는······.

"야! 어떤 새끼가 우리 시연이한테 막걸리 멕였어!"

틀림없는 막걸리였다.

시연이가 알아서 술을 따라 마셨을 리는 없고, 이런 경우 범인은 아주 가까운 곳에 있다.

예를 들면 우리의 바로 앞에서 온갖 술을 목구멍에 처넣고 있는 루나 레벤톤이라든가.

"아, 그거 시연이가 딱 한 모금만 달라고 그래서요. 저는 진짜 안 주려고 했······ 꺄아아아! 교황이 사람 팬다!"

"레오야, 니네 누나 꽉 잡고 있어라."

"예, 성하."

초등학생한테 술이나 멕이고, 아주 그냥 성기사라는 놈이 잘하는 짓이다.

아무튼.

그렇게 정신없는 분위기 속에서 우리 교단 첫 회식의 밤이 무르익어 가고 있었다.

시간이 지나자 회식의 피해자가 곳곳에서 속출했다.

우리 교황님 좀
말려 주세요

가장 먼저 녹아웃된 것은 에이든, 최 대표라는 최악의 세대를 상대하고 있던 인욱이와 민수 씨였다.

나조차도 제대로 못 알아볼 정도로 인사불성이 될 때까지 마셨더라.

의외로 진서준 씨가 끝까지 버텨서 승우와 함께 자택으로 복귀했다. 개인적으로는 아빠의 위대함이 증명되었다고 생각한다.

할머니와 엠마 밀러 여사는 적당히 마시다가 안방으로 들어가셨으며, 2시간 만에 만취해 버린 백설화는 시연이와 함께 시연이 방에 눕혀 두었다.

시연이로서는 백설화를 처음 만난 거라, 낯을 가리면 어떻게 하나 걱정 많이 했다.

하지만 이번에도 걱정은 기우에 불과했다.

친자매처럼 서로 꼭 껴안고 잘만 자더라.

외관만으로는 냉기가 풀풀 떨어질 것 같던 백설화에게서 의외의 모습을 발견할 수 있었다.

결국 최후의 생존자는 나, 레오, 루나, 에이든, 최 대표, 이렇게 해서 다섯 명으로 결정되었다.

솔직히 생존자라고 부르기에도 애매한 게 뭐냐면,

"좀 아쉽네."

"카드 주시면 제가 편의점 가서 싹 쓸어 올게요. 간에 기별도 안 가는 것 같은데?"

"역시 루나 양이야! 하지만 레오 군도 참 대단한 것 같던데……."

"미스터 최, 지난번에 일본에서 제가 레오 저 친구한테 졌다고 하면 믿으시겠습니까?"

"과찬이십니다. 이 정도의 취기로는 제 신앙심을 시험할 수 없을 뿐입니다."

이미 거실 한쪽에 빈 병을 가득 쌓아 둘 정도로 마셨음에도 불구하고 그들의 상태는 워낙 멀쩡했다.

일반인이었으면 이미 급성 알코올중독으로 세상을 떴을 정도였지만, 괴물들의 몸에는 별다른 타격을 줄 수 없었던 것이다.

"이렇게 끝내기에는 너무 아쉬운걸."

"그러게 말입니다."

나는 입맛을 다시는 그 괴물들을 가만히 바라보았다. 그리고 은근한 목소리로 말했다.

"놀 만큼 놀았으니까 슬슬 일 이야기나 해 봅시다."

"어허, 이렇게 좋은 날에 일 이야기라니! 김 교황님, 이러지 말고 밖에 나가서 한잔 더 합시다."

"나도 그게 맞다고 생각한다, 시우. 아직 우리의 밤은 끝나지 않……."

"두 분의 밤을 영원히 끝내 버리기 전에 닥치고 자리에 앉아 주시길 바랍니다."

우리 교황님 좀 말려 주세요

주먹을 살짝 움켜쥐며 말하자 효과는 매우 탁월했다.

이미 나에게 매운맛을 한 번 본 적이 있던 야만인들이었기 때문에 그들은 헛기침을 몇 번 내뱉으면서 자리에 앉았다.

"커험."

"시우가 그렇다면 그런 거지. 앉읍시다, 미스터 최. 우리 대장께서 긴히 나눌 말씀이 있다고 하는군요."

확실히 영어가 만국 공용어긴 하다.

특히 최 대표. 고졸이라는 양반이 영어 하나만큼은 네이티브 수준으로 잘한다.

본인의 설명에 의하면 외국의 명문대를 다니다가 자퇴를 했다고 했으니, 어쩌면 영어를 잘하는 건 기본일지도 모르겠다.

그래도 덕분에 의사소통에 불편함은 없었다.

나와 루나, 레오 이렇게 셋은 현재 언어의 축복이 적용되는 상태.

최 대표와 에이든만 원활하게 소통이 된다면 크게 상관은 없었으니까.

"그런데 에이든."

"말해, 시우."

"너는 이미 대충 무슨 일인지 예상하고 있는 거 아니냐?"

내 질문에 에이든은 멋쩍게 웃으면서 머리를 긁적였다.

"불편한 이웃 국가에 관한 이야기, 뭐 그런 건가?"

"정보력 좋네."

"본국의 외교 라인을 통해서 입수된 정보기도 하고…… 예상 범위 내의 일이지. 그리 어려운 일은 아니야."

우리 정부 측에서 미국에 따로 언질을 준 건지는 몰라도, 에이든은 대충 상황을 인지하고 있는 듯 보였다.

나는 그런 에이든을 향해 천천히 고개를 끄덕였다. 그리고 나머지 인원들을 위해서 설명을 이어 나갔다.

"에이든의 말대로 조만간 중국에서 손님이 올 가능성이 높습니다. 명분은 각성자 교류. 말이 그렇다 뿐이지, 본인들의 힘을 과시할 생각인 것 같아요."

"미국은 멀리 있고, 자신들은 가까운 곳에 있다, 아주 오래된 명분이군요. 경색된 한중 관계를 풀어 나가고 싶다는 뜻을 드러내는 겁니다. 속은 이미 시커멀 대로 시커멓겠지요. 원래 그런 놈들입니다."

최 대표는 익숙하다는 듯이 어깨를 으쓱였다. 그리고 자신의 맥주잔 안에 반쯤 남아 있던 소주를 목으로 털어 넣은 다음, 소매로 입가를 훔치며 말을 이어 나갔다.

"주 목적은 자신들의 힘을 과시한 후, 구 북한 땅. 그러니까 잃어버린 땅에서 유리한 고지를 선점하겠다, 맞습니까?"

"서 대통령도 그렇게 말했습니다."

"중국은 한국이 향후 몇십 년 동안은 잃어버린 땅에 손도 못 뻗을 거라고 생각하고 있었을 거다. 그러던 와중에 발등에 불이 떨어진 상황이지. 시우, 충분히 이해했다."

국제정치와 연관될수록 귀찮은 일이 쏟아져 내리겠지만, 이건 불가항력이었다.

국내 정치든, 국제정치든.

내가 정치에 관심이 없다 할지라도 정치는 나에게 관심이 있을 수밖에 없다.

정치란 원래 그런 생물이니까.

서 대통령에게는 친선전에 대해서 생각을 해 보겠다고 말했지만, 사실 이미 정답은 나와 있는 상태였다.

"중국에서는 검귀라는 놈을 파견할 예정이라고 합니다. 그 조건으로 친선전에 제가 참여해 주길 요청했다는데, 여러 분들에게 의견을 묻고 싶네요."

그 말에 가장 먼저 답을 준 것은 에이든이었다.

"시우, 이레귤러가 다른 국가의 영토를 밟는 것은 아주 심각한 도발이자 위협이야. 그건 알고 있겠지?"

"네가 할 말이 아니란 것도 알고 있겠지?"

"한국과 미국은 우방국이고, 또 우리 둘은 친구잖아. 이건 아주 다른 경우야. 디멘션 오프닝 이전이라면 몰라도, 디멘션 오프닝 후에는 한중 사이에 여러 번의 충돌이 있었던 건 사실이잖나?"

불과 몇 달 전까지만 해도 한미 동맹 파기 이야기까지 나왔다는 이야기도 들었는데 말이다.

하여간에 에이든 놈은 육체보단 저 혓바닥이 주 무기다.

계산 없이 다 때려 부술 것 같은 비주얼 주제에 대가리 한 번 빠르게 굴린다.

"계속 말해 봐."

"중국의 이레귤러들에 대한 정보는 굉장히 적어. 변수가 발생할 가능성이 높다는 거지. 이런 상황에서 그들이 먼저 움직인다는 건, 그만큼 녀석들이 급하다는 뜻이다."

"간단하게 생각하자고, 간단하게."

복잡하게 생각할 이유는 단 하나도 없었다. 정치는 정치인들이 해결해야 할 문제였고, 우리 교단은 우리 교단대로 셈을 하면 될 뿐이다.

"중국 측의 이레귤러가 우리 땅을 밟으면, 반대의 경우도 가능하지 않겠어?"

"확실히 막아 낼 명분은 없을 거다."

"언젠가 그놈들 땅은 한번 밟아야 해. 정화자 놈들의 본거지가 거기에 있다는 거, 잘 알잖아. 저 새끼들은 지금 테러범도 수출하고 있는 새끼들이라고. 그리고 무엇보다."

"무엇보다?"

나는 시원한 맥주를 한 모금 마신 다음, 입꼬리를 비릿하게 올리면서 말했다.

"나는 그냥 중국이 싫어."

우리 교황님 좀
말려 주세요

노인과 난쟁이 (1)

회식이 끝난 다음 날 아침.

밤새도록 쌓인 취기는 신성력으로 싸그리 배출한 덕분에 숙취 같은 건 없었다.

그래도 할머니가 북엇국을 끓여 주셔서 회식 참여 멤버 전원 든든하게 먹고 신전으로 출근했다.

민수 씨와 백설화는 합정에 위치한 민수 씨네 회사로 출근했다. 미튜브 컨텐츠와 관련해서 논의할 게 있다던가? 그래서 인욱이도 우리 교단 대표로 그쪽에 보냈다.

여기서 명심해야 할 것은 오늘이 일요일이라는 점이다.

"새벽까지 달렸는데…… 주말에도 출근시키고…… 진짜 악덕 사장…… 노동부에 꼭 고발……."

"숙취도 없으면서 그만 좀 징징거려. 그리고 어제 우리 교단이 벌인 일이 있는데, 신전을 비워 두자고?"

"후우…… 그걸 내가 벌였나?"

"다 들린다."

"다 들리라고 말씀드리는 거예요, 성하. 워라밸 몰라요? 워.라.밸. 로마에 가면 로마의 법을 따르라고, 지구에 왔으면 지구의 법을 따르셔야죠."

내가 살면서 저런 말을 외계인한테 듣게 될 줄은 몰랐다.

아마 루나는 어떤 세계에 던져 둬도 1달 안으로 완벽하게 적응을 끝낼 것이다. 장담한다.

나는 루나의 불만을 가볍게 무시하면서 말을 이어 나갔다.

"오늘은 신입들 기본 교육만 시키고, 성지 내부의 질서 유지 작업에 투입시켜."

"순찰 돌리라는 뜻이죠?"

"자긍심을 고취시키기 딱 좋은 타이밍이잖아? 하루 정도 쉬게 할 겸, 그렇게 해."

"아까 들어오시면서 밖의 인파 보셨잖아요? 아무리 생각해도 쉬는 것 같진 않은데…… 뭐, 성하 명령이니까. 그럼 빨리 준비하러 갈게요."

"오준우 씨도 꼭 데려가고. 이제 리멘 교단에서 일할 사람인데, 하이브 길드가 아니라 리멘 교단의 오준우로 언론에 노출시켜야지? 마침 기자들도 많이 있겠다, 효과 좋겠네."

이런 식으로 얼굴도장 확실하게 찍어 둬야 앞으로도 계속 우리 교단에서 일하게 될 것이다.

S급 헌터가 막 굴러다니는 존재들도 아니고, 내 품에 들어온 이상 놔줄 생각은 없었다.

이런 내 꿍꿍이를 알아차린 루나가 눈을 가늘게 뜨면서 말했다.

"지구에서는 그런 걸 보고 사탄도 울고 간다, 그렇게 표현하더라구요?"

"사탄이면 악마야. 네가 모시는 교황을 악마랑 비교하기 있냐? 신전에서 감히 교황을 모독해?"

"교황님 앞에서 수많은 마족이 울었던 건 사실인걸요, 뭐. 틀린 말은 아니죠. 아무튼 준우도 같이 데리고 다닐게요. 그럼 이만."

루나는 가벼운 발걸음과 함께 신입들이 대기하고 있는 장소로 향했다.

끝까지 한마디도 안 지는 것 좀 봐라.

교황의 권위가 바닥이다, 바닥.

"레오 너는 성서 편찬 작업만 마무리하고 쉬자."

"성하, 부탁드릴 게 있습니다."

"뭔데?"

레오의 부탁이라.

혹시 와이파이를 업그레이드해 달라는 이야기려나?

나는 고개를 끄덕였고, 레오가 공손한 자세로 말했다.

"외출을 허락해 주셨으면 합니다."

"어디 다녀올 곳 있어?"

"지난번에 성하께서 다녀오셨던 희망 보육원 기억하시는 지요. 오늘은 성지 주위도 다소 소란스럽고, 당장 급한 일정 은 없으니 한번 다녀오고 싶습니다."

내가 직접 원장을 갈아 치워 버렸던 그 보육원.

김 실장으로부터 듣기로는 국가에서 임시적으로 인력을 충원시켜 두었다고 했다.

아이들을 사랑하는 레오로서는 희망 보육원이 신경 쓰일 수밖에 없었을 것이다.

"그런 건 앞으로 허락받지 말고 다녀와."

"감사합니다."

"꼭 차 타고 다니고. 내가 무슨 말 하는지 알지?"

에덴에서처럼 달려 다녔다가는 큰 사고가 난다. 지난번에 서울로 급히 올라왔을 때만 보더라도 인터넷에 '이족보행 몬 스터가 출현!' 같은 괴소문들이 돌아다녔으니, 급하지 않다 면 이목을 신경 쓰는 게 좋다.

"예, 명심하겠습니다."

"그래. 너 면허도 땄잖아. 차량은 일단…… 민수 씨가 빌 려준 차량 사용하면 될 것 같다."

참고로 레오와 루나 모두 현재 법적으로도 한국인이다. 둘은 애초에 지구에 '국적'이 없었기 때문에 문제 될 것도 딱히 없었다.

오늘은 내가 하루 종일 신전에서 내정을 신경 쓸 예정이라, 굳이 신전 주위에 간부들이 남아 있을 필요는 없었다.

루나도 대충 순찰시키다가 오후쯤 돼서 퇴근을 시켜 줄 생각이었다. 그래도 명색이 주말이니까.

"그럼 저도 업무를 보고 오겠습니다."

"그래. 고생하고."

레오는 공손하게 허리를 숙인 뒤, 지하에 위치한 자신의 작업실로 향했다.

레오가 지구로 넘어온 이후로 계속되었던 성서 번역 작업도 거의 마무리되었다. 하루의 모든 시간을 성서 번역에 투자할 수 있게 해 줬다면 훨씬 빨리 끝났겠지만, 워낙 데리고 다닐 곳이 많았어야지.

그래도 다음 달이면 한국어로 번역된 성서를 신도들에게 공급할 수 있다고 한다. 가장 시급했던 문제는 해결된 셈.

"후우."

내가 작게 한숨을 뱉어 내고 있던 찰나, 눈앞에 여러 개의 메시지 창이 떠올랐다.

보유한 신성 점수가 많습니다. 상점을 통해 소비하시기를 바랍니다.
메인 퀘스트 〈교세 확장 - 대비〉의 완료 보상을 아직 수령하지 않으셨습니다.

교단이 성장함에 따라 DLC의 시스템 메시지의 숫자도 점점 많아지고 있다.

그만큼 가면 갈수록 신경 쓸 게 많아진다는 소리다.

안 그래도 신성 점수를 소비할 생각이었는데, 이참에 미뤄두었던 내실도 살짝 다질 필요가 있지 싶었다.

나는 잠시 메시지 창을 닫은 후, 천천히 집무실로 향했다.

오늘 아침 이미 서 대통령에게 중국과의 친선전에 대한 의견을 전달해 두었으니, 아마 조만간 분위기는 친선전이 성사되는 쪽으로 흐르기 시작할 것이다.

그때가 되면 지금처럼 다소 소란스러운 평화는 누리지 못할 것이 분명했다.

어찌 됐든 중국 그놈들은 손이 많이 가는 게 사실이었으니까.

일본에서처럼 그저 마수를 대신 잡아 주고 박수를 받는, 그런 무난하고 평화로운 결과 따위는 기대하기가 힘들었다.

게다가.

'정화자 놈들도 분명히 같이 움직일 거야.'

어떤 방식으로든지 정화자 놈들의 마수가 뻗칠 테지.

최악의 경우에는 전쟁의 상황까지 벌어질 수 있겠지만, 그건 어디까지나 최악의 경우다.

이쪽에서 먼저 능동적으로 움직이면 될 일이다.

"그러니까 일이나 빨리 해 두자."

지난번에 해 봐서 아는데 교단을 관리하는 것은 아무리 시스템을 이용한다고 하더라도 꽤 복잡한 일이거든.

나는 집무실 안으로 조용히 들어갔다.

❈

집무실의 내 책상에 앉아서 가장 먼저 처리한 일은 퀘스트 보상을 수령하는 것이었다.

메인 퀘스트 〈교세 확장 – 대비〉를 완료하셨습니다.
보상으로 〈신성 점수 1만 점〉, 〈성유물 선택권〉이 지급됩니다.
〈성유물 선택권〉을 이용하여 성유물을 소환할 수 있습니다. 성유물의 중요도에 따라 추가로 신성 점수가 소모될 수 있습니다.
현재 보유하고 있는 신성 점수: 47,000점

"점수만 많으면 뭐 해."

점수 수급량은 귀환 초기에 비하여 기하급수적으로 증가한 건 맞지만, DLC 상점의 상품 가격도 덩달아 상승했다.

고작 시스템 상점 따위에의 시장 원리가 적용될 줄은 몰랐다.

물론 일부 특성들은 여전히 저렴한 편이었지만, 싼 게 비지떡이라는 말은 이럴 때 사용하라고 있는 듯하다. 가격이 낮을수록 효과도 미비했다.

이럴 때 가장 베스트는 고민의 여지 없이 축성소의 레벨을

올려 주는 것일 테지만,

생전 처음 보는 제한에 걸려 버렸다.

전략 시뮬레이션 게임처럼 나름의 '빌드 업' 과정이 필요하단 뜻.

아무래도 시스템은 이런 요소를 통해서 나름의 인과율을 확보하려는 듯 보였다.

"타이쿤이라도 하는 것 같다."

신흥 교단을 세계 최고의 교단으로 만든다는 점에서는 기존의 타이쿤 유 게임들과 비슷하긴 하지만…… 그래도 복잡하긴 하다.

초반에는 그나마 아기자기한 맛이 있었는데, 시간이 가면 갈수록 스케일도 커지고 신경 써야 할 부분도 많아졌다.

이런 건 사실 적성에 맞는 사람들이 해야 잘하는 법인데 말이야.

내가 교황이기는 하지만 에덴에서도 사실상 바지교황이나 다름없었다. 교단을 운영하는 실무는 대부분 경영 능력을 지니고 있던 대주교들이 알아서 처리했었기 때문이다.

이를테면 교황청의 국무원장이었던 라파르트 대주교.

꼬장꼬장한 할아버지에다가 잔소리도 쉴 새 없었지만, 그 할아버지 있으면 아주 그냥 든든…….

보내 줄까?

"깜짝이야."

생각해 보면 슬슬 시우한테도 제대로 된 조직이 필요할 때가 되기는 했어. 통로가 불안정해지기 전에 필요한 인원을 미리 보내 주는 것도 좋을 것 같아.

리멘의 목소리가 귓가에 울려 퍼졌다. 어제는 현신까지 하더니, 이틀 연속으로 신탁을 내릴 줄이야.

확실히 여유를 되찾은 듯했다.

"누구를 보내 준다는 건데?"

방금 전에 시우가 생각한 그 아이.

"그러니까 리멘. 너한테는 아이겠지만 나한테는 그냥 할아버…… 아냐, 됐고. 라파르트 대주교를 보내 주겠다는 거야?"

내 눈에는 필요해 보여서. 안 그래도 시우 지금 적들을 추적하느라 바쁠 텐데. 덩치가 커진 교단을 혼자서 운영한다는 건 불가능한 일이야. 시우를 무시하는 건 아니지만…… 솔직히 시우. 에덴에서 따로 경영 수업 같은 거 받은 적 없었잖아? 지구에서도 마찬가지구.

리멘이 던지는 묵직한 팩트에 할 말을 잃어버렸다.

이것 참, 고졸 서러워서 살겠나.

물론 에덴에 비해 지구는 여러모로 문명이 발전한 사회인 건 맞아. 교단의 조직도 훨씬 세련되고 세밀하게 갖춰야겠지. 그런데 그건 이미 시우가 준비하고 있었잖아?

"그렇긴 해."

최 대표를 통해서 사람을 소개받을 예정이다.

하지만 그 사람은 어디까지나 기업인이었고, 종교 조직과는 거리감이 존재할 수밖에 없었다.

현대의 경영학에 라파르트 대주교를 통해 리멘 교단의 색을 입힐 수 있으면 보다 수월한 조직 관리가 가능할 것이다.

안 그래도 라파르트가 나에게 기도를 올려.

"뭐라고?"

성하가 고향에서 부디 행복하기를 바란다고. 이 늙은이가 도움이 된다면 언제든지 달려가고 싶다고. 원래 잔정이 많은 아이잖아?

라파르트 대주교의 나이가 68세임을 고려한다면 아무리 봐도 '아이'란 호칭은 어울리지 않는다. 하지만 리멘의 입장에서는 크게 다르지 않기에, 이 부분은 그냥 넘어가도록 하자.

나는 리멘의 제안을 듣고 나서 턱을 잠시 긁적였다.

확실히 좋은 카드다.

라파르트 대주교에, 최서진 대표를 통해 소개받게 될 경영

진을 더한다면 교단은 빠른 속도로 조직화될 것이다.

언제까지 지금처럼 주먹구구식으로 교단을 이끌어 나갈 수는 없었다.

나 혼자서 모든 걸 해낼 수 있는 초인이 아닌 이상에야 리멘의 제의를 받아들이는 게 맞다.

하지만 여기서 딱 한 가지 아쉬운 지점이 생겼다.

"원래는 교황청 소속 드워프들 중 한 명을 데려오고 싶었어. 아직 지구의 장인들은 미스릴 같은 이계의 금속을 제대로 제련하지 못해서 말이야. 우리 신입들한테 좋은 장비를 입혀 주고 싶기도 하고."

드워프라면 누구?

"토비 아이언비어드. 내가 지구로 돌아가면 따라가고 싶다고 입에 달고 다녔었지."

이유는 딱 하나였다.

내가 언젠가 술자리에서 '지구에는 세계맥주점이라고 전 세계의 맥주를 마실 수 있는 곳이 있다'라는 말을 했던 적이 있었다.

그때부터 토비 녀석은 지구라는 세계에 관심이 생겼다며, 돌아갈 때 자기도 같이 데려가 달라고 했었지.

실력 역시 교황청 내에서 세 손가락 안에 들 정도의 대장장이기도 했어서, 꼭 데려오고 싶은 인물 중 하나였다.

⋯⋯으음, 살짝 빠듯하겠다.

"둘은 무리지?"

둘이 무리라기보다는…… 굳이 따지자면 아이언비어드, 그 아이가 문제야. 드워프라는 종족 자체가 지구의 원주 종족이 아니라서 대가가 클 수밖에 없거든. 일단 한번 확인해 볼게.

당신의 주신이 해당 안건에 대해 〈인과율 적합 심사〉를 신청합니다. 잠시만 기다려 주십시오.

잠시 후, 결과가 적힌 메시지가 눈앞에 생성되었다.

지불해야 할 대가는 당신이 보유한 〈신성 점수〉로 설정됩니다.
〈라파르트 산테: 3,500점〉
〈토비 아이언비어드: 30,000점〉

"가격이 무슨……"

루나를 이곳에 데려올 때 지불했던 신성 점수가 5,000점이었던 걸 고려해 본다면, 토비의 가격은 무려 6배인 30,000점.

이번에 클리어한 메인 퀘스트를 세 번이나 클리어해야만 얻을 수 있는 점수였다.

반드시 필요하다고 생각된다면 빨리 선택을 내리는 것이 좋을 것 같아, 시우. 갑자기 차원 간의 통로가 닫혀도 이상할 것 없는 상황이야.

"그렇다면 뭐, 어쩔 수 없는 거네."

역시, 지불하는 대가가 좀 크지? 아쉬운 대로 내가 인간들 중에서 장인을…….

"대가를 지불할게. 리멘. 둘 다 데려와 줘."

신성 점수 아껴서 뭐 하겠어?

이럴 때 팍팍 쓰는 거지.

다음 권으로 이어집니다

꿈의 도약, 로크에서 하십시오
(주)로크미디어에서 신인 작가를 모십니다

즐거운 세상, 로크미디어는 꿈을 사랑하고 도전을 두려워하지 않는 작가 분들의 참신한 작품을 기다리고 있습니다. 21세기 장르 문학계를 이끌어 갈 차세대 선두 주자 (주)로크미디어에서 여러분의 나래를 활짝 펴 보시길 바랍니다.

모집 분야 판타지와 무협을 포함한 장르 문학
모집 대상 아마추어 작가, 인터넷 작가
모집 기한 수시 모집

작품 접수 시 유의 사항

1. 파일명은 작가명_작품명.hwp형식을 갖춰 주십시오.
1. 파일에 들어갈 내용은 다음과 같습니다.
    - 성명(필명인 경우 실명을 밝혀 주세요), 연락처, 이메일 주소
    - 제목, 기획 의도
    - A4용지 1장 분량의 등장인물 소개
    - A4용지 2장 분량의 전체 줄거리
    - 본문
1. 작품이 인터넷에 연재되고 있다면, 게시판명과 사이트의 구체적이고 정확한 주소를 기재해 주십시오.

선택된 작품은 정식 계약 후 출판물로 간행되어 전국 서점에 유통됩니다.
작가 분은 (주)로크미디어의 전폭적인 지원하에 전속 작가로 활동하시게 됩니다.
※ 자세한 내용은 로크미디어 홈페이지(rokmedia.com)를 참조하세요.

(04167)서울시 마포구 마포대로 45 일진빌딩 6층
(주)로크미디어 편집부 신간 기획 담당자 앞
전화 : 02) 3273-5135
www.rokmedia.com   이메일 : rokmedia@empas.com